茅坤《唐宋八大家文抄》与明末赓续本考录

付琼／著

浙江大学出版社
ZHEJIANG UNIVERSITY PRESS

出 版 说 明

　　杭州市哲学社会科学重大课题杭州学人文库、杭州研究文库、创意城市文库收录最新杭州市哲学社会科学标志性学术成果。其中，杭州学人文库为杭州籍学者的研究成果，杭州研究文库为杭州研究专题成果，创意城市文库为创意城市研究专题成果。

　　文库论题选择体现历史性、现实性和预期性。注重各类历史问题研究，提炼文化精髓，提升人文精神。重视实际研究，更强调实践问题的学理性阐释。坚持面向世界、面向未来，融通各种学术资源，体现前瞻性和可承续性，以人文关怀和生态和谐为基本价值目标。

　　文库体现原创性、时代性和系统性。关注集成创新，更重视原始创新。不限学科，不限方向，不限方法，突出问题意识。强调独立性、独特性和个性化，强调有效价值和新颖程度，强调观点、话语和理念更新，强调察今观古、见微知著，鼓励引入前沿学科、新兴学科和交叉学科，鼓励学术质疑和学术批判，在突破传统领域和既有思维方面有所作为。3个系列各成系统，展示杭州学术成就的多面向。

　　文库项目每年向社会公开征集，通过专家评审机制严格遴选。选入项目为文库专属，独列于其他系统之外。

.

目 录

引 论

　　浙江是唐宋八大家散文选本的发源地，归安人茅坤选评的《唐宋八大家文抄》万历七年（1579）初刊于杭州，世称"虎林本"，是现存最早的唐宋八大家散文选本，也是"唐宋八大家"定名的标志。此后出现的赓续之作[1]多达百种，存世者尚有 40 种上下，实际上形成了一个规模庞大的选本群。为人熟知者，有清人储欣、吕留良、张伯行、沈德潜的数种选本，其余大部分选本尚未进入严肃的学术视野。明末出现的孙慎行、吴正鹍等人的选本立意高远，情调激切，为清代前期赓续本发凡起例，导夫先路，尤其鲜为人知。署名钟惺的数种选本真伪莫辨，其与明末书坊主汪应魁、程量越等人的关系，迄无定论。崇祯元年（1628），浙江衢州人方应祥将茅坤《唐宋八大家文抄》重刻于杭州西湖"小筑社"，第一次大规模修订了万历七年（1579）茅《抄》初刻本的体例和内容。崇祯四年（1631）茅著刻本全面吸收了方本的修订成果，其《凡例》甚至一字不易地照抄方本，却对方本只字不提。这段公案，清代已经鲜为人知；当代著名文献学家王重民先生也得出了错误结论。今人不察，或以为奠定《文抄》经典地位的版本不是方本，而是著本，并且对方本校刊所据的底本等重要问题存在着一些错误的认识[2]。所有这些，都有必要加以澄清。

　　2008 年，钟志伟先生在台湾出版专著《明清唐宋八大家选本研究》，对包括茅坤《唐宋八大家文抄》在内的 11 种选本作了系统研究，但其涉及的明末赓续本只有王志坚《古文渎编》1 种。本书的研究范围包括茅坤、孙慎行、郑邺、王志坚、吴正鹍、陶望龄、陈贞慧、汪应魁、刘肇庆、顾锡畴的十种选本。在茅坤《唐宋八大家文抄》的版本源流以及署名钟惺选本的真伪考辨方面，用力

---

　　[1]　"赓续之作"是指茅坤《唐宋八大家文抄》之后出现的唐宋八大家散文的合选本，不包括多于八家、少于八家、溢出八家或专选八家中某一家的选本。

　　[2]　如梅篠予《茅坤〈唐宋八大家文钞〉渊源与流传考论》，复旦大学硕士学位论文，2010 年。

尤勤。

本书是对茅坤《唐宋八大家文抄》与明末 9 种赓续本的考辨和综录，简称"考录"。考录以选本为单元，以时代为先后，以文献为中心，涵盖编者生平、成书及刊刻缘起、版本异同、体例特征、选文规模和宗旨、评点特色、八家座次、序跋选录八个方面。除此之外，《引论》部分对唐宋八大家选本产生的学术背景及其在漫长历史时空中的衍生机制做了宏观的考察，从而与考录部分构成点面结合、相济为用的两个基本框架。本书尤其留心于同一种选本的不同版本之间的版本关系及其优劣异同，并插入许多书影作为佐证，庶收图文并茂之效。

茅坤《唐宋八大家文抄》与明末赓续本是明清时期唐宋八大家散文选本衍生史的一个时段，要深刻理解这个时段为什么产生了茅坤的《唐宋八大家文抄》，又为什么出现了许多赓续之作，需要立足明末，上寻其源，下溯其流，引而申之，以符"引论"之义。

一、唐宋八大家散文选本衍生与流行的学术背景和基本脉络

南宋朱熹的评论和吕祖谦、真德秀等人的选本很关注唐宋文。在此基础上，元代吴澄（1249—1333）在至元二十四年（1287）所作的《别赵子昂序》中提出"唐宋七子"说，八大家只少苏辙。[1] 明初朱右（1314—1376）第一次将八家文专选为一书，但其选本只称《唐宋六先生文集》（又称《唐宋六家文衡》），将"三苏"合称为一先生或一家，不尽允当，而且其书久佚，影响不大。明万历初，茅坤析苏氏为三家，又对唐顺之、王慎中的思想有所秉承，选评并刊刻《唐宋八大家文抄》144 卷行世，"唐宋八大家"之名由此诞生。后来攻者颇多，然相沿既久，卒莫能改。由此看来，茅坤的《唐宋八大家文抄》是现存最早的唐宋八大家选本。它的产生固然是在前人基础上积渐而来，但从具体的历史语境看，实与唐宋派的崛起有关，而唐宋派的崛起又与唐宋文在举业教育中的接受密不可分。

---

[1] 参见李宜蓬《吴澄"唐宋七子"说的理论价值——兼论唐宋八大家概念的形成》，《江西师范大学学报》2008 年第 6 期。

（一）茅坤《唐宋八大家文抄》的产生与"唐宋派"的崛起

在八大家选本产生之前很长的一个时期，文学教育为明代七子"文必秦汉"的复古思潮所笼罩，在此影响下，唐宋文在以举业为中心的教育实践中处于受歧视的边缘地位，而秦汉文也没有真正为举业教育所接受，因而实际的文学教育处于一种十分尴尬的状态。李梦阳认为"西京之后，作者无闻矣"，[1] 因而他的文章"无一语作汉以后，亦无一字不出汉以前"。[2] 王世贞则说："李献吉劝人勿读唐以后文，吾始甚狭之，今乃信其必然耳。"[3] 又说："唐之文庸，……宋之文陋。"[4] 可见，他对这种独尊秦汉、弃逐唐宋的倡导最终还是赞同的。就此而言，《明史》说李梦阳倡言"文必秦汉"，大致符合实际情况。这种充满个人意气的理论在文学教育中所造成的后果是，"嘉靖以来，文人皆遗弃六经，师法秦汉，而仅袭其迹，视韩柳以下蔑如也"。[5] 于是，"以古文辞睥睨当世，而抗谈秦汉，唾弃唐宋"[6] 成为一种普遍的风气。在此影响下，文学教育的预设内容限于秦汉一隅，而唐宋文则被剥夺了在文学教育中的合法地位。

更为严重的问题还在于，七子所提倡的秦汉文与八股文在精神气质、文体样式和结构意脉上都有很大的区别，无法成为攻举子业者用来学习的有效范本。八股文是用来阐发经义的，它与先秦文的纵恣和西汉文的沉雄缺乏精神上的联系。八股文以议论为主，秦汉文以叙事见长，二者在文体上亦不能连贯。八股文讲究起承转合，法度森严而僵化，而"汉以前之文……法寓于无法之中，故其为法也，密而不可窥"，[7] 在逻辑思维方式上与八股文也有很大差别。秦汉文与八股文很远的事实，严重限制了其在举业教育中的普及。在这种情况下，攻举子业者不肯去读秦汉文，又不屑去读唐宋文，举业教育中的文学教育差不多处于真空状态。"文必秦汉"理论给举业教育带来的负面影响，主要不在于抬高了秦汉文，而在于压低了唐宋文，从而使得举业教育既不能有效地取资秦汉文，也不能合法地取资唐宋文。

相较而言，唐宋文与八股文的关系就密切得多。这主要表现在三个方面：

〔1〕 李梦阳：《空同集》卷六十一，万历二十九年（1601）刻本。

〔2〕 王世贞：《艺苑卮言》，《历代诗话续编》，中华书局 1983 年版，第 1063 页。

〔3〕 王世贞：《艺苑卮言》，《历代诗话续编》，中华书局 1983 年版，第 964 页。

〔4〕 王世贞：《艺苑卮言》，《历代诗话续编》，中华书局 1983 年版，第 985 页。

〔5〕 蒋允仪：《古文渎编序》，王志坚《古文渎编》卷首，《四库全书存目丛书》第 336 册，齐鲁书社 1997 年版，第 7 页。

〔6〕 陆符：《四六法海序》，王志坚《四六法海》卷首，天启七年（1627）刻本。

〔7〕 唐顺之：《唐荆川先生文集》卷四，嘉靖二十八年（1549）刻本。

第一，唐宋文与八股文都是载道语境下的产物，二者在精神气质上极为密切。清人曾说："时文之于古文，异体而同辞，异辞而同理。"[1] 又说："文以载道，而制艺即阐道之文。"[2] 一个是载道之文，一个是阐道之文，二者本自"同理"。第二，与秦汉文相比，唐宋文以议论见长，也以议论为多，二者在文体上相近。第三，唐宋文法度森严，有迹可循，足资八股文从中取法。其中第三点最为重要。清人认为，古文与时文虽然颇为不同，但在法度上却是相通的：

> 予尝与论古文、时文是二是一，盖古文多叙事、议论，间涉粗豪；时文替圣贤立言，且系帖括体，要审察圣贤语气精神，曲折肖题，须十分细腻真切。而以文章之机局气势而言，其起伏照应、抑扬顿挫、离合擒纵、出落关键之法，则古文、时文一也。[3]

而关于举业教育之所以应从唐宋文入手的理据，日本刘煜所论最为精辟：

> 夫儒先之于文，其所祈向取则者，非六经、先秦、西汉乎？宪章六经、秦汉，奚事乎唐宋之卑卑？予尝博观于艺林，其由八家、六径而入者，随才之崇卑、用工之生熟，咸有可观。其雄心悍气，欲一蹴追秦汉，而上者不入捋撦吞剥之习，必陷于铣溪篠骖之艰棘。自二李之复古，业已不慊识者意，矧才逊焉者乎？盖六经、秦汉之文，龙变神化，法存无法之中，初学见之，茫不知所持循；其或者不自量而强学焉，则仅仅得其皮毛糟魄而止，亦执所必不免也。若夫八家，则辨论纵横，而指归灼然，照应妙，起伏奇，而蹊径可寻，令人一览，瞭焉不迷所向。故八家之文，夫人可学，而六经、秦汉则否也。[4]

诚如刘氏所言，秦汉之文无法可循，如是硬要去学，则只好"捋撦吞剥"，得其皮毛。以此言之，明七子"捋撦吞剥"的学古结果，是其理论缺陷的逻辑必然。与此相反，唐宋文有法可循，只要去学，必能有所收获，其最终成为晚明至清末举业教育中的主要学习范本，也具有某种必然性。

---

[1] 邵宝：《古文会编序》，黄如金《古文会编》卷首，正德五年（1510）刻本。

[2] 杨恩澍：《增辑时文近道集序》，王赞元《增辑时文近道集》卷首，同治八年（1869）培槐轩刻本。

[3] 冯成修：《古文集宜序》，魏起泰《古文集宜》，乾隆五十一年（1786）刻本。

[4] 〔日〕刘煜：《续唐宋八家文读本序》，村濑诲辅《续唐宋八家文读本》卷首，日本文政九年（1826）刻本。

（二）唐宋八大家散文选本的流行与唐宋文的经典化

明七子的影响始于弘治、正德时期，在此之前，唐宋文本来就是文学教育的重要内容，只是尚未形成万历以后的那种压倒性优势。成化末年的情况是："自举业盛行，而士子攻古文辞者日鲜。间有从事乎此者，多取法于唐宋，而于秦汉、魏晋之文，时或得一二于简编之中；而能得其全、考其详者，盖无几矣。"[1]那时候士人学习的范本主要不是秦汉文，而是唐宋文。由于惯性的力量，甚至在前七子提倡"文必秦汉"的同时，坊间所刻以及乡塾流行的散文读本仍然是以韩、柳、欧、苏、曾、王为代表的唐宋文。与前七子生活在同一时代的祝允明曾描述当时的情况说：

> 士号知文者，其所选辑，无虑数家，莫不随声逐景，无复寻索。村塾书坊，亦复纷纭。至于兹辰，八龄三尺之蒙，父师诏之，此子承之，未识世间有何典籍，话及文章，辄已能道韩、柳、欧、苏之目。略上者既称六家，已咎言四家之寡陋矣。比及少长，目未接萧之《选》、姚之《粹》，闻评古作，便赞秦汉之高古，斥六代之绮靡。其意以为前人论定，何更权量？四家六氏，无复加尚。[2]

可见，当时童蒙是读唐宋文的，而成年后却又在"文必秦汉"的时代思潮影响下对幼年所读的唐宋文加以鄙薄。这种幼年为举业而学唐宋文，成年后又标榜秦汉文的尴尬局面到嘉靖间王慎中提倡唐宋文时，才开始有所改观。不过，王慎中所看重的主要是宋文，尤其是宋文中的曾巩文。[3]茅坤则与王氏有所不同。茅《抄》原本是为茅氏弟子举业而准备的家用课本，它所看重的是与举业关系最为密切的欧、苏二家文，最不看重的是曾文。[4]可以说，虽然同为唐宋派的代表作家，王、唐看重八大家主要是从"道"着眼，而茅坤则主要是从"文"着眼，在文中又尤其看重有资举业之文。这样看来，"与制义为近"的唐

---

[1] 朱芝址：《重刊文选序》，萧统《文选》卷首，隆庆五年（1571）唐藩刻本。

[2] 祝允明：《罪知录》卷八，《四库全书存目丛书》第83册，第727页。

[3] 王慎中《玩芳堂摘稿》卷一《曾南丰文集序》云："由西汉而下，莫盛于有宋庆历、嘉祐之间，而杰然自名其家者，南丰曾氏也。"又云："曾氏之文至矣！"（《四库全书存目丛书》第88册，第608页）

[4] 万历七年（1579）茅一桂刻本共收欧阳修文280篇，苏轼文229篇，位列第一和第二；曾文87篇，位列第七，仅在苏洵之前。在茅坤看来，曾巩之文"脍炙者罕"，在八家中文学成就最差。

宋文在以举业为中心的明清教育中找到广阔的生存空间，原本有着内在的理据；在七子崛起的弘正之前和之后的一个时期，又原本就有着以唐宋文为主要学习范本的传统。茅《抄》的编刊契合了这一理据，接续了这一传统，又以不同于其他唐宋派诸人的眼光，在文学与举业之间找到了一个适当的平衡点，从而打通了"文必秦汉"时代文学与举业无法相兼的尴尬格局，为八大家选本的衍生及其文学教育作用的发挥找到了强大的动力之源。

但是，唐宋文成为明清文学教育中的主要学习范本经历了一个漫长的过程。明人孙慎行曾说，父亲发现他读八大家文，即"大骂迂阔，不令其读，以为伤制举业"。[1] 孙慎行生于嘉靖四十四年（1565），他所回忆的幼年之事当发生在万历之初，看来那时茅《抄》刊行未久，影响还不大，读唐宋文还受到家长的禁止。一直到茅《抄》流传五十多年后的晚明时期，八大家也没有取得经典的地位，那时以陈子龙为代表的复古派方兴未艾，对八大家文的非议也多起来。据孙慎行说，那时的"初学小生"多"以八家为卑"、"畏八家若腐"。[2] 所谓"腐"就是指茅《抄》所收的载道文太多。这种在文学教育中对八大家加以排斥的情况到清初还存在，不过理由正与晚明相反，也即认为八家文"腐"得还不够，不足以接续"正统"。如刁包认为，不必说八大家，就是茅坤所标榜的七个"圣于文者"[3] 也没有资格接续文统，所以他编成《斯文正统》，以便重新找回被茅坤搞乱的文统。

可见，八大家在清初尚未取得稳固的地位。王夫之曾批评茅《抄》"引童蒙入荆棘"，并说"有《八大家文抄》而后无文"，"陋人以钩锁呼应法论文，因而以钩锁呼应法解书，岂古先圣贤亦从茅鹿门受八大家衣钵邪？……魔法流行，其弊遂至于此"。[4] 王氏所言不无道理，八大家选本继茅《抄》之后，以"钩锁呼应法解书"，的确有其弊端，但它与科举语境中的明清教育相适应，因而能够像"魔法"一样取得了"流行"的效果。这种势头至康、乾时期到达极盛。据清人程量越康熙十五年（1676）所言，到他那个时候，已出现了"几于家韩柳而户欧苏"的火爆场面。程岩也说："自归安茅氏以韩柳八家为古文之宗，后学靡不垂髫受读。"[5] 由此可知，到康熙前期，八大家散文已经成为基础文学教育

〔1〕 孙慎行：《玄宴斋文抄》甲集《读书记》，《四库禁燬书丛刊》第 123 册，北京出版社 1997 年版，第 93 页。

〔2〕 孙慎行：《精选唐宋八大家文抄》卷首《书八家文抄后》，崇祯二年（1629）刻本。

〔3〕 茅坤在万历七年（1579）茅一桂刻本中首次提出的七个"圣于文"者，是指司马迁、刘向、班固和八大家中的韩、柳、欧、苏四家。

〔4〕 王夫之：《薑斋诗话笺注》，戴鸿森笺注，人民文学出版社 1981 年版，第 205、221 页。

〔5〕 王步青：《精选唐宋八大家古文正矩序》，程岩《精选唐宋八大家古文正矩》卷首，清明经堂刻本。

中的必读书。到李兆洛生活的嘉、道时期，则出现了唐宋文压倒秦汉文的态势：

> 洛之意颇不满于今之古文家，但言宗唐宋，而不敢言宗两汉。所谓宗唐宋者，又止宗其轻浅薄弱之作，一挑一剔，一含一咏，口牙小慧，谚陋庸词，稍可上口，已足标异，于是家家有集，人人著书。[1]

从李兆洛对当时风气的批评中，可以看出，当时的"古文家"已以唐宋为高，以秦汉为卑，与晚明"以秦汉为高，以唐宋为卑"的时尚正好相反，而且取法唐宋的文学创作也出现了"家家有集，人人著书"的火爆场面。高嵣在乾隆末年说八大家文"洵古文之极则，制艺之渊源"[2]，可以说是对八大家在清代取得的两方面地位的精确概括：在学术领域已取得堪称"极则"的经典地位；在以"制义"为中心的文学教育中已成为不可或缺的经典读本。

与此同时，八大家选本的流行也产生了新的弊端，从而引起了许多人的不满。除李兆洛外，对此提出批评的还有王士禛以及桐城派诸人。王士禛说："学唐宋为古者，逐貌而失神。"[3] 不过王氏的批评是从文学着眼，而桐城派诸人则从道学着眼。诚然，桐城派以继承孔子、孟子、韩愈、归有光以来的所谓文统自任，对八大家的"文"是肯定的。据说，桐城派殿军吴汝纶"案头日置韩文一卷，时时读之"，曾国藩也"日抱韩文不去手"[4]。尽管如此，他们对包括韩愈在内的八大家的"道"还是颇多讥评。在方苞看来，柳宗元在"道"方面就不合格："其言涉于道则肤末支离，无所归宿。"[5] 姚鼐甚至认为韩愈、欧阳修也同样不合格："夫文，技耳，非道也。然古人借以达道，其后文至，而渐与道远。虽韩退之、欧阳永叔不免病此，况以下者乎？"[6] 以道学标准苛评八大家文是桐城派的一个总体倾向，他们认为八大家在"义理"方面甚不足取，可学者唯有"辞章"，因而要达到"清真古雅"的审美标准，必须别有所取：

> 欲理之明，必溯源六经，而切究乎宋元诸儒之说；欲辞之当，必贴合题义，而取材于三代两汉之书；欲气之昌，必以义理洒濯其心，

〔1〕 李兆洛：《养一斋文集》卷八《答庄卿珊》，《续修四库全书》第1495册，上海古籍出版社2002年版，第119页。

〔2〕 高嵣：《唐宋八家抄》卷首自序，乾隆五十三年（1788）培元堂刻本。

〔3〕 姜宸英：《唐贤三昧集序》，王士禛《唐贤三昧集》卷首，乾隆五十二年（1787）听雨斋刻本。

〔4〕 吴德旋：《初月楼古文绪论》，舒芜校点，人民文学出版社1998年版，第46页。

〔5〕 方苞：《方望溪先生全集》卷五《书柳文后》，《续修四库全书》第1420册，第343册。

〔6〕 姚鼐：《惜抱轩文集后集》卷三《复钦君善书》，《续修四库全书》第1453册，第148册。

而沉潜反覆于周秦盛汉唐宋大家之古文。兼是三者，然后能清真古雅。[1]

对于八大家"道"的一面，抨击者向来甚众。故八大家选本的盛行，主要依赖于第三点，也即其法度。"古人文章可告人者，唯法耳"，[2] 所谓"潜心经训，而假道于八家之文"，[3] "教之韩、柳、欧、苏之笔，发周、程、张、朱之理"，[4] "以濂洛关闽之旨，运韩柳欧曾之机"，[5] 就是把八大家的"道"与"法"加以区别。这一点，在桐城派那里表现得尤为明显。桐城派"义法"理论的形成与八大家文长期以来发挥的文学教育作用之间存在着重要的联系，不过他们将八大家的"法"加以吸纳，对其"道"则加以挑除，换上了更沉重的道学成分。可以说，桐城派的主要理论主张是在扬弃唐宋文的基础上形成的，是八大家选本在明清文学教育中长期流行的结果。

总之，唐宋文的经典化过程到康乾时期才彻底完成，其主要标志就是实现了文学观念从"秦汉以后无文"（李攀龙语）到"八家之外无文"（刘大櫆语）[6] 的历史性转变，并对清代最大的散文流派的形成起到了正反两方面的启发作用。唐宋八大家选本的流行是唐宋文经典化的结果，又反过来推进了唐宋文的经典化。

（三）唐宋八大家散文选本与学古路径的转变

八大家选本对明清文学教育所产生的一个重要影响是学古路径的转变。初学者为举业而进行的古文教育是从秦汉入手，还是从唐宋入手，在不同的时代往往具有不同的共性，而这种共性又是由当时的文学观念决定的。薛应旂说："六经以下，惟秦汉为近，降及唐宋，则去古愈远，其趋愈下。"[7] 在唐宋八大家选本流行以前，主流的文学观念是"文章与时相高下"，也就是说以六经为参

〔1〕 方苞：《钦定四书文选》卷首《凡例》，乾隆间慎修堂刻本。
〔2〕 刘大櫆：《论文偶记》，人民文学出版社1998年版，第4页。
〔3〕 程崟：《方望溪先生全集序》，方苞《方望溪先生全集》卷首，《续修四库全书》第1420册，第3页。
〔4〕 铭慇：《谢叠山先生文章轨范序》，谢枋得《谢叠山先生文章轨范》卷首，光绪十一年（1885）三韩刘氏刻本。
〔5〕 刘肇虞：《元明八大家古文》卷首自序，《四库禁毁书丛刊》第171册，第286页。
〔6〕 徐丰玉：《海峰先生精选八家文抄序》，刘大櫆《海峰先生精选八家文抄》卷首，光绪二年（1876）刘继刻本。
〔7〕 薛应旂：《新刊举业明儒论宗》卷首自序，隆庆元年（1567）金陵三山书坊刻本。

照点，越接近六经，就越"去古未远"，也就越高明，此后的文章则每况愈下。这是明代七子"文必秦汉"复古理论的主要依据。在这一观念影响下，古文学习的顺序是先学秦汉，再学唐宋，因为这样才能"取法乎上"，不致认错路头。这样的认识在茅《抄》之前十分流行。茅坤为《唐宋八大家文抄》所作的叙言，可以说抓住了要害，对"文必秦汉"的理论依据，也即"文章与时相高下"的观念给予致命的打击，其手段就是针锋相对地提出了"文特以道相盛衰，时非所论"的著名观点：

> 世之操觚者往往谓文章与时相高下，而唐以后且薄不足为。噫，抑不知文特以道相盛衰，时非所论也。其间工不工，则又系乎斯人者之禀与其专一之致否何如耳。[1]

也就是说，文章的高下，不能以"时"为标准，而应该以"道"为标准；后来的文章只要"道"胜，也可以超过前者。这是欧阳修"道胜者，文不难而自至"（《答吴充秀才书》）理论的发挥。在此基础上，茅氏又从文统与道统的角度论证了八大家的合法性。这一理论对后世产生了持久的影响，得到了广泛的认同。既然唐宋文并不比秦汉文差，那么学习古文从唐宋文入手就有了理论依据。加之"八家之文，于制义为近"[2]的事实联系着人皆奔竞的利禄之途，初学者先从唐宋文学起，然后再学习秦汉文，就成为清代，特别是康、乾以后的一种普遍风气。不过，由于惯性的力量，在明末的基础教育界，还是延续着先秦汉后唐宋的顺时格局。例如，清初储欣说："余成童时，读《诗》、《书》、《春秋四传》及先秦两汉之文，颇成诵。先君子因授以八大家文，名曰《文抄》，归安茅鹿门先生所撰次也。"[3]储欣生于崇祯四年（1631），其"成童"时当在明末，那时他是先读熟了秦汉文之后才读唐宋八家文的。主张先读唐宋文、后读秦汉文者，当以康熙时期教育家唐彪为较早。其《家塾教学法》云：

> 初学先读唐宋古文，随读随解，则能扩充才思，流畅笔机。……其周、秦、汉古文，神骨高隽，初学未能跂及，宜姑后之。虽然，秦汉古文少时亦可诵读，惟讲解取法，则宜先以唐宋古文，为易于领

---

[1] 茅坤：《唐宋八大家文抄》卷首《总序》，万历七年（1579）茅一桂刻本（胶片）。
[2] 王应鲸：《唐宋八大家公暇录》卷首自序，乾隆二十六年（1761）同德堂藏板。
[3] 储欣：《唐宋十大家全集录》卷首《总序》，《四库全书存目丛书》第404册，第236页。

略耳。[1]

康熙四十年（1701）塾师于光华云：

> 初学经书既毕，即宜授以古文，但前贤选本俱从左、国、史、汉、六朝、唐宋相承而下。编次之体宜尔，而塾师亦即从左、史入门，初学遽难领略。故业师家仲得舆先生授华等古文，先由唐宋八大家起手，次两汉，次左、史，层累而上，指点古文渊流别派。且即唐宋、两汉中分为两种，择其起伏层折路径可寻者，先为讲解，俾知古文大概，然后授以沉雄深厚之作，微寓由浅入深意。华自课徒以来，即遵此法，初学颇易领益。因将童年应读之文，裒成一编，分为四集，以备家塾课本。非敢逞臆，亦不忘师训云尔。[2]

乾隆五十三年（1788），高嵣云：

> 诵读之法与编次之体不同。昔人言：秦汉文法宽，唐宋文法严。又云：秦汉文法微，唐宋文法显。故初学经书既毕，授以古文，须先从唐宋入手，使有径路可寻，次及史、汉，层累而上。盖推本以求，由左、国、史、汉以下迄唐宋者，穷源及流之道也；逆溯而往，由唐宋以上至左、国、史、汉者，先河后海之义也。[3]

高氏在总结前人理论与实践的基础上提出了"诵读之法与编次之体不同"的重要论断，对清代文学教育中由唐宋上窥秦汉的逆时路径以及这一路径的内在理据作了全面的总结。这是说，文学读本的编次顺序自然是先从秦汉开始，然后才是唐宋，但在学习的时候则"须先从唐宋入手"，之后再学秦汉文，而且只有这样，才会"有径路可寻"。潘德舆亦云："学古文者，由欧、苏入而柳而韩则几矣，由韩而《左》、《国》、《史》、《汉》则成矣。此由浅入深、由疏畅而结轖之渐也。"[4] 可见，康熙时期的塾师唐彪、于应骏（字得舆）、于光华等人率先在教育实践中采用从唐宋入手的逆序教学法，扭转了"从《左》、《史》入

---

[1] 唐彪：《家塾教学法》，赵伯英、万恒德选注，华东师范大学出版社1992年版，第29—30页。

[2] 于光华：《古文分编集评》卷首《凡例》，乾隆四十年（1775）积庆堂刻本。

[3] 高嵣：《唐宋八家抄》卷首自序，乾隆五十三年（1788）培元堂刻本。

[4] 潘德舆：《养一斋诗话》卷三，郭绍虞编选、富寿荪校点《清诗话续编》，上海古籍出版社1983年版，第2045—2046页。

门"的传统路径；这一做法在此后得到了广泛认同。

需要说明的是，唐宋文虽然在万历以后十分盛行，但在基础的文学教育中并没有取代秦汉文的原有地位。其间流行的大量初学古文读本，如《古文观止》、《古文析义》等等皆始自秦汉，而从所选文章的比例来看，主要是秦汉文和唐宋文两大块。这说明，唐宋文在明清时期的流行打通了秦汉与唐宋的原有壁垒，将文学教育的学习范本从秦汉文引向了唐宋文，在文学教育中为唐宋文争得了与秦汉文相辅而行的经典地位，从而在根本上打破了明代中期以来"文必秦汉"的狭隘路径。与此同时，八大家选本的流行及其与举业教育的结缘有力地打通了古文与时文，结束了万历以前"古文有妨时文"的对立观念。由此可以看出，大致以万历为界，文学教育由秦汉与唐宋、时文与古文对立的偏狭格局，逐渐向二者融合的宏通格局转变，其中八大家选本的流行发挥了关键的作用。

二、学界对茅坤《唐宋八大家文抄》
的批评与赓续本的再生产

学界对茅坤的《唐宋八大家文抄》一边没完没了地加以批评，一边又不弃不离地加以再选。在晚明至清末三百余年的历史跨度上，累积起丰富的思想资源，其中包含着对茅《抄》的一系列负面评价。那么，这些负面评价的主要内容及其意义如何？尤为重要的是，其与赓续本的再生产之间存在着怎样的逻辑关联呢？

茅《抄》初刊于万历七年（1579），此后的半个世纪并不出名，《明史》所谓"其书盛行海内，乡里小生无不知茅鹿门者"，是对前人文献的误读[1]。学界对茅《抄》的关注发轫于崇祯时期。崇祯元年（1628），方应祥重刊茅《抄》，指出并订正了其存在的局部问题。此后的孙慎行、王志坚、吴应箕等人，从不

---

〔1〕 万历二十九年，茅坤去世，朱赓为作《墓志铭》云："今读所著《白华楼藏稿》、《玉芝山房稿》、《耄年稿》，率雄浑浩荡，真古今巨丽之观也。文章名满天下，乡曲小学无不知有鹿门先生。"（朱赓《朱文懿公文集》卷九，《四库全书存目丛书》第 149 册，第 364 页，齐鲁书社 1997 年版）显然，"乡曲小学无不知有鹿门先生"一句，是就其《白华楼藏稿》等个人著述的影响而言，并不是指《唐宋八大家文抄》。《明史》（卷 287）则说："坤善古文，最心折唐顺之。顺之喜唐宋诸大家文，所著《文编》，唐宋人自韩、柳、欧、三苏、曾、王八家外，无所取，故坤选《八大家文抄》。其书盛行海内，乡里小生无不知茅鹿门者。"（《景印文渊阁四库全书》，台湾商务印书馆 1986 年版，第 301 册，第 851 页）这样一来，人们很容易认为"其书"指《八大家文抄》，因为它"盛行海内"，所以"乡里小生无不知茅鹿门者"。

同方面拓展了对茅《抄》的批评。在此基础上，清人黄宗羲、王夫之、储欣、华希闵、袁枚、皮锡瑞等一大批学者的参与将这一批评引向系统和深入。其主要评价可以从立名、宗旨、选文、评点和影响五个方面加以总结。

（一）立名："强合之为一队"、"盗袭"

在晚明至清末三百余年间，"唐宋八大家"名称的合法性和冠名权，是一个很有争议的话题。这段历史公案还没有引起当今学界的充分关注。学界对茅《抄》的关注和批评发轫于崇祯时期，但这些批评都不约而同地遵循着"方应祥模式"，即在整体肯定"唐宋八大家"立名的前提下就某些方面提出批评。与明人不同，清人对茅《抄》的批评更为苛严，不时泛起全盘否定的声音，其中最突出的就是对茅坤所立"唐宋八大家"名称的质疑。这些质疑之声虽然颇为嘈杂，但大都以否定其合法性和冠名权为指归。

新朝建立之初，往往苛论旧朝。在清初的特殊背景下，茅《抄》遭遇苛评不可避免。清代后期，随着阳湖派的兴起，攻击桐城派的势头增大，而桐城派以唐宋八大家文统的接续者自认，作为唐宋八大家文统的建立者，茅《抄》自然难以摆脱干系。针对汹涌而来的负面评价，论证其立名合法性者也为数不少。此类原创性批评主要发生在清初。后来的正面评价大都沿袭成说，但成说的每一次重述都在客观上加强了其影响力，其意义也不可否认。另一方面，不对茅坤的冠名权直接提出质疑，而通过寻绎"唐宋八大家"得名源流以归美前贤者，也不乏其人。这一派的批评要比诬蔑茅坤欺世盗名来得温和，但其不甘心将冠名权独归茅坤的心态与前者并无不同。此类原创性批评大都发生在清代中后期。总起来看，清人的批评虽然不免过激，但在系统性和深刻性方面已大大超过明人。

明清时期关于"唐宋八大家"名称的论争，其基本脉络已如上述。那么这些论争的主要内容有哪些呢？论争的内容主要集中在"唐宋八大家"名称的合法性和冠名权两个方面。先说合法性。

"合法性"就是合理性。"法"不是指法律，而是指"理据"。理据来源于对象的实际情况和人类的思维逻辑。如果一个名称以及冠名者赋予这个名称的内涵，被认为不符合对象的实际情况，或者不合常理，那么它的合法性就会受到质疑。

对于一个文学流派而言，共性是合法性的基础。唐宋八大家生活时代不同，个人风格和文学成就也各不相同，如果他们没有共性，凭什么把他们凑到一起？茅坤当然深谙此理。他为八大家找到的共性是"双合"：合于"六艺之旨"和

"不易之统"。按照方应祥的概括，就是"有当于孔子之六艺，而不失庖栖以来人文不易之统绪"。[1]"六艺"即《诗》、《书》、《易》、《礼》、《乐》、《春秋》，也称六籍、六经，据说皆由孔子删定，故称"孔子之六艺"。"有当于孔子之六艺"即"于六籍中求其吾心者之至，而深于其道，然后从而发之为文，譬则金之在冶，而种种色色，无不得其鼓铸之真者"。[2]也就是说从六经中体认出"道"来，从而发为文章；这些文章虽然"种种色色"，但须得六经涵养，受六经范围，万变不离其宗。"庖栖以来人文不易之统绪"即《易经·系辞》所说的"其旨远，其辞文"。"其旨远"即"不诡于道"，也就是羽翼六经而不相违戾。"其辞文"即"道之灿然若象纬者之曲而布也"，[3]形式虽然可以很华美，但必须是道的体现。

这样，茅坤就在经、道、文交叉点上建构起一个具有共同渊源的统系，从而在唐宋八大家之间找到了具有崇高法理依据的共性。在他看来，"韩、柳、欧、苏、曾、王辈，固有正统"；而此前的东汉、魏、晋、齐、梁、陈、隋，以及此后的李梦阳诸人，皆系"草莽偏陲"，[4]不得与于正统。茅坤依六经而立道统，依道统而立文统，将唐宋八大家界定为远绍六经、近接西汉的正统接续者。为立此论，附会之处，亦所不免。黄宗羲说："欧公谓正统有时而绝，此是确论。鹿门特以为统之在天下，未尝绝也。如此必增多少附会。"[5]茅坤所立"正统"是道统和文统的混合物，其中道统是文统的合法性来源，附会之处居多。实际情况是，唐宋八大家是一个文学群体，而不是一个道学群体。如果以道相绳，特别是以后起的宋明理学来衡量，难免醇驳互见，不洽人意。这就开启了后世关于八大家"醇驳"问题的论争；与此相关，其命名的合法性自然也受到质疑。

首先发难者是孙慎行。其崇祯初年所作《唐宋八大家文抄序》提出，文章分为明道之文、经世之文和文家之文，"若八家，时明道，时经世，盖兼举肆力而未为颛门者也。故有醇有剥，有畅有阒，而究竟不免为才人学士穷奇逞怪之文"。就是说，八大家文主要是文家之文，在其他方面并不突出。所以他又说："（八家）去经世远矣，至道术，则益又远。"[6]这就剥去了八大家的道统光环，

〔1〕 方应祥：《重刻八大家文钞序》，茅坤《唐宋八大家文抄》卷首，崇祯元年（1628）方应祥刻本。

〔2〕 茅坤：《玉芝山房稿》卷三《复陈五岳方伯书》，《四库全书存目丛书》第106册，第37页。

〔3〕 茅坤：《唐宋八大家文抄》卷首《总序》，万历七年（1579）茅一桂刻本。

〔4〕 茅坤：《玉芝山房稿》卷三《复陈五岳方伯书》，《四库全书存目丛书》第106册，第37页。

〔5〕 黄宗羲：《南雷文定》前集卷三《答张尔公论茅鹿门批评八家书》，《续修四库全书》第1397册，第283页。

〔6〕 孙慎行：《孙宗伯精选唐宋八大家文抄》卷首《八大家文抄序一》，清初刻评点本。

还原了其"文家之文"的本来面目。

这一论断影响深远。张伯行以"文人之文"定位八大家，即由此而来。其康熙末年所作《唐宋八大家文抄序》说："文人之文，不免因文而见道，故其文虽工，而折中于道，则有离有合，有醇有疵。"又说："韩、柳、欧、曾、苏、王诸公，卓然不愧大家之称，流传至今而不朽者，夫岂偶然也哉?"〔1〕也就是说，在道方面的不足不影响其成为不朽的"大家"。这就从与茅坤不同的视角赋予了"唐宋八大家"名称的合法性，从而化解了茅坤附会道统所带来的名不副实的自身矛盾。

张伯行为理学名臣，他的论断非同小可。在此之后，骂八大家"不知道"者仍然不乏其人。例如，康熙末年，张谦宜说："八家之于经，只是模仿字句，用文作料。就中道理，都未细心研究，所以韩不言格物，欧不信《系词》，王斥《春秋》，苏氏论《诗》、《易》、《中庸》，极为背戾，皆不得曰知道。"〔2〕孙慎行、张伯行等既已将八大家文还原为"文人之文"，与"明道之文"区分开来，则其知道与不知道，皆无损于"唐宋八大家"作为文学流派名称的合法性。此事已有论定，所以张谦宜的过激之言并没有产生很大的负面影响。

孙慎行和张伯行运用"还原法"，迂回地实现了"醇驳"说与"大家"论的兼容，而蔡方炳和沈德潜则正面回击了"醇驳"论。康熙初年，蔡方炳说："夫八家之文，有合乎道者，有不尽合乎道者，盖其旨主于揆时度势、救弊补偏，以洗儒者迂疏无用之学。要其衷诸孔孟，以上推二帝三王之说，何尝不异轨而合辙乎?是合道者，守道之经；即不合道者，亦用道之权。讵必专言理学，乃为荷道之人；不专言理学，遂非翊道之人耶?余故断以孔孟已往而后、濂洛未兴以前，赖此八家之文以载道于天壤间也。"〔3〕蔡氏将原始儒家学说与宋明理学区分开来，认为唐宋八大家虽不尽合于宋明理学，却与原始儒家学说（即"孔孟"、"二帝三王之说"）"异轨而合辙"。准此，他反对以后起的宋明理学标准逆向要求八大家，并尖锐地批判了理学家的此类学霸习气：不"专言理学"，即诬为"非翊道之人"。关于八大家在道统中的地位，他认为，在"孔孟已往而后、濂洛未兴以前"的"圣道湮晦"之际，如果没有八大家的"羽翼昌明之力"，圣道就会"绝而不续"。这就从一个宏大的视角，将八大家放在古往今来的道统链条中加以观照，肯定了其存亡续绝之功，呼应并加强了茅坤赋予八大家的道统光环，进一步论证了"唐宋八大家"的内在一致性。

---

〔1〕 张伯行：《唐宋八大家文抄》卷首自序，同治八年（1869）福州正谊书院刻本。

〔2〕 张谦宜：《絸斋诗话》，王水照《历代文话》第4册，复旦大学出版社2007年版，第3929页。

〔3〕 蔡方炳：《蔡息关先生八大家集选》卷首自序，康熙二十年（1681）刻本。

　　乾隆初年，沈德潜说："文之与道为一者，理则天人性命，伦则君臣父子，治则礼乐刑政，欲稍增损而不得者，六经四子是也。后此宋五子庶能表章之。余如贾、董、匡、刘、马、班，犹且醇驳相参，奈何于唐宋八家，遽求其备乎？"理学家普遍认为，八大家不过"因文见道"，与"道成而文自显"的合一境界判然有别，不得谓之"知道"。沈德潜站在文学家的立场上，在此提出了有力的反驳："文道合一"的境界，只有"六经四子"能够完全符合；以此要求八大家，是求全责备。他还说："宋五子书，秋实也；唐宋八家之文，春华也。天下无骛春华而弃秋实者，亦即无舍春华而求秋实者。"〔1〕这就打通了理学与文学之间的壁垒，肯定了唐宋八大家之于宋明理学的积极意义，有力地论证了其存在的必要性和合法性。

　　所有这些都是在承认八大家"醇驳相参"的前提下展开的，或者认为"醇驳相参"不妨碍其成为文学"大家"；或者认为"不合道者，亦用道之权"，不足以为八家病；或者认为只有圣贤能够做到有醇无驳，不必苛求八家。至此，茅坤立名依据的内在矛盾得到了多方面的解决，"唐宋八大家"作为具有共性的专名，其合法性也大大增强。

　　否定"唐宋八大家"名称合法性的另一个理由是择人不当。持此意见者认为，大家无定数，而且茅坤所定八家比例失调，高下悬殊，不足为凭。康熙中期，储欣批评茅坤"选大家而限以八"是"坐井之窥"，〔2〕"适足以掩遏前人之光"，并说"大家有定数哉？可以八，即可以十矣"。〔3〕于是增李翱、孙樵为十大家，显然也觉得茅坤所定"唐二宋六"比例不当。乾隆时期，袁枚发挥了储欣的看法。他说，"夫文莫盛于唐，仅占其二；文亦莫盛于宋，苏占其三"；又说茅坤"取千百世之人而强合之为一队"，其所立"唐宋八大家"之名"不可以为定称"。〔4〕清末皮锡瑞也说，"列汇八贤，总归一格"是"削趾适屦"。〔5〕不过，反对此派意见的也大有人在。与储欣同时而稍晚的何焯，就持不同观点。他认为："八家文各自成家，其不悖乎六经之旨、不离乎史迁之法则一，故可合八而一之。先是，止称韩、柳、欧、苏四家，渐衍为八家。定为八家者，自鹿门茅先生始。近者卢文子、蔡九霞、王惟夏、孙执升评骘八家文，非不各有发明，要皆为鹿门先生扬其波而益其炎焉尔。或增唐李翱、宋叶适为十家，学者

　　〔1〕　沈德潜：《唐宋八家文读本》卷首自序，乾隆十五年（1750）小郁林刻本。
　　〔2〕　储欣：《唐宋十大家全集录》卷首《凡例二十则》，《四库全书存目丛书》第404册，第238页。
　　〔3〕　储欣：《唐宋十大家全集录》卷首《总序》，《四库全书存目丛书》第404册，第236页。
　　〔4〕　袁枚：《小仓山房文集》卷三十《书茅氏八家文选》，《续修四库全书》第1432册，第351页。
　　〔5〕　皮锡瑞：《伏师堂骈文二种》第二种卷四《茅批唐宋八家文书后》，《续修四库全书》第1567册，第369页。

究未尽允。似此八家者，增一不可，损一不可，于是鹿门《文钞》为文章家不易之书矣。"[1] 在何焯看来，八大家之文，归旨于经，取法于史，具有共性；八大家得名经历了一个自然的衍生过程，其来有自；后来的选本皆以茅《抄》为蓝本，不足掩蔽前贤。这就对"十家说"提出了否定，并旗帜鲜明地肯定了"唐宋八大家"名称的合法性——书为"不易之书"，自然名为"不易之名"："增一不可，损一不可"。

择人不当论的另一个看法是，曾巩、苏辙文学成就不足，与"大家"之名不相称。唐琯说："选家每以醇厚推南丰，予虑夫气之优柔，或犹乎东汉之就衰也。"[2] 袁枚则认为，"曾文平钝，如大轩骈骨，连缀不得断，实开南宋理学一门，又安得与半山、六一较伯仲也？"[3] 其实，关于曾文的缺点，茅坤早已指出，"八君子者之中，曾子固殊属木讷蹇涩、嗷之无声、嘘之无焰者"[4]。将他列入八家，正是看中了其"开南宋理学一门"。对于此点，蔡方炳所论最为明切。其《南丰文选序》云："余读其文，上与刘中垒相后先，下启伊洛、考亭之风。唐荆川、王遵岩推崇其书，而茅鹿门侪之大家之列，良不诬也。呜呼，使曾氏之文不著，世将谓大家专取奇恣而峭厉，无复有古者淳厚之遗矣。故录曾氏之文，正以云救也。"[5] 曾巩是文道两栖的人物，茅坤将他列入八大家，就是为了增加"道"的分量，从而增强其立名的合法性。袁枚却站在文学立场上以此作为否定其合法性的理由，颇有几分讽刺意味。

对于苏辙，茅坤的评价很高，但明末王志坚说他"坦而近于庸"[6]。康熙初年，蔡方炳则从另一个视角对苏辙作了充分肯定。其《颍滨文选序》说："颍滨奇崛不能胜老泉，浑灏恣肆不能胜东坡，譬之山轰起万仞之高、水森然千顷之大，既已骇心夺目，而无平岗复岭、清溪安澜以纡徐映带于其间，则临之者固不能以终日，其将神竭而返也。"[7] 这就从读者的阅读感受出发，将风格的多样性和互补性作为重要的考量标准，肯定了苏辙的价值。同时而稍晚的华希闵也赞扬苏辙"师友父兄，而为文自辟门户，无所附丽"[8]。人树一帜，各不相袭，才能称为大家。蔡、华二人皆能抓住这一点，以能否"自辟门户"、独标风格作

〔1〕 何焯：《唐宋八大家文抄序》，茅坤《唐宋八大家文抄》卷首，康熙云林大盛堂刻本。
〔2〕 唐琯：《唐宋八大家文选》卷首自序，北京大学藏雍正九年（1731）朱墨二色稿本。
〔3〕 袁枚：《小仓山房文集》卷三十《书茅氏八家文选》，《续修四库全书》第1432册，第351页。
〔4〕 茅坤：《玉芝山房稿》卷三《复陈五岳方伯书》，《四库全书存目丛书》第106册，第37页。
〔5〕 蔡方炳：《蔡息关先生八大家集选》，康熙二十年（1681）刻本。
〔6〕 王志坚：《古文渎编》卷首自序，《四库全书存目丛书》第336册，第13页。
〔7〕 蔡方炳：《蔡息关先生八大家集选》，康熙二十年（1681）刻本。
〔8〕 华希闵：《延绿阁集》卷六《书唐宋八家文后》，《四库未收书辑刊》玖辑第17册，北京出版社1997年版，第738页。

为判断"大家"的标准,突破了单纯以成就论高下的成见。不过同样以风格要求大家的袁枚,却得出了与华、蔡完全不同的结论。他说:"所谓一家者,谓其蹊径之各异也。三苏之文,如出一手,固不得判而为三。"[1] 由此作为否定茅坤立名合法性的理由。实际上,"眉山苏氏父子兄弟相师友,而明允之豪横,子瞻之畅达,子由之纡折,亦有人树一帜,各不相袭者"。[2] 袁枚"三苏之文,如出一手"的论断显然不够允当,因而影响不大。

择人不当论的第三个看法是,王安石"得罪于圣人,流毒于天下后世",[3] 而且执拗狠戾,党同伐异,在人品上很成问题,不当列入八大家。以人论文是中国的通例。由于王安石被认为有人品问题,后世"恶其人并不师其文"[4]、"嫉其人而因以不重其文"[5] 的现象十分普遍,所以在中国散文史上,以王安石文为师法的作家很少。在这样的现实面前,茅坤将他选入八大家,自然难洽人意。康熙时期,储欣曾"再三欲斥去,勿列大家"[6]。雍正时期,唐珤认为王安石"滥厕"八家,"欲以紫阳朱子易之"。[7] 但都没有这样做,其共同的理由是八家之选,由来已久,贸然更易,"徒足骇怪学者之耳目"。[8] 乾隆时期,高嶰也说:"岂谓八家足尽唐宋哉?然唐宋首推八家,前人论定,荟萃成编,三百年来无异议,余亦何庸更置他词?"[9] 一边对茅《抄》表达不满,一边仍然沿用其名,这样的矛盾态度很有代表性。

名称的本质是符号,不可能反映对象的所有特征。明清时期对"唐宋八大家"名称的种种质疑,是以某一方面的名实不符为根据的。其前提就是要求名称反映对象的所有特征,不能不说过于苛刻。另一方面,名称的合法性主要是通过"因果的链条"实现的。一个名称产生之后,只要不同地域、不同时代的人都跟着这样叫起来,久而久之,就成为理所当然的了。至于其是否与对象的特征完全一致,已经变得不那么重要。正如索尔·克里普克所说:"当一个专名一环一环地传递下去的时候,确定该名称的指称的方式对于我们来说是无关紧要的,只要不同的说话者给它以相同的指称对象。"[10] 学界以名实应该完全相

〔1〕 袁枚:《小仓山房文集》卷三十《书茅氏八家文选》,《续修四库全书》第 1432 册,第 351 页。
〔2〕 吴振乾:《唐宋八大家类选序》,储欣《唐宋八大家类选》卷首,雍正元年(1723)刻本。
〔3〕 唐珤:《唐宋八大家文选》卷首自序,北京大学藏雍正九年(1731)朱墨二色稿本。
〔4〕 蔡方炳:《蔡息关先生八大家集选》之《荆公文选序》,康熙二十年(1681)刻本。
〔5〕 张伯行:《唐宋八大家文抄》之《王文引》,同治八年(1869)福州正谊书院刻本。
〔6〕 储欣:《唐宋十大家全集录》卷首《凡例二十则》,《四库全书存目丛书》第 404 册,第 238 页。
〔7〕 唐珤:《唐宋八大家文选》卷首自序,北京大学藏雍正九年(1731)朱墨二色稿本。
〔8〕 储欣:《唐宋十大家全集录》卷首《凡例二十则》,《四库全书存目丛书》第 404 册,第 238 页。
〔9〕 高嶰:《唐宋八家钞》卷首自序,道光十五年(1835)双河堂刻本。
〔10〕 〔美〕索尔·克里普克:《命名与必然性》,梅文译,上海译文出版社 2005 年版,第 125 页。

符为前提审视茅坤的立名,自然觉得许多地方与事实不合。但"八家之文最裨经义",〔1〕在科举力量推动下,唐宋八大家再选本层出不穷,每一个新选本的诞生和流行都以重述的手段塑造着其经典地位,每一个"因果的链条"都加强了其名称的合法性。那些嘈杂的批评声音尽管十分尖刻,但并没有占据舆论的制点高,成为压倒性的力量。

再说冠名权。"唐宋八大家"得名于茅坤,这一点在明代并无异议。孙慎行曾说茅《抄》选文太杂,不如唐顺之《文编》"有裁"〔2〕。孙慎行是唐顺之的外孙,他推尊《文编》不难理解,但并没有说《文编》为茅《抄》所自来。吴应箕认为茅坤的评点"最能埋没古人精神"、"自谓得古人之精髓、开后人之法程,不知所以冤古人、误后生者正在此"。〔3〕措辞很尖刻,是仅就其评点而言,并没有怀疑其冠名权。清初黄宗羲指出,"鹿门八家之选,其旨大略本之荆川、道思",〔4〕第一次指出茅《抄》与唐顺之、王慎中的联系,但无意说茅坤盗袭唐、王。"盗袭"说的提出者为朱彝尊。其《明诗综》说:

> 世传"唐宋八大家"之目系鹿门茅氏所定,非也。临海朱伯贤定之于前矣。彼云六家者,合三苏为一耳。今《文抄》本大约出于王道思、唐应德所甄录。茅氏饶于赀,遂开雕以行。〔5〕

朱氏认为,《唐宋八大家文抄》一书系出王慎中、唐顺之所选(即甄录),"唐宋八大家"之名系由明初朱右所定,而茅坤只是一个"开雕以行"的出资人。如果以此推论,那么茅坤的《唐宋八大家文抄总叙》在大谈"唐宋八大家"立名依据时只字不提朱右(字伯贤),其万历七年(1579)初刻本《凡例》自称"凡予所录八大家之文"云云,正文卷首自称"归安鹿门茅坤批评",不是"盗袭",又是什么呢?

所谓盗袭,是指"盗"王、唐之选、"袭"朱右之名。关于盗王、唐之选,实无此事。茅坤的外甥顾尔行说:"《八大家文抄》者,行舅氏鹿门公手披而录之者也。舅氏性好读书,虽少入仕籍,而不能废书以自娱。其谪广平及官陪京,

---

〔1〕 卢文成:《唐宋八家文要编》卷首自序,嘉庆四年(1799)刻本。

〔2〕 孙慎行:《孙宗伯精选唐宋八大家文抄》卷首《八大家文抄序三》,清初刻评点本。

〔3〕 吴应箕:《楼山堂集》卷十五《答陈定生书》,《续修四库全书》第1388册,第544页。

〔4〕 黄宗羲:《南雷文定》前集卷三《答张尔公论茅鹿门批评八家书》,《续修四库全书》第1397册,第283页。

〔5〕 朱彝尊:《明诗综》卷四十七,《景印文渊阁四库全书》第1460册,台湾商务印书馆1986年版,第158页。

皆冷曹，无所事事，则诸家之籍咸批之，无不详且至。比不肖自既髫知诵习，尝时擘画以教焉。迄十余年来，表弟辈习为经生者日众，而时有司益重以后场风诸生，则又搜唐宋诸家，凡敷陈资于举子业者，而以充广之；八公其表表者也。表弟桂，性好古，宝所习而次为若干卷板行焉。"[1] 可见，茅坤评书，由来已久。《唐宋八大家文抄》从选文到评点皆出自茅坤之手，系其晚年为儿辈举业而编的家用教材，其主要目的是帮助他们写好"后场"的论、策等[2]。当然，茅坤与唐顺之、王慎中交厚，两人的影响肯定是有的。唐顺之《文编》成书在前，也包括八家文，其选篇和评点对茅坤的影响当然更大。不过，茅坤于所录唐、王评点，皆已注明。茅坤《唐宋八大家文抄凡例》云："凡录批评，特据予所见而已。古之吕东莱、娄迁斋、谢枋得而下，多不录，以其行于世已久，而学士大夫无不知者。独近年唐荆川、王遵岩二公所传，世未必知之，故唐以○，王以△，各标于上，以见两公之用心读书处。于（与）予所见合与否，亦不暇论。"[3] 盗人之选而又自注其姓名，实在于理不通。尽管这样，朱彝尊"盗袭"说还是影响很大。后来的吕葆中就信以为真，王应奎宣扬此说，津津乐道。[4] 第一个为茅坤辩诬的是《钦定四库全书总目》。《唐宋八大家文抄》提要说："说者谓其书本出唐顺之，坤据其稿本，刊板以行，攘为己作，如郭象之于向秀。然坤所作序例，明言以顺之及王慎中评语标入，实未讳所自来，则称为盗袭者，诬矣。"可谓有理有据，一锤定音，流传近百年的"盗王、唐之选"说由此渐行渐远。

关于"袭朱右之名"，情况较为复杂。朱彝尊的袭名说影响很大，到杭世骏生活的雍、乾时期，已成共识。杭世骏说："元末临海朱氏始标八家之目，迄今更无异辞。"[5] 此说经四库馆臣的刻意宣扬，影响更大。《唐宋八大家文抄》提要说："考明初朱右已采录韩、柳、欧阳、曾、王、三苏之作为《八先生文集》，

〔1〕顾尔行：《八大家文钞题辞》，茅坤《唐宋八大家文抄》卷首，万历七年（1579）茅一桂刻本。

〔2〕明代乡、会试分三场，"初场试《四书》义三道，经义四道。……二场试论一道，判五道，诏、诰、表、内科一道。三场试经史时务策五道。"（《明史·选举志》）后场指二、三场，主要考论、策等应用文体，与前场考书义和经义不同。

〔3〕茅坤：《唐宋八大家文抄》，万历七年（1579）茅一桂刻本。

〔4〕吕葆中《八家古文精选凡例》云："茅鹿门《文钞》钩勒点缀之法略备。相传《文钞》本子出自荆川，故有渊源。"（吕留良《八家古文精选》，《四库禁毁书丛刊》第94册，第312页）王应奎《柳南续笔》卷三《茅选唐宋八家》云："世传所谓唐宋八大家者，系归安茅氏所定，而临海朱伯贤实先之。朱竹垞则谓大约出于唐应德、王道思所甄录，茅氏饶于赀，遂刊之以行耳。余观此书，颇斤斤于起伏照应、波澜转折之间，而其中一段精神命脉不可磨灭之处，却未尽着眼。有识者恒病之。"（《丛书集成初编》第2963册，上海商务印书馆1936年版，第9页）

〔5〕杭世骏：《道古堂文集》卷八《古文百篇序》，《续修四库全书》第1426册，第273页。

实远在坤前。"[1] 然而，朱右选本并不叫《八先生文集》。直到清末，才有学者对此加以考辩。刘声木说，朱右所编实为《唐宋六先生集》，而且"立名实未允协，以三苏合为一家，称《唐宋六家文集》可也，乃以'六先生'名集。三苏本属父子兄弟三人，焉能并三人为一人耶?"[2] 由此他认为朱右所定之名"转不如坤之迳云八家之为得也"。[3] 这就推翻了"袭朱右之名"的旧说，还原了事实真相。

也有人将"唐宋八大家"立名的源头上溯至元代乃至南宋。文政二年（1819，嘉庆二十四年）日本刘煜所作《续唐宋八家文读本序》云："元吴澄历举古来文宗，每称韩欧七家，已兆其端。至明初朱右辑录八家文为《八先生集》，而八家之名立。举世谓昉于坤，非也。"[4] 晚清驻日大使黎庶昌受此影响，将此观点舶来中国，其《续古文辞类纂序》云："茅鹿门八家之说，皆以为定自朱右，不知吴文正草庐序王文公集已言之。眉山只数二苏氏，仅得七人，子由尚不与也。"[5] 吴澄（1249—1333），字幼清，学者称草庐先生。其至元二十四年（1287）所作《别赵子昂序》提出"唐宋七子"说，八大家只少苏辙。[6] "唐宋七子"说对唐宋八大家的形成确有影响，但也只能说"已兆其端"。

在此之前，王应鲸上溯至南宋朱熹、吕祖谦等。其乾隆二十六年（1761）所作《古文八大家公暇录序》云："闲尝读朱子《语录》、《全书》，其中论唐宋文字，于韩、柳、欧、苏、曾、王八家，每谆谆言之，则八大家之评，由来尚矣。故朱子之友吕东莱先生著《古文关键》一书，用选八家为多。嗣是有真西山先生《文章正宗》两编，唐宋之文亦八家为备。宋季谢叠山先生有《文章轨范》七卷，共六十有九篇，亦以八家为指南。"[7] 与王应鲸同时的杭世骏也说："鹿门八家之说，袭真西山《读书记》中语。"[8] 其共同心态是推美前贤，不甘心将"唐宋八大家"冠名权独让茅坤。对于这种倾向，高嵣就颇为不满。其乾隆五十三年（1788）所作《唐宋八家钞序》云："唐文有韩、柳，宋文有欧、

---

〔1〕 纪昀等：《钦定四库全书总目》（整理本），中华书局 1997 年版，第 2647 页。

〔2〕 刘声木：《苌楚斋三笔》卷八，《丛书集成三编》第 7 册，台湾新文丰出版公司 1996 年版，第 2514 页。

〔3〕 刘声木：《苌楚斋随笔》卷一，《丛书集成三编》第 7 册，第 34 页。

〔4〕 〔日〕村濑诲辅：《续唐宋八家文读本》，文政九年（1826）刻本。

〔5〕 黎庶昌：《续古文辞类纂》，光绪二十一年（1895）金陵状元阁铅印本。

〔6〕 参见李宜蓬：《吴澄"唐宋七子"说的理论价值——兼论唐宋八大家概念的形成》，《江西师范大学学报》2008 年第 6 期。

〔7〕 王应鲸：《古文八大家公暇录》，乾隆三十年（1765）嵩秀堂刻本。

〔8〕 杭世骏：《小仓山房文集序》，袁枚《小仓山房文集》卷首，《续修四库全书》第 1431 册，第 697 页。

苏、曾、王，朱子盖尝亟称之。嗣是古文选本如吕东莱之《关键》，真西山之《正宗》，楼迂斋之《文诀》，谢叠山之《规（轨）范》，率皆以诸家为准的，而亦诸家文为较多，然未始有八家之名目。八家专本行世，盖自归安茅鹿门始也。"[1] 既肯定了南宋诸人对八家文的关注，又将八大家的冠名权还于茅坤。日久论定，可谓不失分寸。

真相愈辩愈明。经过明清时期旷日持久的论争，在"唐宋八大家"名称的合法性和冠名权两个方面基本达成了以下共识：

唐宋八大家是文学家，而不是道学家，其在道方面的"醇驳相参"不影响其成为文学"大家"。唐宋八大家文学成就高下有别，风格各异，正可以相济为用，为读者提供不同的审美感受。唐宋文不止八家，但八大家既经茅坤论定，脍炙人口，楷模士林，不可随意更易。总之，"唐宋八大家"之名既具有内在一致性，又在漫长的历史时空中得到了广泛认同，在理论和实践上都具有合法性。

（二）宗旨："为举业而设"

举业往往被看作"营宠媒利"[2] 的工具，选本一旦与"举业"二字联系起来，其品位就会大打折扣，不论这个选本在市场上多么热销。明正德时期，王守仁把举业比喻成"士君子求见于君之羔雉"，并认为"士虽有圣贤之学、尧舜其君之志，不以是进，终不大行于天下"[3]，论证了举业在科举体制下的必要性和正当性。在此之后，以迄晚明，主流舆论和各种举业读本不再讳谈举业。茅坤说苏轼《大悲阁记》等"狃于佛氏之言，然亦以其见解超朗，其间又有文旨不远、稍近举子业者，故并录之"[4]，又说苏洵《衡论序》"议论多杂以申、韩，余第谓其与举子业较近，故并录之"（卷八）。显然，其选文标准首先是有资举业，文章的醇驳与否还在其次。顾尔行也说："迩十余年来，表弟辈习为经生者日众，而时有司益重以后场风诸生，则又搜唐宋诸家，凡敷陈资于举子业者，而以充广之；八公其表表者也。"[5] 可以说，"为举业而设"是茅《抄》的胎记，无论是编选者，还是校刊者，都无意加以掩盖。

清初黄宗羲、顾炎武猛烈批判科举败坏人才，举业一词重新为舆论所鄙薄。

---

[1] 高嵣：《唐宋八家钞》卷首自序，道光十五年（1835）双河堂刻本。
[2] 薛应旂：《新刊举业明儒论宗》卷首自序，隆庆元年（1567）金陵三山书坊刻本。
[3] 王守仁：《文章轨范序》，谢枋得《文章轨范》卷首，嘉靖四十年（1561）郭邦藩常静斋刻本。
[4] 茅坤：《唐宋八大家文抄》卷首《凡例》，万历七年（1579）茅一桂刻本。
[5] 顾尔行：《唐宋八大家文抄题辞》，茅坤《唐宋八大家文抄》卷首，万历七年（1579）茅一桂刻本。

第一个批评茅《抄》"为举业而设"并产生很大影响的是储欣。他说："尝即其选与其所评论以窥其所用心，大抵为经义计耳。其标间架，喜排叠，若曰：此可悟经义之章法也；其贬深悔，抑生造，若曰：此可杜经义之语累也；其美跌宕，尚姿态，若曰：此可助经义之声色也。经义以阐圣贤之微言，诸大家之文以佐学者之经义，所以之书一出，天下向风，历二百年至于梨枣腐败，而学者犹购读不已，有以也。"[1] 这段文字将茅《抄》的"天下向风"归因于"为经义计"这一"用心"，颇有不屑之意。储氏自言其《唐宋十大家全集录》意在"破学者抱匮守残之见"，系为"成学治古文之人"[2] 而编，与茅《抄》的选评宗旨和读者定位都不相同，但并没有得到舆论的认同。四库馆臣说："茅坤所录，大抵以八比法说之。储欣虽以便于举业讥坤，而核其所论，亦相去不能分寸。"[3] 同样是八大家散文选家的卢文成说："前明茅鹿门先生《文抄》一选，深为经义计也，故是书出而四方争购，至今翕然向风。本朝储在陆先生批点勾画，本归安之意而畅明之。"[4] 在卢氏看来，就举业而言，储欣选本与茅《抄》不只"相去不能分寸"，甚至可以说是有过之而无不及。

储欣对茅《抄》的态度在清代很有代表性：尽管动辄讥评茅《抄》为举业而设，但其新编八大家选本的举业倾向更为严重。明人的兴趣广泛，八大家选本所关心的绝不只是举业。例如，茅评对八大家的文学性十分关注[5]，同时也"借文章以谈经世之略"[6]，尤其喜欢谈兵。孙慎行选本以"深醇尔雅"[7] 为宗，郑邺意在寻绎"精神心术之所存"[8]，吴正鹍强调"学古而通今"[9]，也即从八大家中寻找济世良方，王志坚《古文渎编》的兴趣则在于以文证史。或明道，或经世，或治学，立意高远，并非只与举业有关。而清代的此类选本只有张伯行《唐宋八大家文抄》一种，其余大抵为举业而设，而且对于举业以外的事情几乎了无兴趣。

这就说明，清人对于茅《抄》"为举业而设"的批评并没有产生实际影响。在科举力量的推动下，清代唐宋八大家选本在为举业而设的评选道路上愈走愈远，不顾一切地走向了主流舆论的反面。

---

〔1〕 储欣：《唐宋十大家全集录》卷首《总序》，《四库全书存目丛书》第 404 册，第 236 页。
〔2〕 储欣：《唐宋十大家全集录》卷首《总序》，《四库全书存目丛书》第 404 册，第 236 页。
〔3〕 纪昀等：《钦定四库全书总目》（整理本），中华书局 1997 年版，第 2659 页。
〔4〕 卢文成：《唐宋八家文要编》卷首自序，嘉庆四年（1799）刻本。
〔5〕 参见夏咸淳《〈唐宋八大家文抄〉与明代唐宋派》，《天府新论》2002 年第 3 期。
〔6〕 茅坤：《玉芝山房稿》卷二《与王工部书》，《四库全书存目丛书》第 106 册，第 32 页。
〔7〕 孙慎行：《孙宗伯精选唐宋八大家文抄》卷首《又序》，清初刻本。
〔8〕 郑邺：《唐宋八大家文自怡集》卷首自序，上海图书馆藏崇祯四年（1631）稿本。
〔9〕 吴正鹍：《唐宋八大家文恕》卷首自序，崇祯五年（1632）汪复初刻本。

批评"为举业而设",实质上是批评为"时文"而选古文。从"治时文"的角度看，从唐宋八大家散文入手，显然比从墨卷房书入手，更有根柢。而从"治古文"的角度看，用后起的八股思维和方法选评八大家散文，无异南辕北辙、方枘圆凿。正如四库馆臣所说："夫能为八比者，其源必出于古文。自明以来，历历可数。坤与欣即古文以讲八比，未始非探本之论。然论八比而沿溯古文，为八比之正脉；论古文而专为八比设，则非古文之正脉。"〔1〕这个评价一分为二，可谓允当。值得关注的是将古文选本的"为举业而设"界定为"探本之论"。要深刻理解这个结论的意义，还得从茅《抄》初刊之前举业群体的观念和学风谈起。

在古文与举业关系问题上，长期流行着"古文妨业"的观念。所谓"古文妨业"，就是学习古文妨碍举业。徐渭在嘉靖时所作的《黄潭先生文集序》一文中说："近世以科条束士，士群趋而人习之，以急于售而试其用，其视古人之文，则见以为妨己之业也，遂相与弃去不讲。"〔2〕嘉靖四十四年（1565），詹仰庇说："文一而已矣，后世科举之学兴，始歧而二焉。学者遂谓古文之妨于时文也。"〔3〕万历三年（1575），武之望说："自举业起而经生视古文若异道。"〔4〕这说明"古文妨业"的观念在当时已经深入人心。

这种观念之所以盛行，是因为仅就举业而言，只要熟读一些坊刻时文，或者临时抱抱佛脚，就有可能投机成功。顾炎武云："今以书坊所刻之义，谓之时文，舍圣人经典、先儒之注疏与前代之史不读，而读其所谓时文。时文之出，每科一变，五尺童子能诵数十篇而小变其文，即可以取功名，而钝者至白首而不得遇。"〔5〕读时文的功效如此之大，谁还去读古文呢？于是"党塾之师，以时文章句为教"的风气甚为流行〔6〕。茅《抄》及此后大量唐宋八大家散文再选本的流行，将科举群体的举业读本由时文引向古文，冲破了以时文为教的恶劣风气，其历史功绩不可谓不大。而之所以如此，正是得力于这些选本共同的"为举业而设"的基本定位。因而，清人对茅《抄》"为举业而设"的批评，既有虚伪的一面，也有不合理的一面。

〔1〕 纪昀等：《钦定四库全书总目》（整理本），中华书局 1997 年版，第 2659 页。
〔2〕 徐渭：《徐渭集》，中华书局 1983 年版，第 1086 页。
〔3〕 詹仰庇：《文章指南序》，归有光《文章指南》卷首，《四库全书存目丛书》第 315 册，第 623 页。
〔4〕 武之望：《举业卮言》卷三，万历三年（1575）金陵周氏万卷楼刊本。
〔5〕 顾炎武：《顾亭林诗文集》，中华书局 1983 年版，第 23 页。
〔6〕 顾炎武：《日知录集释》，黄汝成集释，栾保群等校点，花山文艺出版社 1990 年版，第 789 页。

（三）选文："繁杂"、"疏漏"

对茅《抄》选文的最常见批评是"繁"，即选文数量过多。署名钟惺的一篇文章说："夫先生一代文宗，其所遴选原无容置议。但大方之选古文词也，法宜从宽；而初学之读古文词也，数宜从简。"〔1〕在肯定茅《抄》的前提下，指出了其选篇过多、不便初学的局限。同时而稍晚的倪思辉也以"简帙浩繁，不便后学"〔2〕评价茅《抄》。清初学人或者批评其"浩瀚难读"〔3〕，或者指出其"择取者不无过多"〔4〕，即承明人意见而来。清末萧穆说："茅氏文字之见，实能跨越前人，抄录亦称极富，而识者颇病其繁杂，不得为治古文者之善本。"〔5〕对茅《抄》在选评方面的优缺点作了客观的总结。

一个文学选本选篇过多，很难成为文学读本；不能成为文学读本，就很难得到普及。茅《抄》的万历七年（1579）初刻本收文1313篇，分为144卷；方应祥修订本和以方应祥本为底本的茅著本篇目和卷数更加繁重，很难用作文学读本，更不用说初学读本。学界对其"浩瀚难读"的批评，引导后来的新选本不约而同地走上读本化的道路。其突出特点是选篇数量减少，读者定位明确，适合用作初学读本。孙慎行《精选唐宋八大家文抄》减为432篇，吕留良《八家古文精选》185篇，储欣《唐宋八大家类选》248篇，沈德潜《唐宋八家文读本》377篇，王应鲸《唐宋八大家公暇录》120篇，高嵣《唐宋八家抄》256篇，程岩《精选唐宋八大家古文正矩》86篇，刘大櫆《唐宋八家文百篇》100篇，陈兆仑《批选八家文抄》116篇。这些选本的篇目多则为茅《抄》的三分之一，少则不足十分之一。一般读者主要是通过这些简约的再选本学习八大家散文的，真正将茅《抄》用作读本的人却很少。从这个意义上说，学界关于茅《抄》选篇过"繁"的否定性评价促进了唐宋八大家选本的再生产，推动了唐宋八大家散文的普及化和经典化。

"繁杂"的第二层意思是选文标准庞杂。孙慎行说："腐文可唾，卑文可扫，奇文可嗜，高文可师，如之何其混而一也？既已可混而一，又焉得不畔而逃？

---

〔1〕 钟惺：《唐宋八大家选》卷首自序，崇祯五年（1632）汪应魁贻经堂刻本。

〔2〕 倪思辉：《唐宋八大家选序》，钟惺《唐宋八大家选》卷首，崇祯五年（1632）汪应魁贻经堂刻本。

〔3〕 卢元昌：《唐宋八大家集选》卷首自序，顺治十五年（1658）金阊王遇升刻本。

〔4〕 戴名世：《南山集》卷四《唐宋八大家文选序》，《续修四库全书》第1419册，第103页。

〔5〕 萧穆：《敬孚类稿》卷二《刘海峰先生唐宋八家文选序》，《续修四库全书》第1560册，第633页。

余少读《轨范》，一斑耳；已而睹茅氏《八大家文抄》，则浩矣。"[1] 批评茅
《抄》将"腐卑奇高"之文汇为一选，没有统一的审美标准。实际情况也是如
此。例如，《方山子传》这种滑稽的文章对于举业用处不大，但茅坤"特爱其烟
波生色处，往往能令人涕洟，故录入之"（卷二十三），显然是看重其文学性。
再如，其收录柳宗元《上李夷简相公书》的理由是"子厚困阨之久，故其书呼
号哀吁若此，录而存之，以见其始末云"（卷四），有以文存史之意；收录苏辙
《书金刚经后》以"稍见子由禅学一派"（卷二十），表现出对苏辙思想倾向的关
注。他又说苏辙《羊祜论》议论失当，但"予独爱其言足为后世人主持盈者之
戒，故录而识之"（卷十），表现出诫世的热情。更有甚者，他还有意选录观点
谬误或文辞拙劣的文章。例如，他认为曾巩《答王深甫论扬雄书》"所议甚舛，
姑录而质之有识者"（卷三）。由此看来，其选文标准很庞杂，而这一点又是其
选文数量庞大的原因所在。

在对茅《抄》选文标准的批评声中，后来的选本，特别是清代选本，大都
聚焦于举业一途，失去了茅《抄》灵动活泼的个人气息和利物济人的宏大关怀，
从而沦为面目枯槁、死气沉沉的举业工具书。就此而言，对茅《抄》选文标准
的批评产生了持久而深刻的消极影响。清人萧穆说，茅《抄》之后，"选本愈
多，而识又或出于茅氏之下，所录愈失前人之真"[2]，其所以如此，这种批评难
辞其咎。

也有一派批评茅《抄》选文"疏漏"，也就是说漏选了从某一角度来看有价
值的文章。明末吴正鹍为苏轼《乞增修弓箭社条约状》所作的眉评说："此等文
章真实有用，《文抄》或遗漏未选，予每增入一二。"[3] 吴正鹍以"有用"于国
计民生为纲，以人君、人臣、吏治、士类、民生、财赋、兵戎、夷虏、盗贼、
政要十事为目，将全书分为十卷，因事隶文，与茅坤选文宗旨和编纂体例大不
相同，自然会觉得有"遗漏未选"处。黄宗羲说，茅《抄》"去取之间，大文当
入、小文可去者，尚不胜数也"[4]。华希闵则认为，对于柳宗元的文章，"《文
抄》于元和以前多置弗录"，因而"增入颇多"[5]，其中许多是骈文。在他看来，
"四六之文靡于六朝，宋人近于腐矣。柳州熔铸经史，敷陈情事，华而不靡，庄

〔1〕 孙慎行：《孙宗伯精选唐宋八大家文抄》卷首《书八大家文抄后》，清初刻本。
〔2〕 萧穆：《敬孚类稿》卷二《刘海峰先生唐宋八家文选序》，《续修四库全书》第 1560 册，第
633 页。
〔3〕 吴正鹍：《唐宋八大家文悬》卷七，崇祯五年（1632）汪复初刻本。
〔4〕 黄宗羲：《南雷文定》前集卷三《答张尔公论茅鹿门批评八家书》，《续修四库全书》第 1397
册，第 283 页。
〔5〕 华希闵：《延绿阁集》卷十一《书唐宋八家文后》，《四库未收书辑刊》玖辑第 17 册，第 738 页。

而不腐,最为得体。旧本皆遗,今录置首卷"[1]。或以大小论文,或以文体论文,所见不同,去取自异,本不必过为褒贬。储欣说:"韩柳者,文章之宗,尤八家之主也。韩柳且疏,他复何校哉?由斯以观,虽曰表章前哲,而挂漏各半,适足以掩遏前人之光;虽曰开导后学,要所以锢蔽其耳目,而使之不广者亦以多矣。欲无遗议,得乎?"[2]以掩遏前人之光、锢蔽后学耳目评价茅坤的选文,不能不说有失平允。

从选文的来源看,茅《抄》之后的新选本可分为两类:一类完全以茅《抄》为底本,无所增益;一类以唐宋八大家别集为底本,以茅《抄》为参照,有所增益。后者就是"疏漏"论的产物。此类选本往往在茅《抄》之外别有所选,并以此矜夸于人。但总起来看,茅《抄》所选,差不多已经包含了唐宋八大家散文的精华,为后来的赓续本提供了丰富的备选资源。那些有意在茅《抄》选文之外标新立异的选本往往并不出彩,影响也不大。

(四)评点:"埋没古人精神"

学界认为茅《抄》的评点"埋没古人精神",主要基于两点。第一点是说茅评有谬误和失当之处,结果"错会古人主意"。最早指出其知识性错误的,是明人王志坚。王志坚长于史学,对茅评中由于历史知识不足而造成的错误多所驳正。例如,苏轼《议学校贡举札子》评语说:"鹿门评云:当时张商英、张无垢辈并好禅寂,苏氏兄弟亦于此着脚。按,张无垢绍兴二年进士,恐熙宁年间尚未生也。"[3]苏轼《乞诏边吏无进取及论鬼章事宜札子》评语说:"《宋史》云:……八月,鬼章就擒,赦之,授陪戎校尉,听招其子以自赎。用苏公议也。……鹿门评此篇云:此苏公搏虎手,惜乎世不能用。是未见正史耳。"[4]又如,曾巩《讲官议》评语说:"此议当在熙宁初,鹿门谓当因伊川争坐讲而发。按,两人原不同时。"[5]在此之后,各路学人群起响应,纷纷以揭发茅评谬误为快事。其中影响最大的是黄宗羲。他批评茅坤不明宋制,"不知韩氏为何人";不明史实,"疑(顾)十郎为座主"。又批评茅坤以"似狙而少庄"评韩愈《罗池庙碑》,批评茅坤将韩愈的"务去陈言"理解为追求字句的"生割",并坚定地

---

〔1〕 华希闵:《增订柳柳州文抄》卷一《礼部为文武百寮请听政第二表》文后评,《增订唐宋八大家文抄》,清初刻本。

〔2〕 储欣:《唐宋十大家全集录》卷首《总序》,《四库全书存目丛书》第404册,第236页。

〔3〕 王志坚:《古文渎编》卷五,《四库全书存目丛书》第336册,第739页。

〔4〕 王志坚:《古文渎编》卷五,《四库全书存目丛书》第336册,第739页。

〔5〕 王志坚:《古文渎编》卷二,《四库全书存目丛书》第337册,第477页。

指出，"盖不知昌黎之所谓陈言者，庸俗之议论也，岂在字句哉？"茅坤为柳宗元《寄许京兆孟容书》所加的评语说："予览苏子瞻安置海内（外）时诗文及复故人书，殊自旷达，盖由子瞻晚年深悟禅宗，故独超脱，较子厚相隔数倍。"（卷一）黄宗羲对此评颇不以为然。他说："子瞻所谪为奸邪所忌，而子厚之谪，人且目之为奸邪。心事不白，出语凄怆，其所处与子瞻异也。若论禅宗，子厚未必让于子瞻耳。"既指出了茅坤的知识性错误，又指出了其主观判断的偏颇和失当。黄氏的另一拓展是对茅《抄》的圈点加以批评。他认为茅《抄》"圈点勾抹多不得要领，故有腠理脉络处不标出，而圈点漫施之字句间者，与世俗差强不远"[1]。圈点不得要领，评点又有知识性的错误和主观性的偏颇，势必错会古人主意，埋没古人精神。

"埋没古人精神"的第二层意思是说茅《抄》评点繁密，又过于注重法度，文章的精神因此得不到充分阐发。从这个角度对茅坤提出尖锐批评的，是明人吴应箕和陈贞慧。吴应箕说："大抵古人精神不见于世者，皆评选者之过也。弟尝谓张侗初之评时义、钟伯敬之评诗、茅鹿门之评古文，最能埋没古人精神，而世反效慕恐后，可叹也。彼其一句一序皆有释评，逐段逐节皆为圈点，自谓得古人之精髓、开后人之法程，不知所以冤古人、误后生者，正在此。"[2]"冤古人"即"埋没古人精神"，原因之一就是"一句一序皆有释评，逐段逐节皆为圈点"，即过于繁密的评点湮没了文章的神明精蕴。而在陈贞慧看来，茅评"埋没古人精神"的原因在于过分注重文法，在文意的阐发上用力不够。陈贞慧（1604—1656），字定生，江苏宜兴人，有《八大家文选》一书，已佚，今存吴应箕所作序文一篇。此序引录陈慧贞的看法说："古文之法，至八家而备。八家之文，以法求之者辄亡。夫文不得其神明之所寄，徒以法泥之；未尝无法也，舍其所以寄神明者，而惟便己之为求，天下岂有文哉？"[3] 这段文字当出自陈慧贞为《八大家文选》所作的自序，系针对茅《抄》而发。其突出的观点是将茅《抄》的"埋没古人精神"归因于惟法是求。后来黄宗羲说，"鹿门一生仅得其转折波澜而已，所谓精神不可磨灭者，未之有得"[4]，王夫之说，"钩锁之法，守溪开其端，尚未尽露痕迹；至荆川而以为秘密藏。茅鹿门所批点八大家，全恃此以为法，正与皎然《诗式》同一陋耳"，又说，"立此法者，自谓善诱童蒙，

〔1〕 均见黄宗羲：《南雷文定》前集卷三《答张尔公论茅鹿门批评八家书》，《续修四库全书》第1397册，第283页。

〔2〕 吴应箕：《楼山堂集》卷十五《答陈定生书》，《续修四库全书》第1388册，第544页。

〔3〕 吴应箕：《楼山堂集》卷十七《八大家文选序》，《续修四库全书》第1388册，第557页。

〔4〕 黄宗羲：《南雷文定》前集卷三《答张尔公论茅鹿门批评八家书》，《续修四库全书》第1397册，第283页。

不知引童蒙入荆棘，正在于此"〔1〕。黄宗羲"所谓精神不可磨灭者，未之有得"，即陈贞慧"不得其神明之所寄"之意，王夫之所谓"引童蒙入荆棘"，即吴应箕所谓"误后生"之意。不过，黄、王的观点对后世影响很大，而吴、陈的批评则鲜为人知。

在此之后，蔡方炳、魏禧、储欣、华希闳、戴名世、汪份、沈德潜、王应奎、刘大櫆、袁枚、皮锡瑞皆对茅评有所驳正。其中华希闳和皮锡瑞态度最为激烈。华希闳直批茅评为"皮相"〔2〕、"矮人观场"〔3〕。韩愈《曹成王碑》文后评又说："旧评诋其穿凿生割，然则剽窃陈言，乃为熟割耶？"〔4〕柳宗元《愚溪对》文后评说："自状其冒进抵触，只坐一愚，乃创巨痛深，真切之语。旧评谓之自矜，夫愚亦何足矜也？"〔5〕旧评即指茅评。不是肆意漫骂，就是冷嘲热讽，用语也很尖刻。清末皮锡瑞以"六陋"总括茅《抄》，说茅坤"挟塾师拘墟之见，武断是非；仿试官品第之辞，判分甲乙"，又说茅评运用"几同牛毛之法"，"强作解事"，而且"疏舛既不胜举"，又"不穷其原委，而务窃其形模"，因而虽然"五色标识，仍未脱夫狐禅"〔6〕，把茅《抄》说得一无是处。所有这些，皆以"埋没古人精神"归罪茅评。

平心而论，茅评的知识性谬误是存在的，但比例很小。其评论"失当"与否，见仁见智，本不必强求一律。至于茅评是否过分注重法度而埋没了古人精神，很值得讨论。从现存的八大家赓续本来看，就其对八大家散文"精神"的揭示而言，只有储欣、沈德潜、陈兆仑的选本稍能接近茅《抄》。其他选本，或急于事功，心不在焉；或坐而论道，借题发挥；或沉湎举业，了无情致；或专意射利，粗制滥造，都无法与茅《抄》相提并论。说到茅《抄》与后起的再选本，特别是清代选本，何者更重视法度，可以说一目了然。从万历七年（1579）初刻本的情况来看，茅《抄》用来说明"钩锁照应"之法的文字比例很小，而且绝大部分放在正文行间夹评中，各家小引、题下评和文后总评大都用来揭示文章的精神。而从大部分赓续本来看，用来阐发文法的文字比例很大，而且连篇累牍，无处不在，阐释文法的新术语也大量增加。清代选本（如孙琮《山晓阁选唐宋八大家全集》、程岩《唐宋八大家文约选》）的评点，大都分成两块：

〔1〕 王夫之：《薑斋诗话笺注》，戴鸿森笺注，人民文学出版社1981年版，第205页。

〔2〕 华希闳：《增订柳柳州文抄》卷一《与李翰林建书》文后评，清初刻本。

〔3〕 华希闳：《增订韩文公文抄》卷五《清边郡王杨燕奇碑》文后评，清初刻本。

〔4〕 华希闳：《增订韩文公文抄》卷五《曹成王碑》文后评，清初刻本。

〔5〕 华希闳：《增订柳柳州文抄》卷五《愚溪对》文后评，清初刻本。

〔6〕 皮锡瑞：《师伏堂骈文二种》第二种卷四《茅批唐宋八家文书后》，《续修四库全书》第1567册，第369页。

一是文章段意的梳理，一是"起承转合"之法的总结。段意的梳理大都不是为了发掘文章的精神，而是为总结"起承转合"之法服务。总起来看，茅《抄》之后的赓续本，特别是清代选本，因过于注重文法而疏于揭示文章精神的倾向更为明显。

（五）影响："其书行而流祸深"

学界对茅《抄》的批评不仅指向茅《抄》本身，还指向其所产生的负面影响。明末吴应箕最先批评茅《抄》"误后生"，并说"其书行而流祸深，诗文所以日亡也"[1]。将诗文之亡归罪于茅《抄》的流行。至于其原因，他说："以其文有法度之可求，于场屋之取用甚便，而袭其词者，但薪以动悦有司之一日，非必真有得于古人不传之妙而师之也，于是文之精神以亡。且天下购其书者日益众，苦于篇卷繁积，思有以节录之，因而选者四起，而文之精神愈亡。故八家之文以其传与习者久且多如此，实皆无所得而使之亡。"[2]在吴氏看来，诗文之亡，一是因为茅《抄》只被当作举业工具，二是因为后起的赓续本推波助澜，进一步强化了其工具性。与此相应，八大家散文的文学性不再成为读者关注的中心。这个评价有其深刻和正确的一面。与吴氏的古文立场不同，王夫之是站在时文立场上批判茅《抄》的。他说："有皎然《诗式》而后无诗，有《八大家文抄》而后无文。立此法者，自谓善诱童蒙，不知引童蒙入荆棘，正在于此。"[3]"《文抄》盛行，周莱峰、王荆石始以苏、曾为衣被，成片抄袭，有文字而无意义。"[4]又说："学八大家者，之而其以，层累相叠，如刘草茅，无所择而缚为一束；又如半死蚓，沓拖不耐，皆贱也。"[5]在他看来，"陋人"茅坤的选本只会"以钩锁呼应法论文"，后来的时文选家取径愈狭，时文作者又学之不善，所以导致了时文创作的"贱"相。

毫无疑问，茅《抄》负面影响的产生不仅与茅《抄》自身有关，也与时代的要求和读者的接受有关。吴、王二人在批判茅《抄》的同时，都将读者的接受作为关注点之一，开启了后人对这一问题更为深入的论述。雍正时期的华希闵说："今之读八家者，拘泥格套，指摘字句，孰为眼目，孰为柱子，孰为起伏照应，操觚家不暇推明大意，先有一死法胶于心目之间。"又说："赝唐宋者以

〔1〕　吴应箕：《楼山堂集》卷十五《答陈定生书》，《续修四库全书》第1388册，第544页。
〔2〕　吴应箕：《楼山堂集》卷十七《八大家文选序》，《续修四库全书》第1388册，第557页。
〔3〕　王夫之：《薑斋诗话笺注》，戴鸿森笺注，人民文学出版社1981年版，第205页。
〔4〕　王夫之：《薑斋诗话笺注》，戴鸿森笺注，人民文学出版社1981年版，第208页。
〔5〕　王夫之：《薑斋诗话笺注》，戴鸿森笺注，人民文学出版社1981年版，第202页。

叫嚣为雄奇，以腐烂为醇正，美瞬而学步，寻其旨趣，茫如也，是优人之啼笑尔已。"在他看来，归有光"自谓肩随欧曾，抗行临川，今取其全集读之，求其规摹，一语不可得"[1]，算不得善学八家。清人陶元淳说，魏禧从茅《抄》入手学古文，结果只学得"规抚节奏"[2]，也算不得善学八家。

关于"学八家不善"的问题，前人多有创论。袁枚说："学六朝不善，不过如纨绔子弟，熏香剃面，绝无风骨止矣。学八家不善，必至于村媪呶呶，顷刻万语，而斯文滥焉。"[3]纪昀说："茅鹿门诸人以摹拟八家为倡，于是人人皆八家，而人人之八家又同一音。模造面具，其斯之谓欤？"[4]张美翊也说："李空同以字句摹秦汉，而秦汉为窠臼；茅鹿门以机调摹唐宋，而唐宋又为窠臼。"[5]面具也罢，窠臼也罢，都从一种困境走向另一种困境。皮锡瑞甚至认为，茅坤"妄托颛门，津逮后学，遂使乡曲小儿，谬下雌黄，唐宋名流，横遭红勒"[6]，不仅后人学八家不善应归罪茅坤，赓续本的再生产也应归罪茅坤。

如上所述，学界对茅《抄》的负面评价主要表现在五个方面，每个方面的意义或大或小，各不相同。总起来看，其核心意义在于推动了赓续本的再生产。那么，学界的负面评价何以能够推动赓续本的再生产？它们之间存在着怎样的逻辑关联呢？

任何事物，一旦被奉为至高无上的权威，就会排斥批评，从而封闭了自我发展和提高的空间。当一个事物被认为重要但并非至高无上时，情况就有所不同。其重要性使它足以引起广泛的关注，其非权威性又为负面评价的发生提供了可能。只有当一个事物向负面评价敞开时，其缺点和局限才会暴露出来，其自身的改良和后来者的革新才有可能发生。在这种情况下，负面评价就产生了实际的正面意义。

学界对茅《抄》的负面评价，也应作如是观。在此起彼伏的负面评价声中，不满茅《抄》的人们不断对它加以改编或再选，以适应不同时代、不同群体的不同需要。每一个新选本都在扬弃茅《抄》的基础上有所变革，同时又不可避免地因袭了茅《抄》的基本特征，这个基于共同母本、有因有变的衍生过程就是赓续本的再生产过程。如所周知，科举力量是唐宋八大家选本生成的动力之

————————

〔1〕 华希闵：《延绿阁集》卷六《增订八大家文抄序》，《四库未收书辑刊》玖辑第17册，第653页。

〔2〕 王应奎：《柳南续笔》卷三《茅选唐宋八家》，《丛书集成续编》第2963册，第152页。

〔3〕 袁枚：《小仓山房文集》卷三十《书茅氏八家文选》，《续修四库全书》第1432册，第351页。

〔4〕 纪昀：《纪文达公遗集》卷九《香亭文稿序》，《续修四库全书》第1435册，第364页。

〔5〕 张美翊：《论文集要跋》，薛福成《论文集要》卷首，王水照主编《历代文话》第6册，第5764页。

〔6〕 皮锡瑞：《师伏堂骈文二种》第二种卷四《茅批唐宋八家文书后》，《续修四库全书》第1567册，第369页。

源,人们编选、评点、刊刻、购买和阅读唐宋八大家选本,大都围绕举业展开。但如果茅《抄》被公认为适用于所有人群、所有时代的最佳举业读本,那么对它加以改编和再选就失去了必要。正因为人们对于它的种种不满,才产生了这些种类繁多的新选本。就此而言,学界对茅《抄》的负面评价与科举力量一道,从不同侧面共同推动了赓续本的再生产。

第一章　茅坤《唐宋八大家文抄》

茅坤字顺甫，号鹿门，浙江省湖州府归安县人。生于明正德七年（1512），卒于万历二十九年（1601），享年九十。嘉靖十七年（1538）进士，历任青阳令、丹徒令、吏部司勋司主事、广平府通判、南京礼部精膳司郎中、广西兵备佥事等职，官至大名兵备副使。在大名兵备副使任上以贪污罪为人所劾，落职归里。后入胡宗宪幕府，与徐渭、沈明臣等参与东南沿海的抗倭斗争，以文章和军事才略名重于时。

茅坤早年崇尚秦汉文，尤其是《史记》，以为"唐以后，若薄不足为者"。30岁以后受唐顺之影响，开始重视并刻苦研读唐宋文。其妾萧氏说，茅坤35岁谪广平府通判期间，"屈首诵读，数已寐复披衣起，篝灯达曙，攻苦甚于诸生时"。[1]其外甥顾尔行也说，"其谪广平及官陪京，皆冷曹，无所事事，则诸家之籍，咸批之，无不详且至"。[2]"官陪京"指任南兵部车驾郎、南京礼部精膳司郎中，事在37岁至39岁。在此期间，茅坤日夜批读的"诸家之籍"是否有唐宋八大家呢？茅坤说：

> 自罪黜以来，恐一旦露零于茂草之中，谁为吊其衷而悯其知？以是益发愤为文辞，而上采汉马迁、相如、刘向、班固，及唐韩愈、柳宗元，宋欧阳修、曾巩、苏氏兄弟，与同时附离而起所为诸家之旨，而揣摩之。[3]

---

〔1〕　茅国缙：《先府君行实》，茅坤《茅鹿门先生文集》卷三十五附载，《续修四库全书》第1345册，第214页。

〔2〕　顾尔行：《八大家文钞题辞》，茅坤《唐宋八大家文抄》卷首，万历七年（1579）茅一桂刻本。

〔3〕　茅坤：《茅鹿门先生文集》卷一《与蔡白石太守论文书》，《续修四库全书》第1344册，第464页。

所谓"罪黜",并非指 43 岁大名兵备副使任上削籍回乡,而是指 35 岁由吏部司勋司主事谪为河北广平府通判。茅坤为人"慢易",[1] 在徐阶面前不欲执弟子礼;徐阶居丧,又未去吊唁。二人因此有隙。茅坤深信,广平之谪,是受徐阶迫害的结果,因而笔调沉郁,用词很重。张梦新认为,此文大约作于嘉靖三十年(1551)。[2] 从上面的引文可以看出,35 岁"罪黜"后的数年间,他发愤"揣摩"的诸家之籍就包括唐宋大家文。这就为此后《唐宋八大家文抄》的编评奠定了基础。

《唐宋八大家文抄》成书于茅坤 68 岁时,系为儿孙辈举业而编,主要是帮助他们写好"后场"的论策等。万历七年(1579),茅坤的外甥顾尔行说:"迩十余年来,表弟辈习为经生者日众,而时有司益重以后场风诸生,则又搜唐宋诸家,凡敷陈资于举子业者,而以充广之;八公其表表者也。"[3] 明代乡、会试分三场,"初场试《四书》义三道,经义四道。……二场试论一道,判五道,诏、诰、表、内科一道。三场试经史时务策五道。"[4] "后场"指二、三场,主要考论策等应用文体,与前场以"四书五经"命题的八股文体不同。通常情况下,初场最为重要,但隆、万之际,后场也受到重视。所谓"有司益重以后场风诸生",即指此。后场文体多样,内容庞杂,经常有钱粮、兵马、吏治等方面的内容,应用性和时务性很强。要做好这类文章,单靠揣摩当时流行的时文选本是不够的。因而,茅坤从唐宋文中择取"凡敷陈资于举子业者",加以评点,作为课读儿孙辈的家用举业教材。茅坤自道其选苏洵《重远》一文的理由是"并切今世情事,录之以备举子家经济之一"(卷八),这句话也可以看作茅《抄》全书的编选动机。

茅坤的儿孙辈,中举、中进士者,颇不乏人。万历八年(1580),外孙董嗣成(次女子)中进士。万历十一年(1583),次子茅国缙中进士。万历十六年(1588),侄茅一桂(兄茅乾子)中举。万历二十三年(1595),外孙董嗣昭(次女子)中进士。万历二十九年(1601),从孙茅瑞徵(弟茅艮孙)中进士。上述诸人,加上科场蹭蹬的三子茅国绥、幼子茅维等人,确实是一个不小的举业群体。万历七年(1579)成书时,这个群体中人或者正准备应试,如茅国缙;或者虽然年龄尚小,将来也准备应试,如年仅五岁的茅维、茅瑞徵。将近古稀的茅坤想为子孙留下一部有资举业的教科书,以供他们现在和将来学习之用,是

〔1〕 茅坤:《茅鹿门先生文集》卷三十一《岛人传》,《续修四库全书》第 1345 册,第 125 页。

〔2〕 张梦新:《茅坤研究》,中华书局 2001 年版,第 104 页。

〔3〕 顾尔行:《八大家文钞题辞》,茅坤《唐宋八大家文抄》卷首,万历七年(1579)茅一桂刻本。

〔4〕 《明史》卷七十《选举志》,中华书局 1974 年版,第 1694 页。

不难理解的。从《唐宋八大家文抄》成书至茅坤去世，这个家族至少走出了四位进士、一位举人。从这个事实来看，《唐宋八大家文抄》发挥了正面作用，茅坤的苦心没有白费。

万历七年（1579），茅坤从他编评的唐宋诸家中择取八家，汇为一书，并在《总序》中论证八家上接庖牺以来人文不易之统绪的崇高地位，确立对李梦阳等前七子拟古主张的批判立场，从而赋予全书更为宏大的内涵。因而，关于此书的编评动机，"举业"而外，还有"载道"、"反动"等说法。所谓反动，是指站在批判前七子"文必秦汉"的拟古主义立场上，有意张扬唐宋文。茅坤之孙茅著说，"先大父鹿门公病今世之为文伪且剿也，特标八大家之文以楷模之"，[1]即为此意。理清了《文抄》编评与成书的缘起，这个问题也就较为明朗了：原为课读儿孙的家用举业教材，万历七年（1579）刊刻前，为提高全书的品位，加入了"载道"、"反动"等更为宏大的内涵。

茅坤《唐宋八大家文抄》有三个版本系统：万历七年（1579）茅一桂刊 144 卷本、崇祯元年（1628）方应祥刊 166 卷本和崇祯四年（1631）茅著刊 164 卷本。入清以后，茅著本成为影响最大的通行本，云林大盛堂刻本、皖省聚文堂刻本和四库全书抄本，均系以茅著本为底本的 164 卷本。不过，各家仍互有异同；其与茅著本不同印本的关系也较为复杂。

一、万历七年茅一桂刊 144 卷本

万历七年（1579）茅一桂刊 144 卷本，有万历七年（1579）茅一桂初刻印本和万历时期茅一桂修订后印本两种。

（一）万历七年茅一桂初刻印本

1. 实物鉴定

万历七年（1579）茅一桂初刻印本存世并不多。南京图书馆藏本系明行人司所藏旧物，又有清代藏书家丁丙跋语，十分珍贵。但此馆不借阅原书，我所看到的是国家图书馆所藏此本的胶片。浙江图书馆藏本保存完整，品相良好，也十分难得。（见图 1-01）

---

〔1〕 茅著：《唐宋八大家文抄跋》，茅坤《唐宋八大家文抄》卷首，崇祯四年（1631）金阊簧玉堂刻本。

国家图书馆文津馆所见胶片 6 盘（索书号为 S1199），据南京图书馆藏原本拍摄。片头题为："《唐宋八大家文钞》一百四十四卷，（明）茅坤辑，万历七年茅一桂刻本，清丁丙跋。六十册。"正文半叶九行十九字，左右双边，白口，单鱼尾，有直格。卷首题"唐大家韩文公文抄卷之一，归安鹿门茅坤批评"，版心题"韩文卷一"。《苏文公文钞引》和《苏文定公文钞引》首页版心下镌"傅汝光刻"四字。

此书无封面，开卷扉页为清人丁丙墨笔跋语。丁跋后依次为茅坤《唐宋八大家文钞总序》、《韩文公文钞引》、顾尔行《八大家文钞题辞》、《八大家文钞凡例》、茅一桂《八大家文旨》（《文旨》末有茅一桂跋语）、《韩文公本传》、《唐大家韩文公文抄目录》和《唐大家韩文公文抄》正文。韩愈后依次为柳宗元、欧阳修、苏

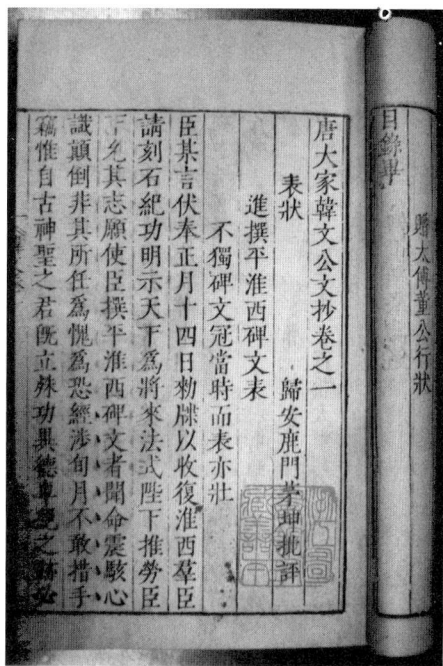

图 1-01　茅坤《唐宋八大家文抄》卷首
浙江省图藏万历七年（1579）茅一桂初刻本

洵、苏轼、苏辙、曾巩、王安石七家，各家均以茅坤《文钞引》、各家《本传》、目录和正文为序。书尾无序跋、牌记等。

万历七年（1579），此书由茅一桂校刻于杭州。茅一桂，茅坤兄茅乾子，字国芳，号中荛，万历十六年（1588）顺天府举人，历任句容知县、黎平知府。其姑表兄顾尔行说："表弟桂，性好古，宝所习而次为若干卷板行焉。"[1]可见，《唐宋八大家文钞》就是茅一桂受业于茅坤的教材。他所做的工作是将这个教材"次为若干卷"，并将旧有的《八大家文旨》附刊于《凡例》之后。关于此事，茅坤《凡例》说："凡八家所为论文之旨，侄桂辈尝录而出之旧矣。予览之，因令附刻于首《凡例》之后。"茅一桂在《八大家文旨》后所作的识语说："右八家所为论文之旨数十条，桂所手录而以相揣摩、相绅绎，因以求至其至者也。"由此可知，《八大家文旨》系八家文论的汇抄，原为个人"揣摩"而编，茅《抄》成书后，得茅坤同意，始得以附刊。

说此书校刊于杭州，并无内证。证据来自茅坤孙茅著崇祯四年（1631）重刻《唐宋八大家文抄》时在苏州所作的跋语。他说："虎林本行世既久，不无糢

---

〔1〕顾尔行：《八大家文钞题辞》，茅坤《唐宋八大家文抄》卷首，万历七年（1579）茅一桂刻本。

糊。而著也经岁纷驰，备尝无妄，干蛊无才，终讼非志，虽读父书，希绍祖业，用是与舅氏吴毓醇重加考较。"[1]崇祯元年（1628），方应祥重刻茅坤《唐宋八大家文抄》，地点也在杭州，也可以称为"虎林本"。但既云"希绍祖业"，自然不可能指方本，而只能是万历七年（1579）茅一桂初刻本。由茅著这番话可知，茅一桂本刊于杭州。此本扉页清人丁丙跋语也说刊于杭州，与茅著相合。

此书钤有7枚明代朱印。现存最早的一枚为"万历戊申春行人司查明"长方印，见于茅坤《总序》和七家《文钞引》首页页眉；《韩文公文钞引》无此印。万历时期的另一枚印章为"万历辛亥秋行人司查明"，见于柳文卷四以及欧阳修、苏轼、曾巩、王安石《文钞引》首页页眉。"辛亥"为万历三十九年（1611）。崇祯时期的钤印共有三枚。一为崇祯四年（1631）所钤"崇祯辛未夏日行人梁云构阅"，见于欧文卷一首页页眉。梁云构（1584—1649），字匠先，号眉居，河南兰阳人，崇祯元年（1628）进士。一为崇祯七年（1634）所钤"崇祯甲戌秋日行人司杨抡查"，见于柳文卷四、欧文卷三以及苏轼、曾巩、王安石《文钞引》首页页眉。杨抡，云南鹤庆人，万历四十一年（1613）进士，官至光禄寺卿。[2]一为"崇祯拾年拾壹月左司副马思理查"，见于柳文卷四、欧文卷三以及苏轼、曾巩、王安石《文钞引》首页页眉和正文右上。马思理，字达生，福建长乐人，天启二年（1622）进士。另有"行人司图书记"一枚，不具年代和姓名，见于韩文卷九、欧文卷三、苏轼文卷九、苏辙文卷十六首页页眉，以及苏轼、曾巩、王安石《文钞引》首页正文右上。"吴道昌查讫"长方朱印一枚，见于欧公《文钞引》前页页眉末端。吴道昌，万历四十四年（1616）进士。（见图1-02）

明人的查书印，对于判断此书的版本价值颇为有益。"万历戊申春行人司查明"印章时代最早。"戊申"为万历三十六年（1608），此时距《唐宋八大家文抄》的初刻（万历七年，1579），仅有29年。"崇祯拾年"印章时代最晚，与最早的"万历戊申"章相隔29年。也就是说，此书在行人司中至少庋藏了29年；到崇祯元年（1628）方应祥本和崇祯四年（1631）茅著本刊刻时，此书仍然在行人司书库中。晚明书坊利用不同版本改篡畅销书的风气很盛，崇祯四年（1631）刊刻的茅著本就被坊人改篡得面目全非。此书在行人司的长期庋藏和行人司良好的图书年检制度，使此书避免了同样被改篡的命运，其初刻面貌得到

---

〔1〕 茅著：《唐宋八大家文抄跋》，茅坤：《唐宋八大家文抄》卷首，崇祯四年（1631）金闾簧玉堂刻本。

〔2〕 康熙《鹤庆府志》卷十六，第二页，《北京图书馆古籍珍本丛刊》，书目文献出版社2000年版，第45册，第494页。

了很好的保存。另一方面，明人查书印在此书中的多处出现，以及行人司姓名与史实的吻合，有力地增强了此书的可靠性。

总之，南京图书馆所藏万历七年（1579）茅一桂刻本，系明行人司官藏旧物，为现存最可靠的《唐宋八大家文抄》初刻本。将此本与后来的方应祥刻本、茅著刻本等比较，对于梳理《唐宋八大家文抄》的版本源流，具有十分重要的意义。

茅坤《总序》前页有墨笔跋语，认定此为"明行人司藏书"，而且"距刊书时才二十有八年，不独有殊乎坤孙茅著之书雕，且得□见明代官书制度之一端也"。论断详确，令人信服。此跋未署姓氏，国家图书馆胶片片头著录为"清丁丙跋"，甚是。丁丙（1832—1899），字嘉鱼，别署钱塘流民、八千卷楼主人等，浙江钱塘人，晚清四大藏书家之一。茅坤《总序》、各家《文钞引》以及每卷首页右下多钤"八千卷楼藏书之记"篆字方印，可知此

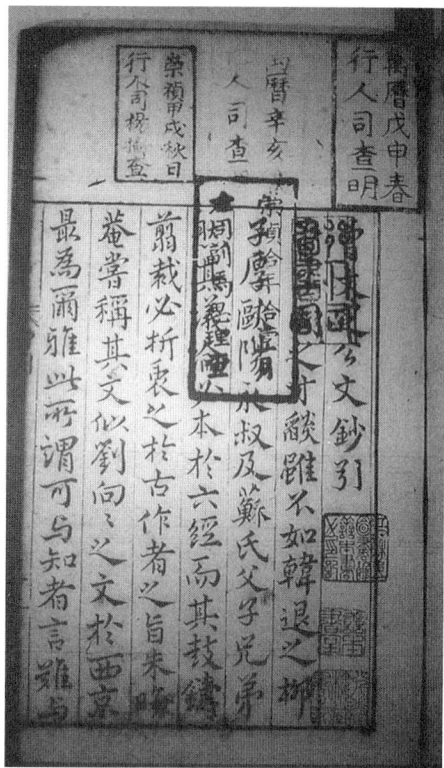

图 1-02 茅坤《唐宋八大家文抄》曾文引首页 国家图书馆藏万历七年（1579）茅一桂初刻本胶片（据南京图书馆藏本拍摄）

书从明行人司流出后，终为丁氏八千卷楼所得。丁丙去世后，包括此书在内的八千卷楼藏书全部度入江南图书馆，即现在的南京图书馆。[1] 茅坤《总序》及各卷首页钤有"江苏省图书馆善本书之印记"。此书刷印精良，足本，得以保存至今，十分难得。丁丙的跋语及此书的良好品相、清晰的流传轨迹进一步增加了其版本价值。

2. 选文规模

按照茅坤在各家《文钞引》中的设计，全书 144 卷，共收文 1313 篇。其中，唐文 28 卷，304 篇；宋文 116 卷，1009 篇。各家情况为：

韩愈 16 卷，173 篇。包括表状 8 篇，书、启、状 44 篇，序 28 篇，记、传 12 篇，原、论、议 10 篇，辩、解、说、颂、杂著 22 篇，碑、墓志、碣、铭 41 篇，哀辞、祭文、行状 8 篇。

---

〔1〕 郑伟章：《文献家通考》，中华书局 1999 年版，第 1034 页。

柳宗元 12 卷，131 篇。包括书、启 35 篇，序、传 17 篇，记 28 篇，论、议、辩 14 篇，说、赞、杂著 18 篇，碑铭、墓碣、诔、表、状、祭文 19 篇。

欧阳修 32 卷，280 篇。包括上皇帝书疏 6 篇，札子、状 53 篇，表、启 22 篇，书 25 篇，论 36 篇，序 31 篇，传 2 篇，记 25 篇，神道碑铭、墓志铭 47 篇，墓表、祭文、行状 23 篇，颂、赋、杂著 10 篇。

苏洵 10 卷，60 篇。包括书、状 14 篇，论 37 篇，记 4 篇，说 2 篇，引 2 篇，序 1 篇。

苏轼 28 卷，229 篇。包括制策 2 篇，上书 7 篇，札子 13 篇，状 12 篇，表、启 26 篇，书 22 篇，论 50 篇，策 25 篇，序、传 10 篇，记 26 篇，碑 6 篇，铭、赞、颂 15 篇，说、赋、祭文、杂著 15 篇。

苏辙 20 卷，156 篇。包括上皇帝书、札子、状 19 篇，书 10 篇，史论 72 篇，策 25 篇，序、引、传 7 篇，记 12 篇，说、赞、辞赋、祭文、杂著 11 篇。

曾巩 10 卷，87 篇。包括疏、札、状 6 篇，书 14 篇，序 32 篇，记、传 28 篇，论、议、杂著、哀词 7 篇。

王安石 16 卷，197 篇。包括上皇帝书 1 篇，札子、疏、状 7 篇，表、启 36 篇，书 35 篇，序 12 篇，记 22 篇，论、原、说、解、杂著 25 篇，碑、状、墓志铭、墓表、祭文 59 篇。

可以看出，选文最多的是欧阳修，其次为苏轼、王安石、韩愈、苏辙、柳宗元、曾巩、苏洵。茅坤对韩愈颇有讥评，认为其不能守困，而且为文"生割"，因而选文数量在欧阳修、苏轼、王安石之后。这一抑唐扬宋、抑韩扬欧的倾向，在后来的选本中十分少见。

从目录和正文看，此书的实际选文与茅坤在《文钞引》中的设定还有一些出入。此书的实际选文为 1310 篇，详见本文《存在问题》一小节。

3. 选文标准

如上所论，茅《抄》的选评动机，兼有"举业"、"载道"和"反动"三方面。其实，"载道"和"反动"二点是万历七年（1579）刊刻前新加的，其目的在于迎合主流意识形态，呼应时代学术思潮，从而提高全书的品位，争取更大的生存空间。揆诸实际，这两点在选文和评点中都没有得到充分落实。与此不同，"举业"是茅《抄》的胎记。茅坤说苏轼《大悲阁记》等"狃于佛氏之言，然亦以其见解超朗，其间又有文旨不远、稍近举子业者，故并录之"，又说苏洵《衡论序》"议论多杂以申、韩，余第谓其与举子业较近，故并录之"（卷八）。文章"狃于佛氏之言"、"杂以申、韩"，自然与"载道"相左，但看在"稍近举子业"的份上，还是将它们选入。显然，在他的眼中，"举业"比"载道"更重要。

茅坤抬高唐宋文，但并不贬低秦汉文。他虽然在《总序》中批评李梦阳太看重《史记》，但他本人对《史记》的尊奉绝不亚于李梦阳。在他看来，司马迁是"圣于文者"，其文章"浑浑噩噩，如长川大谷，探之不穷，揽之不竭，蕴藉百家，包括万代"（均见《总序》），可以说五体投地。他所反对的只是李梦阳的食古不化。由此看来，茅《抄》与李梦阳等前七子相"反动"的言论很稀薄，也很勉强。

选文标准是选文动机的落实。"与举子业较近"是茅《抄》选文的首要标准。储欣说茅坤的选本"标间架，喜排叠"、"贬深晦，抑生造"、"美跌宕，尚姿态"，都是"为举业而设"。[1] 所论最为深刻。

但茅《抄》的选文标准又不止于举业，而是颇为庞杂。明末孙慎行就批评茅《抄》将"腐卑奇高"之文汇为一选，过于杂乱。实际情况也是如此。茅坤在评点中频繁使用"如画"、"韵折"、"风韵"、"可涕"、"涕洟"等赞语，可见其对文学性的重视。例如，《方山子传》这种近于滑稽的文章对于举业用处不大，但茅坤"特爱其烟波生色处，往往能令人涕洟，故录入之"（卷二十三），显然是看重其文学性。再如，其收录柳宗元《上李夷简相公书》的理由是"子厚困阨之久，故其书呼号哀吁若此，录而存之，以见其始末云"（卷四），有以文存史之意；收录苏辙《书金刚经后》以"稍见子由禅学一派"（卷二十），表现出对苏辙思想倾向的关注。他又说苏辙《羊祜论》议论失当，但"予独爱其言足为后世人主持盈者之戒，故录而识之"（卷十），表现出诫世的热情。更有甚者，他还有意选录观点谬误或文辞拙劣的文章。例如，他认为曾巩《答王深甫论扬雄书》"所议甚舛，姑录而质之有识者"（卷三）。由此看来，其选文标准很庞杂，而这一点又是其选文规模庞大的原因所在。

4. 评点特色

正如明人王志坚、清人黄宗羲所指出的那样，茅评中存在知识性错误，但在我看来，这只是白璧微瑕，不害其为宝。评价一家的评点，不能斤斤于一枝一节，而是应该加以汇通，全盘考虑。在明清时期出现的五十余种八大家选本中，茅《抄》的评点在三个方面最有特色。

（1）有定见

受唐顺之的影响，茅坤也主张文章要有"千古不可磨灭之见"，而不是"几句婆子舌头语"。[2] 这样的追求也反映在茅评中，其突出表现是有定见。所谓有定见，就是有见解，不人云亦云；而且这些见解很坚定，不闪烁其词。大凡读

---

〔1〕 储欣：《唐宋大家全集录》卷首《总序》，《四库全书存目丛书》第404册，第236页。

〔2〕 唐顺之《荆川先生文集》卷七《与茅鹿门主事》，《丛书集成续编》第116册，第87页。

大家文，一开始会觉得很好，随着研读的深入，会发现大家也有缺点。然后通过对其优点和缺点的全面汇通和平衡，最后形成定见。所以，对于名家名作，能否指出缺点，往往成为是否有定见的标志。茅评论八大家文，既热烈地指出优点，也冷峻地剖示缺点，而且见定而语确，与心中本无定见、一味盲赞瞎评的因循、敷衍和暧昧之态判然有别。例如，他指出韩文"多奇崛，然亦多生割处"（卷十五《南阳樊绍述墓志铭》）；柳文"雄辨"，但"太露气岸，不如昌黎浑涵"（卷三《与韩愈论史官书》）。还说柳文"漫澜"，而且"每每文到纵横时，便露此态"（卷二《与李睦州论服气书》）；欧文"于叙事处往往得太史迁髓"（卷十五），然而时有"宋人之格调"（卷二十《相州昼锦堂记》）；老苏文"以强词轧正理"（卷四《春秋论》），但有"一段奇迈奋迅之气，故读之往往令人心掉"（卷八《远虑》）。至于苏氏兄弟，茅坤认为"议论文章自西汉以来当为天仙，独于叙事处，不得太史公法门"（大苏文卷二十六《司马温公神道碑》）。他还说曾文"凡到要紧话头便缩舌"（卷一《熙宁转对疏》），因而"迂塞，不甚精爽"（卷三《与抚州知州书》），王文"好为深远之思、遒婉之调，然亦思或入于渺，而调或入于诡"（卷七《虔州学记》）。或褒或贬，都称得上见定识卓，掷地有声，不屑讲"婆子舌头语"。就此而言，黄宗羲说茅坤没有学到唐顺之的"精神不可磨灭者"（《答张尔公论茅鹿门批评八家书》），是有失公允的。

（2）有纵深

茅评虽然发端于一文一事，但往往不是因文论文，就事论事，而是宕开一笔，在不同作家之间展开多点比较。以文体为中心进行多点比较，是茅评的最常用手段。例如，茅坤评曾巩《上范资政书》一文云："曾公既自幸为范文正公所知，窃欲出其门，又恐文正公或贱其人，故为纤徐曲折之言，以自通于其门。而行文不免苍莽沉晦，如扬帆者之入大海，而茫乎其无畔已。"这是仅就曾巩的这篇上执政书而言，但他接着说，"若韩昌黎所投执政书，其言多悲慨；欧公所投执政书，其言多婉曲；苏氏父子投执政书，其言多旷达而激昂"。最后得出总结论，韩、欧、苏五家的上执政书，"较之子固，醒人眼目，特倍精爽"（曾文卷二）。也就是说，曾巩的上执政书"苍莽沉晦"，在诸家中最差。又如，谈到苏轼的表启，茅坤说："启表之类，惟欧阳公情多婉曲，王荆公思多巉刻，而苏氏父子兄弟则往往禁思者少。"（大苏文卷八）谈到苏轼的上皇帝书，茅坤说："苏氏父子兄弟所上皇帝书不同。老苏当仁庙时，朝廷方尚安静、凼德泽，故其书大较劝主上务揽威权、责名实。长公、次公当神庙时，朝廷方变法令，殛富强，故其书大较劝主上务省纷更、持宽大。然而次公之言，犹纤徐曲巽；而长公之言，似觉骨鲠痛切矣。然三人中长公更胜，其指陈利害似贾谊，明切事情似陆贽。"（大苏文卷二《上神宗皇帝书》）。谈到欧阳修的碑传文，茅坤说："欧阳公碑文正公，仅千四百言，而公之生平已尽；苏长公状司马温公几万言而上，似犹有余旨。盖欧得史迁之髓，故于叙事处裁节有法，自不繁而体已完；苏则所长在策论纵横，于史家学或短。此两公互有短长，不可不知。"（欧文卷二十三《资政殿学士户部侍郎文正范公神道碑铭》）都立足文体，分析不同作家的不同特点，视野宏通，突破了评点所在文章的限制。

茅评的多点比较，以文体为中心者居多，但并不局限于此。例如，他说，"予览苏子瞻安置海内（外）时诗文及复故人书，殊自旷达，盖由子瞻晚年深悟禅宗，故独超脱，较子厚相隔数倍"（柳文卷一《寄许京兆孟容书》），这就不是以文体为中心的比较，而是对比相同境遇中的不同心态和风格。他还总结"苏氏家法"说，"苏氏父子兄弟于经术甚疏，故论六经处大都渺茫不根，特其行文纵横，往往空中布景，绝处逢生，令人有凌云御风之态"（老苏文卷四《乐论》）。也不是以文体为中心，但那种喜欢找出各家的同中之异和异中之同的思维是一贯的。

茅评不仅能突破作家界限，还能打通古今壁垒，借古谈今，表现出强烈的现实关怀。茅坤有军事才能，在广西兵备佥事任上和在胡宗宪幕府期间，都很有建树，而且他自己又甚为自负，因而喜欢"借文章以谈经世之略"，[1] 特别是兵略。茅评中借题发挥，大谈兵略处，不胜枚举。例如，其借机论当代将权说："而今国家边徼之将，特如一有司之按资叙迁，而不复有财赋之恣其出入，甲兵之擅其刑杀，节钺所向，稍有出格，则言官且议其后，而朝廷之削罚且及之矣。况郡县藩臬得以抗，抚臣得以制，而御史又从而绳其后。愚故曰：古今来之将权之太轻，莫有甚于今日也。"（苏辙文卷十四《臣事策四》）又说："为今日计，只消于兵部中另立一协部尚书或侍郎，专掌北房之事。用边将理兵饷，缮房墙，并探牒房情，储养边材，皆其所掌。岁一春则巡边，夏四五月间则归复于朝，与兵户二部相为管榷，计之善者也。"（大苏文卷十九《策略二》）又说，"戍禁兵不如募土兵，今岁戍延绥之兵以卫蓟辽，无策之甚者"。（大苏文卷二十二《定军制》）或讥切时政，或出谋划策，其浓烈的现实关怀给读者带来一股新鲜感和冲击力。

总之，茅评对作家界限、古今界限的穿越，打破了评点中常见的对象孤立化、时空平面化的习气，以广阔的视野拓展了评点的纵深度，与一般举业家狭隘功利主义追求有天壤之别。

（3）有词彩

与后来的八家文选家相比，没有谁像茅坤一样如此讲究评点的词彩。以苏

---

[1] 茅坤：《玉芝山房稿》卷二《与王工部书》，《四库全书存目丛书》第106册，第32页。

辙文评点为例，茅坤说其《臣事策八》"议论滚滚不穷，譬如蜀江之出峡而一泻千里，激之为湍，流之为川，冒城郭，溢州郡，而不知其所止也"（卷十五）；其《上两制诸公书》"如广陵之涛，砰磕汹悍而不可制，然其骨理少切，譬之挥斤成风，特属耀眼"（卷五）；其《老子论上》"如神龙乘云于天之上，风雨上下，不可捉摸，不可测识，不可穷诘。……当其思起气溢，如疾风骤雨，喷山谷，撼丘陵；及其语竭气尽，如雨散云收，山青树绿，尘无一点"（卷七）。其突出特点是好用文喻，或喻水，或喻龙，或喻风雨，真可称得上"滚滚不穷"。而他最擅长的是兵喻。例如，他说苏辙《臣事策八》"有大将挥兵之势，纵横阖辟，无不如意"（卷十五）；韩愈《讳辩》"时有游兵点缀，便足迷人"（卷十），《获麟解》"文凡四转，而结思圆转，如游龙，如辘轳，愈变化而愈劲厉，此奇兵也"（卷十）。词彩离开了激情，就会显得呆滞。茅坤的评点有词彩，又富有激情，而且这种激情出于真心，非盲赞瞎评者可比，因而具有很强的感染力。

5. 体例特征

所谓体例，主要指序文体例和评点体例两个方面。文章依据一定标准选出以后，依据什么规则安排它们的先后次序，用哪些形式对这些文章加以评点？这些用来序文的规则和用来评点的形式，称为体例。

明清时期的唐宋八大家选本，序文体例主要有人序、体序、事序、级序四个类型。四个类型的本质，是以什么为单元结构全书的问题。人序就是以作家为单元结构全书，即将每一位作家的文章分成一个板块，然后按照某种顺序（比如时代、尊卑、年龄、影响等）加以排列。体序，就是以文体为单元结构全书。事序，就是以内容为单元结构全书，即将论述同一事件或事理的文章集结起来，形成一个单元，然后将不同单元组合成书。级序，就是以文章级别为单元结构全书。例如，打破作家之间的界限，将编者认为难度相同的文章分成不同的单元，形成全书的基本结构。

明清时期的唐宋八大家选本，评点体例主要有总评、题下评、文后评、行间评、眉评以及圈、点、抹、截九种，不同的形式具有不同的功能。前五种称为"评"，后四种称为"点"。"评"是借助语言指明文章的优劣；"点"是借助符号指示文章的波澜。前者明晰，后者简确，二者相济为用。

茅《抄》的序文体例属于人序型。它将八大家的文章分成八大板块，然后按韩、柳、欧、洵、轼、辙、曾、王的顺序依次排列。其排序规则为先唐后宋，所以韩、柳在前。宋六家的排序先师后徒，所以欧阳修在前。三苏的排序，先父后子，先兄后弟，所以苏轼居中。韩、柳、曾、王排序，先长后幼，所以韩在柳先，王居曾后。当然，影响排序的还有其他因素，如文学成就的大小等。

　　茅《抄》在每一个大板块内部，又按文体不同分成几个小板块。小板块之间的相互组接，属于体序。其体序规则可以概括为三个方面：第一，先尊后卑。即根据受书人的不同身份，按先尊后卑顺序排列，而涉及到此类情况的，往往是书序类文体，所以书序类文体居各家之首，就成了一个通例。根据这个原则，写给"皇帝"的表、状、疏、书、札、制策等居各体之首，自然没有话说。写给"大臣"的书居次。在写给大臣的书中，写给上级官员的在前，写给同级或下级官员的在后。写给非官员的书、序等又在"大臣书"之后。第二，先生后死。即将墓志、碑铭、祭文、哀辞等为死者而作的文章放在最后立卷。第三，优势优先。即在遵循"先尊后卑"、"先生后死"的前提下，尽可能将每个作家最擅长的文体排在前面。例如，柳宗元以记见长，书、序之后即为记。书、序在前，尊卑攸关，不得不然；记紧列其后，就算是优先考虑了。欧阳修和苏洵的论，苏轼的论、策，曾巩的记，都紧列于书序类文体之后，即出于这种考虑。

　　总之，茅《抄》的序文体例，是以人序为主，以体序为辅。

　　茅《抄》的评点体例颇称完备。从"评"的形式来看，有总评、题下评、文后评和行间评。无眉评。不是局限于某个篇章字段，而是对某个作家或某几个作家做宏观或中观的评论，称作总评。茅坤《总序》、《凡例》和各家《文钞引》，具有总评性质。例如，《凡例》论欧、苏二家论之异同，不限于一家一文，眼界高旷，议论精赅，不失为优秀的总评。茅《抄》的正文中，不乏总评。在不同文体题名之下，往往有文字评述该作家此类文体的特征。这类总评分布在柳文卷一、卷七、卷十、卷十一，欧文卷二，大苏文卷八，小苏文卷八、卷十一，王文卷三、卷四、卷十一，共十一处。例如，小苏文卷八"历代论"题下总评云："子由之文，其奇峭处不如父，其雄伟处不如兄，而其疏宕袅娜处亦自有一片烟波，似非诸家所及。"分别以"奇峭"、"雄伟"、"袅娜"概括三苏的史论特色，并充分肯定苏辙，可以说十分精彩和得当。

　　在文章标题下面，发表己见，概述全文，称作题下评。题下评具有解题性质。茅坤《凡例》说："凡一篇本末大旨，则契而镌之本题之下。"从全文的实际情况看，他所说的"本末大旨"包括"大意"、"特色"、"价值"、"得失"等许多方面。例如，韩文卷三《与于襄阳书》云："前半瑰玮游泳，后半婉恋凄切。"韩文卷十一《曹成王碑》云："文有精爽，但句字生割，不免昌黎本色。"小苏文卷十五《臣事策八》云："子由此文有大将挥兵之势，纵横阖辟，无不如意，第一等科场文字。"或总括全文，或评论得失，或指出特色及其示范价值，内容颇为丰富。因而，不能将"大旨"仅仅理解为文章的"大意"。

　　题下评主要发表茅坤本人的创见；文后评既阐述茅坤本人的看法，也引述别人的意见，特别是王慎中、唐顺之的评论。题下评皆简明切要，文后评不乏繁复细密者，如欧文卷五《论西贼占延州侵地札子》文后评，由此及彼，从十一个方面列举欧阳修反对议和的强硬立场，并评论得失，发抒己见，颇为细密。也有借题发挥，大谈经世之略者，如大苏文卷二十《无责难》，以及小苏文卷七《唐论》、卷十五《臣事策七》文后评，皆由古及今，或谈经世之略，或讥切时政、指摘时弊，可谓心事浩渺，忧愤深广，非"举业"二字所能范围。

茅《抄》有行间评，而无眉评。行间评，又称"夹批"，即茅坤所说的"旁镌数字"（《凡例》），刻在正文两行之间的界行上，空间逼仄，无法长篇大论，因而只能是"数字"，而且字迹很小。其基本功能，一是指示或评论"起案或结案及文之一切紧关处"，二是指出或分析"敝处"（均见《凡例》），也即指明文章的要点和缺点。例如，韩文卷一《论佛骨表》第十五、十六行之间"议论痛快，而亦近于戆"九字，是评论"由此观之，佛不足事，亦可知矣"这一句"结案"的。韩文卷十二《赠太尉许国公神道碑铭》第五十、五十一行之间"昌黎生平得力处，在去陈言；生平为倔强荆棘不能如史迁宕冶处，亦在去陈言"三十一字，即指出韩文的"敝处"。后来的方应祥本将重要行间评析出，改为眉评，其实茅《抄》的最早刻本——茅一桂本——并无眉评。

结合茅《抄》的《凡例》和正文，可以看出，茅《抄》使用圈、点、抹、截四种符号。圈，分正圈和旁圈。正圈很大，围住一字或数字，标明此为"字眼"。旁圈则位于原字右侧，指示文章"佳处"。旁圈分为"圆圈"和"尖圈"，前者表示最佳，后者表示次佳。茅坤说："凡文之佳处，首圆圈，次则尖圈，又次则旁点。"可见，点，即旁点，也是用来指示佳处的，不过其所代表的佳胜程度低于"尖圈"。抹，即一条直线，施于文字右侧，用来表明所抹文字为"紧关处"或者"敝处"，也即要点或缺点。抹分长抹和短抹，长抹标明"一篇本末大旨"，短抹标明全篇"起案或结案"及其他"紧关处"。抹又分实抹和虚抹，实抹为实心线，虚抹为空心线。截，为一条横线或 L 型线，置于文章的段落之末，指示文章段落的起讫。（见图 1-03）

6. 存在问题

"书经三写，乌焉成马"，多指写本的情况。对于刻本来说，经常的情况是，前修未密，后出转精。也就是说，初刻本草创伊始，存在的技术性问题往往更多一些。茅一桂本中出现的问题，正当作如是观。这些问题主要集中在三个方面：

（1）目录与《文钞引》设定的选文篇数不合

在各家《文钞引》和各家目录中，茅坤对每家文体的入选篇数都有明确交代，但二者有不尽相合之处。现将各家各卷的情况列举于下：

韩文卷十：目录选辩、解、说、颂、杂著共二十首（《杂说》四首，以四首计），与《韩文公文钞引》二十二首不合。目录少二首。

韩文卷十一至十五：目录共选碑、墓志、碣、铭五十一首，与《韩文公文钞引》四十一首不合。目录多十首。

柳文卷一至四：目录选书启三十三首，与《柳柳州文钞引》三十五首不合。目录少二首。

柳文卷八：目录选论、议、辨十三首，与《柳柳州文钞引》十四首不合。目录少一首。

柳文卷九至卷十：目录选说、赞、杂著十七首，与《柳柳州文钞引》十八首不合。目录少一首。

柳文卷十一至十二：目录选碑、铭、墓碣、诔、表、状、祭文十八首，与《柳柳州文钞引》十九首不合。目录少一首。

欧文卷二至卷八：目录选札、状四十九首，与《欧阳文忠公文钞引》五十三首不合。目录少四首。

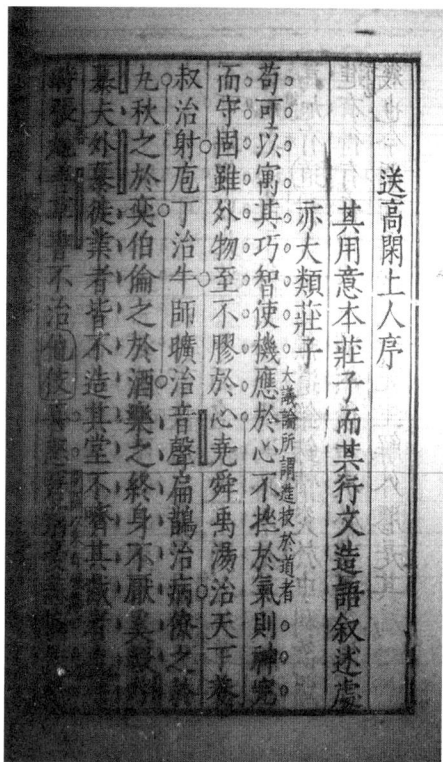

图 1-03　茅坤《唐宋八大家文抄》韩文《送高闲上人序》首页　国家图书藏万历七年（1579）茅一桂初刻本胶片（据南京图书馆藏本拍摄）

欧文卷十至十一：目录选书二十四首，与《欧阳文忠公文钞引》二十五首不合。目录少一首。

欧文卷十二至十六：目录选论三十四首，与《欧阳文忠公文钞引》三十六首不合。目录少二首。

欧文卷十七至十九：目录选序三十首，与《欧阳文忠公文钞引》三十一首不合。目录少一首。

欧文卷二十二至二十九：目录选神道碑铭、墓志铭四十三首，与《欧阳文忠公文钞引》四十七首不合。目录少四首。

欧文卷三十至三十一：目录选墓表、祭文、行状二十一首，与《欧阳文忠公文钞引》二十三首不合。目录少二首。

欧文卷三十二：目录选颂、赋、杂著九首，与《欧阳文忠公文钞引》十首不合。目录少一首。

大苏文卷二至卷三：目录选上书六首，与《苏文忠公文钞引》七首不合。目录少一首。

大苏文卷四至卷五：目录选札子十一首，与《苏文忠公文钞引》十三首不合。目录少二首。

大苏文卷六至卷七：目录选状十首，与《苏文忠公文钞引》十二首不合。目录少二首。

大苏文卷十一至卷十八：目录选论六十八首，与《苏文忠公文钞引》五十首不合。目录多十八首。

大苏文卷二十八：目录选说赋、祭文、杂著十四首，与《苏文忠公文钞引》十五首不合。目录少一首。

小苏文卷一至卷四：目录选上皇帝书及札子状十七首，与《苏文定公文钞引》十九首不合。目录少二首。

小苏文卷六至卷十二：目录选论七十首，与《苏文定公文钞引》七十二首不合。目录少二首。

小苏文卷二十：目录选说、赞、辞、赋、祭文、杂著九首，与《苏文定公文钞引》十一首不合。目录少二首。

曾文卷一：目录选疏、札、状五首，与《曾文定公文钞引》六首不合。目录少一首。

曾文卷二至卷三：目录选书十五首，与《曾文定公文钞引》十四首不合。目录多一首。

曾文卷四至卷六：目录选序三十一首，与《曾文定公文钞引》三十二首不合。目录少一首。

王文卷二：目录选札子、疏、状六首，与《王文公文钞引》七首不合。目录少一首。

王文卷四至卷五：目录选与友人书二十九首，与《王文公文钞引》三十五首不合。目录少六首。

王文卷九至卷十：目录选论、原、说、解、杂著二十三首，与《王文公文钞引》二十五首不合。目录少二首。

王文卷十一至十六：目录选碑、状、墓志铭、表、祭文七十二首，与《王文公文钞引》五十九首不合。目录多十三首。

总起来看，与《文钞引》的设定相比，目录少选者45篇，多选者42篇。也就是说，《文钞引》设定的选文篇数是1313篇，各家各卷目录注明的选文篇数总和是1310篇。看起来出入不大，但具体到一家一体，或多选，或少选，舛乱之处涉及87篇，不能不说是一个突出的问题。

（2）目录与正文不合

有目无文者：柳文卷四《上权德舆补阙温卷启》、卷五《送琛上人南游序》；欧文卷四《乞添上殿班札子》、卷十四《春秋或问》、卷十八《送廖倚归衡山序》。

有文无目者：欧文卷十七《苏氏文集序》；大苏文卷八《谢赐对衣金带马表二》、卷八《谢馆职启》、卷二十三《送水丘秀才序》。

（3）部分选文连板，与全书体例不合

一篇文章刻完后，如果最后一个板片还有剩余的板面，就在这个板面上接着刻下一篇，这种二文接连出现在同一个板面的情况，称作连板。连板的优点是节省工板，缺点是刷印的单页不美观，而且在装订时容易出现错简。茅《抄》的雕板，大都不连板，但部分篇幅较短的文章连板而刻。它们是：欧文卷九（全部）；大苏文卷八（大部分）；小苏文卷五（小部分）、卷十一（大部分）；王文卷三（全部）、卷十（小部分）、卷十六（大部分）。

对于一本普通的书而言，这些问题也许算不上什么。随着茅《抄》影响的扩大，这些问题也就引起广泛关注，从而催生了对此书的重修和重刻。

7. 序跋选录

此书有清人丁丙墨笔跋语、茅坤《唐宋八大家文钞总序》、顾尔行《八大家文钞题辞》、茅一桂《八大家文旨跋》、茅坤《八大家文钞凡例》以及八家《文钞引》，共 13 篇。丁丙跋、顾尔行《题辞》和茅一桂《跋》为此本所独有，对于考见茅《抄》的成书和刊刻十分重要。茅坤《总序》、《凡例》与后来方应祥本、茅著本所载，略有不同。五篇俱录。八篇《文钞引》不录。

扉页清人丁丙墨笔跋语

《唐宋八大家文钞》一百四十四卷，明万历刊本，明行人司藏书，归安鹿门茅坤批评。坤字顺甫，归安人，嘉靖戊戌进士，官至大名兵备副使，《明史》入《文苑传》。坤治古文，最宗唐顺之。顺之《文编》，唐宋人惟取韩、柳、欧、三苏、曾、王八家。坤有所秉承，凡选韩文公文十六卷，柳柳州文十二卷，欧阳文忠文三十二卷，王荆公文十六卷，曾南丰文十卷，苏文公文十卷，苏文忠文二十八卷，苏文定文二十卷。每家各□本传，各为序引。自撰《总序》二篇。坤甥顾尔行题辞，坤姪一桂著《文旨》。首列《凡例》，中附评语。万历己卯刊板杭州。故无《五代史钞》附入。有"行人司图书记"、"万历戊申春行人司查明"两木记。考《明史》，行人司隶鸿胪寺，凡出使官属，必采书籍归司，每岁查检，盖戳卷端。□万历戊申距刊书时才二十有八年，不独有殊乎坤孙茅著之书雕，且得□见明代官书制度之一端也。

茅坤《唐宋八大家文钞总序》

孔子之系《易》曰："其旨远，其辞文。"斯固所以教天下后世为文者之至也。然而及门之士，颜渊、子贡以下，并齐、鲁间之秀杰也，或云身通六艺者七十余人，文学之科，并不得与，而所属者仅子游、子夏两人焉。何哉？盖天生贤哲，各有独禀，譬则泉之温，火之寒，石之结绿，金之指南。人于其间，以独禀之气，而又必为之专一以致其至。伶伦之于音，裨灶之于占，养由基之于射，造父之于御，扁鹊之于医，僚之于丸，秋之于奕，彼皆以天纵之智，加之以专一之学，而独得其解，斯固以之擅当时而名后世，而非他所得而相雄者。

孔子没，而游、夏辈各以其学授之诸侯之国，已而散逸不传。而秦人燔经坑学士，而六艺之旨几辍矣。汉兴，招亡经，求学士，而晁错、贾谊、董仲舒、司马迁、刘向、扬雄、班固辈，始乃稍稍出，而西京之文，号为尔雅。崔、蔡以下，非不矫然龙骧也，然六艺之旨渐流失。魏、晋、宋、齐、梁、陈、隋、唐之间，文日以靡，气日以弱，强弩之末，且不及鲁缟矣，而况于穿札乎？

昌黎韩愈，首出而振之，柳柳州又从而和之，于是始知非六经不以读，非先秦两汉之书不以观。其所著书、论、叙、记、碑、铭、颂、辩诸什，故多所独开门户，然大较并寻六艺之遗，略相上下而羽翼之者。贞元以后，唐且中坠，沿及五代，兵戈之际，天下寥寥矣。宋兴百年，文运天启，于是欧阳公修，从隋州故家覆瓿中，偶得韩愈书，手读而好之，而天下之士，始知通经博古为高，而一时文人学士，彬彬然附离而起。苏氏父子兄弟，及曾巩、王安石之徒，其间材旨小大，音响缓亟，虽属不同，而要之于孔子所删六艺之遗，则共为家习而户眇之者也。

由今观之，譬则世之走骎骎骐骥于千里之间，而中及二百里三百里而辍者有之矣，谓途之蓟而辕之粤则非也。世之操觚者，往往谓文章与时相高下，而唐以后且薄不足为。噫！抑不知文特以道相盛衰，时非所论也。其间工不工，则又系乎斯人者之禀，与其专一之致否何如耳。如所云，则必太羹玄酒之尚，茅茨土簋之陈，而三代而下，明堂玉带，云罍牺樽之设，皆骈枝也已。孔子之所谓"其旨远"，即不诡于道也；"其辞文"，即道之灿然若象纬者之曲而布也。斯固庖牺以来人文不易之统也，而岂世之云乎哉！

我明弘治、正德间，李梦阳崛起北地，豪隽辐辏，已振诗声，复揭文轨，而曰吾《左》吾《史》与《汉》矣，已而又曰吾黄初、建安矣。以予观之，特所谓词林之雄耳，其于古六艺之遗，岂不湛淫涤滥，而互相剽裂已乎！

予于是手掇韩公愈、柳公宗元、欧阳公修、苏公洵、轼、辙、曾公巩、王公安石之文，而稍为批评之，以为操觚者之券，题之曰《八大家文钞》。家各有引，条疏如左。嗟乎！之八君子者，不敢遽谓尽得古六艺之旨，而予所批评，亦不敢自以得八君子者之深，要之大义所揭，指次点缀，或于道不相盭已。谨书之以质世之知我者。时万历己卯仲春归安鹿门茅坤撰。侄茅一桂校刊。

顾尔行《八大家文钞题辞》

《八大家文抄》者，行舅氏鹿门公手披而录之者也。舅氏性好读书，虽少入仕籍，而不能废书以自娱。其谪广平及官陪京，皆冷曹，无所事事，则诸家之籍咸批之，无不详且至。比不肖自既瞀知诵习，尝时擘画以教焉。迩十余年来，表弟辈习为经生者日众，而时有司益重以后场风诸生，则又搜唐宋诸家，凡敷陈资于举子业者，而以充广之；八公其表表者也。表弟桂，性好古，宝所习而次为若干卷板行焉。

夫文章莫盛于两汉，而岂独先于八家，盖汉人之文多出书疏耳。今所称文家者，勒金石，著简册，诸体至唐宋而始大备，可人人森然以门户立，且以尺度之易循，而授其所近，则断自昌黎氏可也。夫汉代文章崇尔雅，而韩柳之兴，志在变绮靡，起衰浮，则务为精炼。欧、苏、曾、王承怪险诡僻之弊而力反之，则材之所就，虽有幽沉疏越之殊，而要皆冲融以尽声者。故汉之文，在璞之璧也；唐之文，出床之宝也；宋之文，则走盘之珠矣。此三者，孰非华玮美丽之观，天地之精英聚于物而得其至者？

自见者狃于习识，执夫好尚，则若有异观焉。然而在物之所为至，一也。见其至，则异观未始不一，而在物之至，岂尽于此？即未睹者，可与通也。不然，虽行而诵之，句而摹之，字而拟之，又因所批评而刻画之，亦魄耳。用之举子业，且如皴肤，而况靳窥夫古文章域乎？

又况进于此者乎？故读是编者，唐宋七百年之文举什七八矣，而要务于其至求之可也。若今舅氏所亟于授是编者，非与其限于此而已也。

万历己卯仲春日甥进士顾尔行撰，后学冯年书。

茅坤《八大家文钞凡例》

凡予所录八大家之文若干什，大都高篇，然于中亦不无工而未至者，特以不诡于道，稍合作者之旨，以故辄存而不遗。

凡录八大家，并本全集或别集、续集及见他书者，颇属搜括不遗。独欧文所见《五代史》及《唐书》者，间撮录其小论与引之首者而已。别自有《五代史》、《唐书》钞，故不及。苏子由《古史》，亦仅录小论。

凡一篇本末大旨，则挈而镌之本题之下，间或于篇中抹出，或——，或＝＝。其间起案或结案，及文之一切紧关处，亦并以抹，或——，或＝＝，或∟，或旁镌数字。

凡文之佳处，首圆圈〇，次则尖圈◊，又次则旁点〻。间有敝处，则亦旁抹或镌数字，譬之合抱之木而寸朽，明月之珠而累綦，不害其为宝也。

凡录批评，特据予所见而已。古之吕东莱、娄迂斋、谢枋得而下，多不录，以其行于世已久，而学士大夫无不知之者。独近年唐荆川、王遵岩二公所传，世未必知之，故唐以〇，王以△，各标于上，以见两公之用心读书处；于（与）予所见合与否，亦不暇论。

凡八家所为论文之旨，倅桂辈尝录而出之，旧矣。予览之，因令附刻于首《凡例》之后，别为一卷。读是钞者，一展卷间，其于八先生门户大都，亦可以瞭而睹矣。

予尝谓八君子者，不独其文艺之工，其各各行事节概，多有可观，亦学者所不可不知者。予故节录其本传，附之各集之首。

世之论韩文者，共首称碑志。予独以韩公碑志多奇崛险谲，不得《史》、《汉》序事法，故于风神处或少遒逸，予间亦镌记其旁。至于欧阳公碑志之文，可谓独得史迁之髓矣。王荆公则又别出一调，当细绎之。序、记、书，则韩公崛起门户矣。而论、策以下，当属之苏氏父子兄弟。四六文字，予初不欲录，然欧阳公之婉丽，苏子瞻之悲慨，王荆公之深刺，于君臣上下之间，似有感动处，故录而存之。

予览子厚之文，其议论处多镵画，其纪山水处多幽邃夷旷。至于墓志碑碣，其为御史及礼部员外时所作，多沿六朝之遗，予不录。录其贬永州司马以后稍属隽永者凡若干首，以见其风概云；然不如昌黎多矣。

宋诸贤叙事，当以欧阳公为最。何者？以其调自史迁出，一切结构裁剪有法，而中多感慨俊逸处，予故往往心醉。曾之大旨近刘向，然逸调少矣。王之结构裁剪，极多镵洗苦心处，往往矜而严，洁而则，然较之曾，特属伯仲，须让欧一格。至于苏氏兄弟，大略两公者，文才疏爽豪荡处多，而结构裁剪四字，非其所长。诸神道碑，多者八九千言，少者亦不下四五千言，所当详略敛散处，殊不得史体。何者？鹤颈不得不长，凫颈不得不短。两公于策论，千年以来绝调矣，故于此或杀一格，亦天限之也。

予览欧、苏二家论不同。欧次情事甚曲，故其论多确而不嫌于复。苏氏兄弟则本《战国策》纵横以来之旨而为文，故其论直而畅，而多疏逸遒宕之势。欧则譬引江河之水而穿林麓，灌畎浍。若苏氏兄弟，则譬之引江河之水而一泻千里，湍者萦，逝者注，杳不知其所止者已。语曰：同工而异曲。学者须自得之。

苏明允《易》、《诗》、《书》、《礼》、《乐》论，未免杂之以曲见，特其文遒劲。子瞻《大悲阁》等记及赞罗汉等文，似狃于佛氏之言，然亦以其见解超朗，其间又有文旨不远、稍近举子业者，故并录之。

曾南丰之文，大较本经术、祖刘向，其湛深之思、严密之法，自足以与古作者相雄长，而其光焰或不外烁也，故于当时稍为苏氏兄弟所掩，独朱晦庵亟称之。历数百年，而近年王道思始知读而酷好之，如渴者之饮金茎露也。

予尝有文评曰：屈宋以来，浑浑噩噩，如长川大谷，探之不穷，揽之不竭，蕴藉百家，包括万代者，司马子长之文也。闳深典雅，西京之中独冠儒宗者，刘向之文也。斟酌经纬，上摹子长，下采刘向父子，勒成一家之言者，班固也。吞吐骋顿，若千里之驹，而走赤电，鞭疾风，常者山立，怪者霆击，韩愈之文也。巉岩崱屴，若游峻壑削壁，而谷风凄雨四至者，柳宗元之文也。遒丽逸宕，若携美人宴游东山，而风流文物照耀江左者，欧阳子之文也。行乎其所当行，止乎其所不得不止，浩浩洋洋，赴千里之河而注之海者，苏长公也。呜呼！七君子者，可谓圣于文矣。其余若贾、董、相如、扬雄诸君子，可谓才问炳然西京矣，而非其至者。曾巩、王安石、苏洵、辙，至矣。巩尤为折衷于大道而不失其正，然其才或疲薾而不能副焉。吾聊次之如左，俟知音者赏之。

八大家而下，予于本朝独爱王文成公论学诸书，及记学、记尊经阁等文，程朱所欲为而不能者。江西辞爵及抚田州等疏，唐陆宣公、宋李忠定公所不逮也。即如浰头、桶冈军功等疏，条次兵情，如指诸掌，况其设伏出奇，后先本末，多合兵法。人特以其稍属矜功，而往往口訾之耳。嗟乎！公固百世殊绝人物，区区文章之工与否，所不暇论。予特附揭于此，以见我本朝一代之人豪，而后世之品文者，当自有定议云。

茅一桂《八大家文旨跋》

右八家所为论文之旨数十条，桂所手录而以相揣摩相抽绎，因以求至其至者也。尝闻诸曰：文以道为主，时非所论也。予始亦疑之，及退取先秦、西汉而下暨八家者之文，伏而读之，朝且夕焉，而间得其所谓为文大旨，信在此而不在彼。然后始及解颐而笑，而曩之疑者固决然冰释也。予故稍为录其大都，附列于此，世之操觚者取而读之，亦可以相印证云。后学茅仲一桂识。

（二）万历时期茅一桂修订后印本

1. 实物鉴定

万历七年（1579）茅一桂刊《唐宋八大家文抄》144卷本确有重修本，但传世甚少。中国社会科学院文学所藏有此本，计6函30册。《苏文公文钞引》和《苏文定公文钞引》首页版心下亦镌"傅汝光刻"四字。通过字体、断版、行款等多项特征的比对，可以进一步断定，此本系万历七年（1579）茅一桂刻144卷本的修补后印本，而不是重刻本。

此本半叶版匡高208毫米，宽135毫米，书高275毫米，宽178毫米。细检全书，发现多处脱简，有的很严重，如韩愈卷十《张中丞传后叙》以下《读荀》、《读仪礼》、《读墨子》、《送穷文》、《释言》、《猫相乳》、《守戒》七篇皆脱；柳文卷一只有《与顾十郎书》和《与裴埙书》两篇，其余皆脱，因而也可以说是一个残本。但字迹清晰，断版极少，重修刷印时间与初印应该相隔不远。此本将各家小引和各家传记连装于卷首，与万历七年（1579）初印本分隶于各家

者不同。不过，这只是装订方面的差异。（见图 1-04）

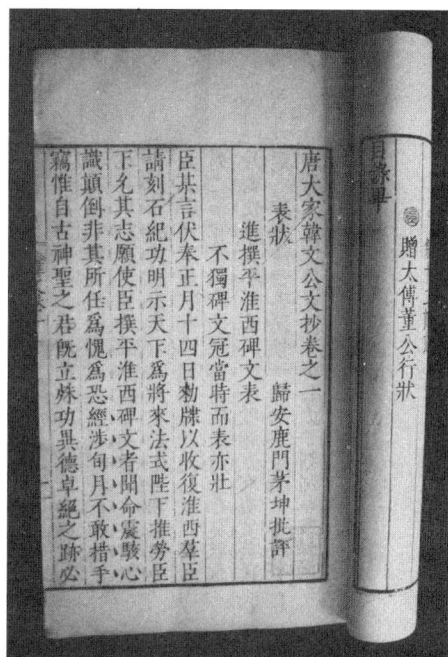

图 1-04　茅坤《唐宋八大家文抄》卷首　中国社科院藏万历时期茅一桂修订后印本

2. 修订情况

此书的修订主要包括两个方面：

（1）《八大家文旨》后附录茅坤文三篇，并更换茅一桂跋语一通

《八大家文旨》末叶之前皆系万历七年（1579）茅一桂初刻本旧板所印，唯末叶（当于理故不能一也/圣人之道未尝明也）一板系重刻，后复增刻七叶新板，载茅坤论文三篇。茅坤论文后附茅一桂跋语一通，此跋与万历七年（1579）初刻本跋不同。（见图 1-05）万历七年（1579）初刻本所载茅一桂旧跋被删除。

《八大家文旨》后附录的茅坤论文依次为：《赠许海岳沈虹台二内翰先生》（孔孟没而诗书六艺之学不得其传/得无同异而颔之者乎）、《与唐荆川司谏论文书》（尝闻先生谓唐之韩愈即汉之马迁/以窥秦中者已）、《与蔡白石太守论文书》（仆尝念春秋以来其贤人君子间遭废斥/固非专一以致其至者不可与言也）。

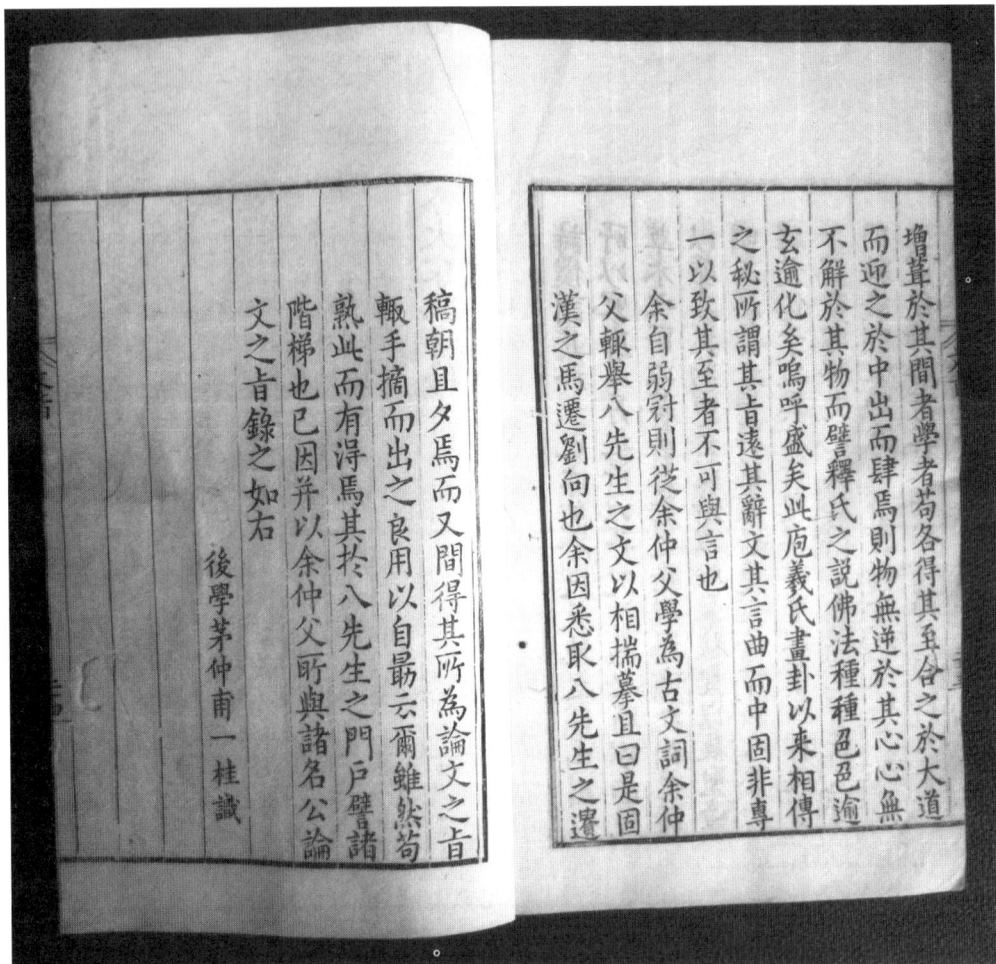

图 1-05 茅坤《唐宋八大家文抄》茅一桂新跋 中国社科院藏万历时期茅一桂修订后印本

茅坤论文后茅一桂新增识语云：

> 余自弱冠，则从余仲父学为古文词。余仲父辄举八先生之文以相
> 揣摹，且曰：是固汉之马迁、刘向也。余因悉取八先生之遗稿，朝且
> 夕焉。而又间得其所为论文之旨，辄手摘而出之，良用以自最云尔。
> 虽然，苟熟此而有得焉，其于八先生之门户，譬诸阶梯也已。因并以
> 余仲父所与诸名公论文之旨录之如右。后学茅仲甫一桂识。

看来，茅一桂将茅坤的三篇文论看作茅氏"文旨"的代表，因而附骥于八
大家文旨之后。

（2）增入初刻本遗落的部分篇目

如《存在问题》一节所述，茅一桂初刻本目录的实际选文，比茅坤在各家《文钞引》中的设定篇数，少45篇。此次订补，增入了45篇中的部分文章和评语，但不是全部。例如，柳文卷五增入《童区寄传》和评语"事亦奇"；柳文卷八增入《六逆论》和评语"所言亦是，特其浅者耳"；欧文卷三增入《荐司马光札子》和评语"司马公之不乏，欧公之推贤，可谓两得之矣"，又增入《乞奖孙沔札子》和评语"老成典刑之见"。以上四篇在初刻本中目文俱无；这样的情况还有更多。

万历时期茅一桂修订本的存世澄清了一些重要的学术问题。梅篮予认为我的茅一桂刻本在"万历时期已经过多次重修"的结论[1]，"缺乏具体版本作为依据，因为自初刊本以来，方应祥本是第一个再版本"。[2] 中国社科院藏本就是一个可资依据的"具体版本"。"重修"是对残缺板片加以修补，然后与其他完好的板片一起再次刷印；而"重刻"（即梅君所说的"再版"）是用新的板片将全书重新刻过，然后刷印。承认万历七年（1579）茅一桂初刻本经过递修[3]，与"方应祥本是第一个再版本"并不矛盾。总之，此次重修增加了一些新内容，解决了部分旧问题，但不全面，也不彻底。

二、崇祯元年方应祥刊 166 卷本

（一）重刻缘起

方应祥字孟旋，号青峒，浙江省衢州府西安县人。生于嘉靖三十九年（1560），卒于崇祯元年（1628）。万历四十四年（1616）进士，官至山东提学。为文"根极性命，自辟阡陌，非六经语不道"，为人"胸次磊落，气度汪洋"，"与人交倾肝沥胆，即之蔼如婴儿"，[4] "以君亲为天地，以朋友为性命"，[5] 加

---

〔1〕 付琼：《唐宋八大家选本在明清时期的衍生和流行》，《中国社会科学院研究生院学报》2008年第5期。

〔2〕 梅篮予：《茅坤〈唐宋八大家文钞〉渊源与流传考论》，2010年复旦大学硕士学位论文，第25页。

〔3〕 此后尚有茅瑞征修订后印本，故云递修。

〔4〕 龚立本：《烟艇永怀》卷二，《丛书集成新编》第102册，第129页。

〔5〕 钱谦益：《牧斋有学集》卷二十九《方孟璇先生墓志铭》，《续修四库全书》第1391册，第287页。

之在制艺方面卓然名家，因而从游者甚众。关于其生平，钱谦益说：

> 万历甲午，选贡入南国学，祭酒冯公避席，以诏六馆。丙午，与余同举南京，同年生遮道指目，以为衣冠有异也。丙辰，举进士，除南京兵部职方司主事。天启元年，覃恩赠封其父母，转礼部祠祭司员外，升郎中。乙丑，升山东布政司参议，兼按察司佥事，提督学政，奉母丧归。除服而卒，崇祯戊辰六月初一日也。享年六十有八。[1]

方应祥早年丧父，"既无兄弟，又艰子嗣，依恃寡母，辛苦卒业"。[2] 到天启五年乙丑（1625）由南京礼部祠祭司郎中升任山东布政司参议时，其母已经八十五岁，正奉养于南京。方应祥奉母由南京入山东赴任，其母入署三日而殁。方又奉母丧归衢州，守制在浙，直至崇祯元年戊辰（1628）六月"除服而卒"。方氏对《唐宋八大家文抄》的重刻，即与其从游者完成于在浙江守制的三年之中。

其朋友龚立本说："丁卯夏，予守制及耆，偶至武林，闻孟旋避喧湖上。往叩其扉，见容色枯槁，荤酒俱却，犹夜半秉烛，为蕴辉上人序《南华发覆》。"[3] 天启七年丁卯（1627）夏，距方应祥撰成《重刻八大家文钞叙》的"崇祯元年人日（正月七日）"，相隔半年上下，此时《唐宋八大家文抄》的重刻当仍在进行中。由此可以知道，方应祥是在病中完成《唐宋八大家文抄》校刻的，地点就在"武林"的"湖上"，即杭州西湖。

方应祥《重刻八大家文钞叙》说，参与校雠的还有闻启祥及其外甥杨次弇。闻启祥，"字子将，博综群书，尤工制举业。武林，东南都会，江广闽越之士登贤书者，公车到武林，必质义于祥。品题甲乙，命梨枣曰行卷；制义之有行卷，自祥始。万历壬子，举于南雍。尝与吴郡李流芳同与计吏，入京师，已及国门，忽意不自得，趣车径返。后屡以荐被征，悉辞不赴。性好延纳，每庀舟车，饬厨傅，宴会宾客，若置驿然。所著有《自娱斋稿》。"[4] 看来，他与老师方应祥一样，都以制艺名重于时。值得关注的是，他们都是小筑社的资深成员。小筑社最初成立于万历二十六年（1598），由方应祥、闻启祥等人发起，至此已存在

〔1〕 钱谦益：《牧斋有学集》卷二十九《方孟璇先生墓志铭》，《续修四库全书》第 1391 册，第 287 页。
〔2〕 方应祥《方孟旋先生合集》卷九《闻山东学议报申请代题呈子》，顺治九年李际期刻本。
〔3〕 龚立本：《烟艇永怀》卷二，《丛书集成新编》第 102 册，第 129 页。
〔4〕 康熙《钱塘县志》卷二十二，《中国地方志集成·浙江府县志辑四》，上海书店 1993 年版，第 414 页。

二十余年。社事活动在邹孟阳的西湖别业"小筑"进行，因名"小筑社"。[1] 从钱谦益"小筑维何？邹氏之庐。湖山回环，水木翳如"（其一）、"小筑虽小，孤山不孤"（其八）和"湖波潮汐，林木仰俯"（其九）的话来看，[2] 小筑社就在西湖边的小孤山上。小筑社的主要功能是商略艺文、砥砺品行，最为重要的是切磋制艺，为举业作准备。为此，将各位社员的制艺汇编成社稿，或将著名社员的制艺单本结集，并予刊刻发行，就成为经常的社事活动。从现存方应祥《唐宋八大家文钞》内封所见"小筑藏板"四字可知，崇祯元年（1628）方应祥刊 166 卷本的校刻即由小筑社完成。

方应祥序称"余诸生时读是书忘厌倦"，可见他最终考取进士，得力于茅《抄》处不少。此次重刻茅《抄》，目的是为举业群体提供一部自己深信不疑的举业读本，以引导当时的时文（制艺）写作。这一点与小筑社的功能是一致的。方氏认为当时的时文写作"种种敝习，莫可缕指"，其具体表现是"以搜括隐僻为奇胜"、"以率任疏陋为空灵"、"以剽拾玄梵为精微"、"以假借阴钤为壮割"、"以膳写管商为经济"、"以生割骚赋为风流"。造成这种"敝习"的原因，他归结为"售世之念急，中无管钥以相守"、"提唱无自，靡所适从"。[3] 方氏此次重刻并大力"提唱"茅《抄》，就是要解决举业者"靡所适从"、"无管钥以相守"这个根本性问题。

（二）实物鉴定

北京师范大学藏崇祯元年（1628）方应祥刻 166 卷本（索书号：834.4/516），8 函 35 册。韩文首卷首页半叶九行二十字，四周单边，白口，单白鱼尾，有直格。版匡 207×134 毫米，书 256×160 毫米。（见图 1-06）

全书结构依次为内封、茅坤《唐宋八大家文钞总序》、方应祥《重刻唐宋八大家文钞叙》、《八大家文钞论例》、《韩文公本传》、《八大家文钞凡例》（附新刻《凡例》）、《韩文公文钞引》、《唐大家韩文公文抄目录》、《唐大家韩文公文抄卷之一》。以下各家均先《引》后《传》，然后是目录和正文。韩愈以下依次为柳宗元、欧阳修、苏洵、苏轼、苏辙、曾巩、王安石。茅坤《总叙》与方应祥《重刻叙》错简，即二序三至五叶应该对调。

---

〔1〕 李新：《杭州小筑社考》，《暨南学报》2008 年第 5 期。

〔2〕 钱谦益：《牧斋初学集》卷十六《小筑诗十章为邹孟阳作》，《续修四库全书》第 1389 册，第 380 页。

〔3〕 方应祥：《重刻八大家文抄叙》，茅坤《唐宋八大家文抄》卷首，崇祯元年（1628）方应祥刻本。

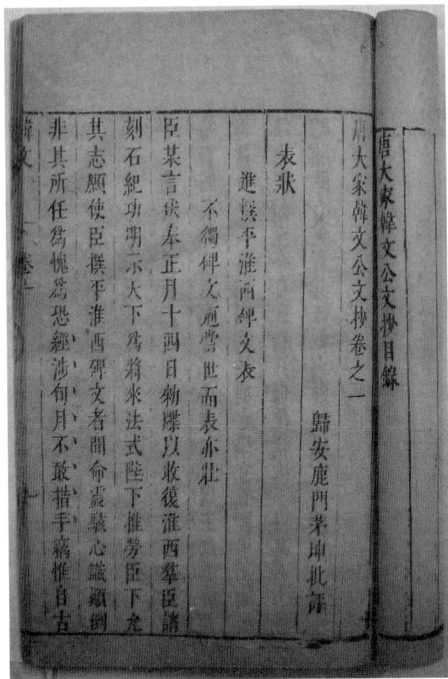

图 1-06 茅坤《唐宋八大家文抄》卷首 北京师范大学藏崇祯元年（1628）方应祥小筑社刻本

茅坤《总叙》及各家《文钞引》首页多处钤"藕潢林氏藏书记"、"东京女子师范学校图书之印"、"高等师范学校图书消却之印"、"国立北京师范学院图书馆藏书之印"、"帷鉴"印。"藕潢林氏"即日本江户末期的汉学家林复斋（1800—1859），曾在 1854 年日美《神奈川条约》谈判中担任日方首席代表。[1] 此书由中国流入日本，先后为日本汉学家林复斋和日本"东京女子高等师范学校"收藏。后来又从日本回流到中国，现藏于北京师范大学。内封题"茅鹿门先生《唐宋八大家文钞》，小筑藏板"，有"本衙藏板"方印。方应祥修订本最先由杭州小筑社刻印问世。在本人经眼的馆藏方本中，"小筑藏板"牌记仅见于北师大藏本。可以说，北师大藏本是最为可靠的方本初刻本。（见图 1-07）

---

〔1〕 陈福康《论八音诗和八居诗》，《苏州大学学报》2011 年第 5 期。

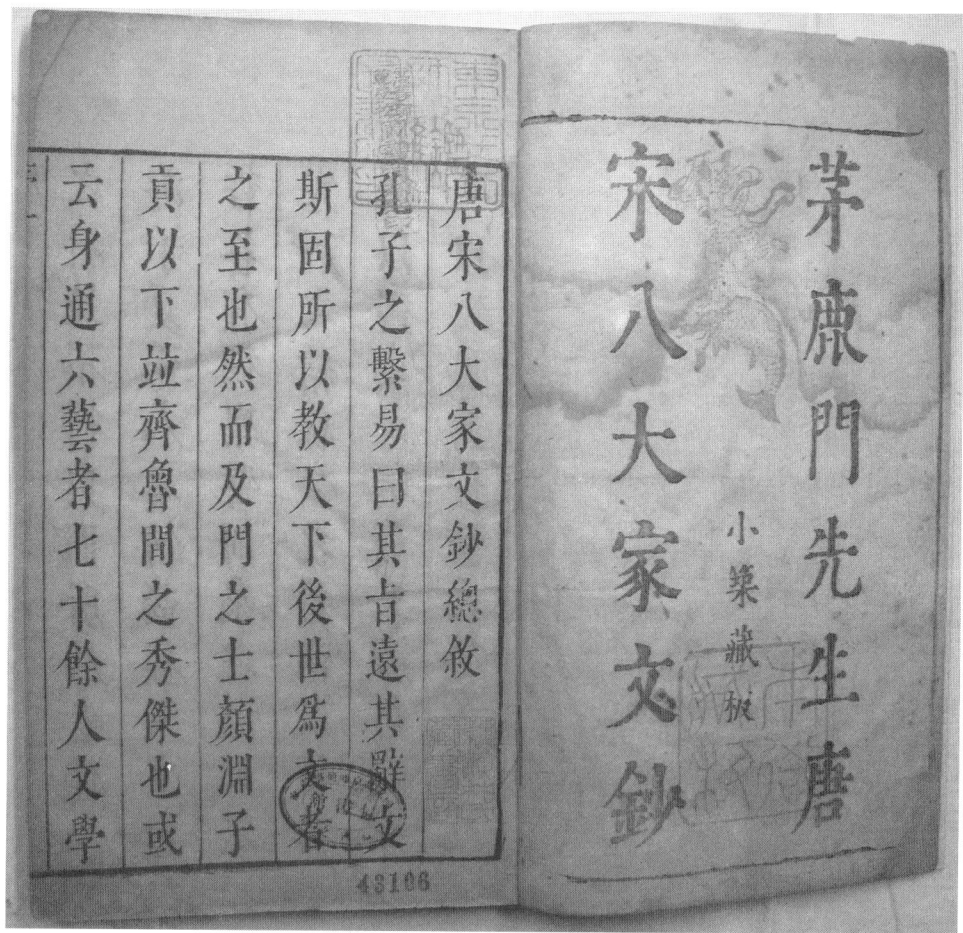

图 1-07　茅坤《唐宋八大家文抄》内封　北京师范大学藏崇祯元年（1628）方应祥小筑社刻本

（三）重刻校本

方应祥自称"新刻多有不同处"，那么，他是依据什么对万历七年（1579）茅一桂本进行订补，从而产生了这些"不同"的呢？其《重刻八大家文钞叙》云：

> 余向奉视学东省之命，窃计斯地结天地中粹之气，牺于此画卦，孔于此删经，为万世文字祖。爰是以树之风声，足倡予海内。因向吾友孝若氏乞其家藏手批原本，捧持以往，为东方指南。此愿不遂，乃与子将暨其甥杨次弁谋校雠付梓人，公诸四方。

　　梅篮予根据"此愿不遂"四字得出的结论是，茅坤的幼子茅维（字孝若）拒绝了方应祥"乞其家藏手批原本"的请求。这个结论是有问题的。通观全文，"此愿"不是指"乞其家藏手批原本"，而是指"捧持以往，为东方指南"。这段文字是说，山东是个好地方，要是能在这里树起良好的文风，就可以辐射到全国。带着这样的宏愿，向茅维借来了其"家藏手批原本"，准备带到山东去，作为引导文风的指南。没想到这个愿望没有实现。为什么没有实现呢？因为升任山东提学不久，母亲去世，只好离任回到浙江守制。说得再显豁一点，方应祥借来茅坤的"手批原本"，本打算在山东提学任上用来校刻《唐宋八大家文抄》的，"此愿不遂"，只好在浙江完成这个工作。但那离"倡予海内"的宏愿已经很远了，所以文字间流露了一丝失望。方应祥是有名的孝子，对母亲的离世很感内疚，曾自责"踽踽三千里水陆之崎岖，以断送八十五岁之母；拚撇八十五岁老人之性命，以博一日之官"。[1] 此序又写得很宏阔，不忍也不便提起母亲去世这件事，所以对何以"此愿不遂"，未作交代。由于这个原因，文义显得有些沉晦。何况以"吾友"称茅维，语气亲切，与借书遭拒事不合；明言茅维有书不借，外彰其过，与方应祥"以朋友为性命"[2] 的性格也不合。方母去世后，茅维曾去唁唳，二人实未有隙。梅君误读了"此愿不遂"四字，而且所引文字内容和标点都有问题[3]，因而得出了错误结论。

　　方应祥从茅维那里得到了茅坤的"手批原本"，这是他对万历七年（1579）茅一桂初刻本进行全面"校雠"的主要依据。同时也参考了万历七年（1579）茅一桂初刻本的修订后印本。如前所述，万历时期茅一桂对万历七年（1579）初刻原板进行过修订，现有中国社会科学院文学所图书馆所藏修订后印本为证。方应祥新刻《凡例》说："旧刻已经订补，不失鹿门先生初旨，然尚有题存文缺者，今皆增入，不敢妄加评点。订补续本仍袭旧板，未免苟简，补苴间有头上安头、尾后接尾者，今悉依次改正。"关于这段文字，梅篮予也没有看懂[4]。其实，"旧刻"指万历七年（1579）茅一桂初刻原板的印本，"订补续本"指万历时期经过茅一桂修订的初刻板片的后印本。二者虽然皆由万历七年（1579）初刻板片刷印，但有原板和修订板、先印与后印之分。从这段话可以看出，方应

<hr />

〔1〕　方应祥《方孟旋先生合集》卷十七《大宗祠安灵祭文》，顺治九年李际期刻本。

〔2〕　钱谦益《牧斋有学集》卷二十九《方孟旋先生墓志铭》，《续修四库全书》第1391册，第287页。

〔3〕　"孔"字前脱"牺于此画卦"，后衍"子"字。"暨"字误作"及"。"爱是"被点破。见梅篮予《茅坤〈唐宋八大家文钞〉渊源与流传考论》，2010年复旦大学硕士学位论文，第22—24页。

〔4〕　崇祯四年（1631）茅著本《凡例》一字不变地照抄了崇祯元年（1628）方应祥本的新增《凡例》，包括上面所引的这段话。梅篮予说，茅著本《凡例》中提到的"题存文缺"问题"是指方应祥本之疏漏，而非茅一桂本"。果如梅君所言，那么方应祥本《凡例》中的"题存文缺"会是自陈"疏漏"吗？

祥对万历时期茅一桂修订后印本（即"订补续本"）的优点和不足十分清楚，可见他是认真研究并参照过这个印本的。

总起来看，崇祯元年（1628）方应祥对万历七年（1579）茅一桂初刻本的重刻，不是不校而刻，而是先校后刻；其本意不在于射利，而在于推出一个更好的版本。其所用的校本有两个，一是茅坤的家藏手稿本，一是茅一桂的修订后印本。

（四）修订情况

方应祥写作《重刻八大家文钞叙》的崇祯元年（1628），距茅坤《唐宋八大家文抄》的初刻已经过去了半个世纪。当时仍在流行的万历七年（1579）茅一桂初刻本存在着不少问题。万历时期茅一桂对万历七年（1579）初刻本进行过修订，但因为"仍袭旧板"，一些问题仍然没有解决。方应祥以茅坤的"家藏手批原本"为主校本，以万历时期茅一桂的修订后印本为参校本，对万历七年（1579）茅一桂初刻本进行了全面的修订，并予以重刻。将北师京范大学藏崇祯元年（1628）方应祥小筑社刻本与国家图书馆藏万历七年（1579）茅一桂初刻本（胶片）进行对比，可以发现，前者对后者的修订主要包括下列几个方面：

1. 将茅坤《八大家文钞凡例》中的"论文九则"析出，单列《八大家文钞论例》，同时删除茅一桂《八大家文旨》及其后识语。

万历七年（1579）初刻本《凡例》中的最后九段文字（从"世之论韩文者"至"当自有定议云"），约1100余字，实际上无关"凡例"，而是一篇总论，可与《唐宋八大家文钞总序》相发明。方应祥认为这九段文字"既可见先生选八大家之意，亦可开后人读八大家之眼"，把它放在《凡例》中，"如著宝玉于土中，殿精骑于尘后"，不足以突出其重要性，因而将它析出，单列为《论例》。茅一桂的《八大家文旨》只是八大家论文观点的辑录，与编选者的编选意图和个人看法毫不相关，而且连篇累牍，有喧宾夺主之嫌。方应祥将它和后面的识语全部删除，虽然没有做任何说明，其否定性评价是不言而喻的。

2. 附刻欧阳修《新唐书钞》二卷、《五代史钞》二十卷，共85篇。

方应祥新刻《凡例》云："先生序欧文有云：'世欲览欧阳子之全者，必合予他所批注《唐书》、《五代史》读之，斯得之矣。'因并附入，以备欧阳一家，非骈枝也。""先生序欧文"指万历七年（1579）茅一桂初刻本所载茅坤《欧阳文忠公文钞引》，"世欲览欧阳子之全者"云云，即出自此序。这是方应祥附入茅坤《新唐书钞》上、下卷、《五代史钞》二十卷的依据。北师大本欧《抄》后附《新唐书钞》（共 9 篇）和《五代史钞》（76 篇）两种，内封题"合刻唐书五代史钞"。下有《欧阳公史钞引》云云，详见本节《序跋选录》。这样一来，《唐宋八大家文抄》由万历七年（1579）茅一桂本的 144 卷增为 166 卷。

3. 新增 73 篇，并修改茅坤《文钞引》中的收文数字，解决了万历七年初刻本目录与《文钞引》设定篇数不合问题。

北师大藏崇祯元年（1628）方应祥刻本新增 73 篇，这些篇目在国图藏万历七年（1579）初刻本目录和正文中皆无。它们是：

韩愈（11 篇）

卷一：《论变盐事宜状》/卷四：《答殷侍御书》、《答张籍书》/卷六：《送陆歙州诗序》、《送郑十为校理序》/卷七：《送张道士序》、《送陈秀才彤序》、《石鼎联句诗序》/卷十：《通解》、《行难》/卷十五：《瘞砚铭》。

柳宗元（7 篇）

卷三：《答严厚舆论师道书》/卷四：《上大理崔大卿应制举不敏启》/卷五：《童区寄传》/卷八：《六逆论》/卷十：《对贺者》/卷十二：《唐故给事中皇太子侍读陆文通先生墓表》、《又祭崔简神柩归上都文》。

欧阳修（16 篇）

卷三：《荐司马光札子》、《乞奖用孙沔札子》/卷四：《乞添上殿班札子》/卷五：《论澧州瑞木乞不宣示外廷札子》/卷六：《乞与尹构一官状》、《举丁宝臣状》、《再论许怀德状》/卷十一：《代杨推官洎上吕相公求见书》/卷十九：《孙子后序》/卷二十三：《金部郎中赠兵部侍郎阎公神道碑铭》/卷二十四：《资政殿大学士尚书左丞赠吏部尚书正肃吴公墓志铭》/卷二十七：《尚书工部郎中充天章阁待制许公墓志铭》、《尚书都官员外郎欧阳公墓志铭》/卷三十一：《祭程相公文》、《司封员外郎许公行状》/卷三十二：《跋唐华阳颂》。

苏洵（1篇）

卷十：《族谱后录》。

苏轼（9篇）

卷三：《上皇帝书》/卷五：《乞免五谷力胜税钱札子》、《辩试馆职策问札子二首》/卷六：《代李琮论京东盗贼状》/卷七：《杭州召还乞郡状》/卷八：《杭州谢上表》/卷十八：《会于澶渊宋灾故》、《黑肱以滥来奔》/卷二十八：《祭魏国韩令公文》。

苏辙（16篇）

卷二：《论衙前及诸役人不便札子》/卷四：《乞招河北保甲充役以消盗贼状》/卷六：《秦论一》、《秦论二》/卷九：《唐高祖论》/卷十：《郭崇韬论》/卷十一：《卫论》、《虞卿》、《鲁仲连》、《穰侯》、《范雎蔡泽》、《白起》、《李斯》、《蒙恬》/卷二十：《诗说》、《书白乐天集后》。

曾巩（3篇）

卷一：《请令州县特举士札子》/卷五：《类要序》/卷六：《送李材叔知柳州序》。

王安石（10篇）

卷二：《辞集贤校理状》/卷四：《上田正言第二书》/卷五：《与王深甫书》、《与王逢原书》、《答杨忱书》、《答张几书》、《答钱公辅学士书》/卷九：《庄周论下》/卷十：《进说》/卷十一：《鲁国公赠太尉中书令王公行状》。

与《文钞引》的设定相比，万历七年（1579）茅一桂初刻本目录少选者45篇，多选者42篇。对于目录少选的45篇，方应祥本依据茅坤"家藏手批原本"增补了上述73篇；增补数大于缺少的篇数。对于多选的42篇，方应祥则通过修改各家《文钞引》中的收文数字予以合法化。也就是说，对于万历七年（1579）

茅一桂初刻本目录与《文钞引》设定篇数不合这个问题，方应祥采取了少者补足、多者认同的方法。

将万历七年（1579）茅一桂初刻本（简称桂本）与崇祯元年（1628）方应祥修订重刻本（简称方本）中的各家《文钞引》设定的篇数相对照，可以发现方应祥对茅坤《文钞引》设定篇数的修改：

韩愈：

文体	表状	书启状	序	记传	原论议	辩解说颂杂著	碑墓志碣铭	哀辞祭文行状	总计
桂本篇数	8	44	28	12	10	22	41	8	173
方本篇数	9	46	33	12	10	22	52	8	192

柳宗元：

文体	书启	序传	记	论议辩	说赞杂著	碑铭墓碣诔表状祭文	总计
桂本篇数	35	17	28	14	18	19	131
方本篇数	33	17	28	14	18	20	130

欧阳修：

文体	上皇帝书疏	札子状表启	书	论	序	传	记	神道碑铭墓志铭	墓表祭文行状	颂赋杂著	新唐书抄	五代史抄	总计
桂本篇数	6	53	22	25	36	31	2	25	47	23	10	0	0	280
方本篇数	6	53	22	25	35	31	2	25	47	23	10	9	74	362

苏洵

文体	书状	论	记	说	引	序	总计
桂本篇数	14	37	4	2	2	1	60
方本篇数	14	37	4	2	2	1	60

苏轼：

文体	制策	上书	札子	状	表启	书	论解	策	序传	记	碑	铭赞颂	说赋祭文杂著	总计
桂本篇数	2	7	13	12	26	22	50	25	10	26	6	15	15	229
方本篇数	2	7	13〔1〕	12	26〔2〕	22	70	25	10	26	6	15	15	249〔3〕

苏辙：

文体	上皇帝书札子状	执政书	诸论及古史名论	策	序引传	记	说赞辞赋祭文杂著	总计
桂本篇数	19	10	72	25	7	12	11	156
方本篇数	19	10	82	25	7	12	11	166

曾巩：

文体	疏札状	书	序	记传	论议杂著哀词	总计
桂本篇数	6	14	32	28	7	87
方本篇数	6	15	31	28	7	87

王安石：

文体	上皇帝书	札子书状	表启	书	序	记	论原说解杂著	碑状墓志铭表祭文	总计
桂本篇数	1	7	36	35	12	22	25	59	197
方本篇数	1	7	36	35	12	22	25	73	211

　　总起来看，桂本在各家《文钞引》中设定的篇数是 1313，目录选文 1310 篇。崇祯元年（1628）方应祥小筑社刻 166 卷本在各家《文钞引》中设定的篇数是 1457，目录选文和实际选文都是 1459 篇，比万历七年（1579）茅一桂初刻本目录所选多出 149 篇。

---

　　〔1〕　方应祥本正文实收 14 篇。苏轼卷五《辩试馆职策问札子二首》实为二篇，方本作一篇计，故有此异。

　　〔2〕　方应祥本正文实收 27 篇。苏轼卷八《谢赐对衣金带马表二首》实为二篇，方本作一篇计，故有此异。

　　〔3〕　方应祥本实选苏轼文 251 篇，比《苏文忠公文钞引》的设定多出 2 篇。

4. 在正文中增加有目无文者 5 篇，在目录中增加有文无目者 4 篇，解决了万历七年初刻本目录与正文不合问题。

桂本有目无文者共 5 篇，即柳文卷四《上权德舆补阙温卷启》、卷五《送琛上人南游序》；欧文卷四《乞添上殿班札子》、卷十四《春秋或问》、卷十八《送廖倚归衡山序》。有文无目者共 4 篇，即欧文卷十七《苏氏文集序》；大苏文卷八《谢赐对衣金带马表二》、卷八《谢馆职启》、卷二十三《送水丘秀才序》。方本在正文中增补 5 篇有目无文者，在目录中增补 4 篇有文无目者，这样万历七年（1579）初刻本目录与正文不合问题也得到了解决。

5. 修改了正文及评点中的部分文字。

方本对桂本目录、正文和评点中的一些文字也做了改动，大都比较恰当。以下聊举数例。

作家	卷次	篇目	桂本	方本
柳宗元	卷一	《寄许京兆孟容书》（评点）	苏子瞻安置海内时诗文及复故人书，殊自旷达	苏子瞻安置海外时诗文及复故人书，殊自旷达
柳宗元	卷十二	《亡友故秘书省校书郎独孤君墓碣》（评点）	大都未勉焉唐以来四六绮丽之遗	大都未勉为唐以来四六绮丽之遗
欧阳修	卷首	茅坤《欧阳文忠公文钞引》（正文）	又或訾其间不免其俗调处	又或訾其间不免俗调处
欧阳修	卷十	《与黄校书论文章书》（评点）	所指言革弊一节	所措言革弊一节
苏洵	卷七	《心术》（评点）	此文中多名言，但一段段自为支节	此文中多名言，但一段段自为文节
苏轼	卷六	《奏马澂不当屏出学状》（标题）	奏马澂不当屏出学状	奏马澂不当屏出学状
苏轼	卷十二	《鲁隐公论一》（标题）	鲁隐公一论	鲁隐公论一
苏轼	卷十二	《诸葛亮论》（评点）	何以嘿无一言	何以默无一言
苏轼	卷二十五	《眉州远景楼记》（评点）	迁客思故乡，风旨婉然	迁客思故乡，风致婉然
苏轼	卷二十七	《十八大阿罗汉颂》（评点）	苏长公少悟禅宗	苏长公少悟■宗
苏辙	卷十七	《民政策六》（评点）	二者夹杂混融	二者夹杂浑融

但也有改而不佳不如不改者，如"支节"改为"文节"、"嘿无一言"改为

"默无一言"、"混融"改为"浑融"。

6. 将部分行间评改为眉评。

万历七年（1579）茅一桂初刻本只有题下评、文后评、行间评三种，无眉评。崇祯元年（1628）方应祥本第一次将部分行间评改为眉评。例如，曾文卷一《熙宁转对疏》的两段评点"曾公欲发明心学以悟主上，然尚影响揣摩，是以文郁而不达，而至于此处，非晦庵及本朝阳明不能得其至也"和"曾公凡到要紧话头便缩舌，岂能感动主上，及读王荆公万言书便别。学者须于此等处看得玲珑，则它日立朝，必有做手"，桂本皆为行间评，方本则转为眉评。行间评字很小，又杂于正文之间，不如眉评醒人眼目。将部分重要的行间评转为眉评，起到了有效的强调作用，拓展了评点的空间。

7. 唐顺之、王慎中评点标识由符号改为姓名。全书分篇重刻，解决了桂本部分选文连板所造成的体例不一致问题。

方本新刻《凡例》说："诸家表启、子由《古论》，旧刻因省工板，遂致连牵，今准集中旧式，仍各分篇，庶为一例。原刻标批，唐以○，王以▼，今恐易混，直出唐荆川、王遵岩二先生字号，使读者一览可知，不烦再审。"一篇文章刻完后，如果最后一个板片还有剩余的板面，就在这个板面上接着刻下一篇，这种二文接连出现在同一个板面的情况，称作连板。关于桂本连板的篇目，见上节《存在问题》部分。方应祥的重刻彻底解决了这一问题。

（五）版本价值

崇祯元年（1628）方应祥刻 166 卷本依据茅坤的"家藏手批原本"，并汲取万历时期茅一桂修订后印本的经验和教训，对万历七年（1579）茅一桂 144 卷初刻本进行了全面的修订，并予重刻，推出了一个更加精善的版本。方应祥自称"此刻不独为八大家之定本，亦为鹿门先生之功臣"（新刻《凡例》），并非大言欺人之语。

尤为重要的是，后来影响最大的通行本——崇祯四年（1631）茅著刻 164 卷本，全面吸纳方应祥的修订成果，就连新增《凡例》部分也一字不变地照抄了方本。茅著本后来成为最为流行的版本，主要因为茅著系茅坤之孙，其版本更容易取信于人，而不是因为它在版本上有什么贡献。有讽刺意味的是，清代四库馆臣将增入《五代史钞》之类的修订皆归于茅著，而对于方应祥本一无所知，说什么"万历中，坤之孙著复为订正而重刊之，始以坤所批《五代史》附入欧文之后"。[1] 今人甚至有将茅著本誉为"奠定《文钞》经典地位"者，而贡献最大的方应祥本则颇受非议。[2] 王重民先生认为方本粗制滥造，"每家各删落若干篇，又合并卷数，更改每家小引内卷数以符之。又目录上间有增益之篇名，集内实无其文"。[3] 但王先生所据乃明末坊刻节本（详见下），不足为据。如果他见过北师大所藏从日本回流到中国的小筑社刻本，是不会有这样的结论的。

通过上面的综录和考辩，可以认为，方应祥本是茅坤《唐宋八大家文抄》诸版本中贡献最大也最为精善的版本。关于其贡献，已如上述。说他精善，是说它没有万历七年（1579）茅一桂初刻初印本的疏漏、万历时期茅一桂修订后印本的斑驳、崇祯四年（1631）茅著重刻本的草率和乾隆时期四库全书本的失真。

版本的流行与否，不一定与本身的贡献和质量成正比。在很多情况下，贡献和质量以外的世俗因素，往往起着决定作用。这种逆淘汰现象可以说比比皆是。今天的研究者应该在充分占有第一手文献的基础上，放出眼光，拨乱反正，而不是只凭目录、逻辑和臆想，笑骂随人，以误传误。

（六）序跋选录

方应祥本有《重刻八大家文钞叙》、新刻《凡例》和《欧阳公史钞引》，系重刻时新增。兹选录于下。

方应祥《重刻八大家文钞叙》

尝闻至治之世，八风从律，八音克谐。夫文章者，风音之总持也，无迫而神驰，不约而响应，所关于世钜矣。其为随为和、与时高下者，为世转者也，非转夫世者也。鹿门先生有云："文以道相盛衰，时非所论。"独为古文词言耶？即制举艺亦然。

余老于经生，身尝其利病最深且熟。姑以制举艺论之，迩来盖盛极，亦弊极矣。明乎趋时而昧于立本，求其变不知其所以变。索古似矣，而以搜括隐僻为奇胜；贵真似矣，而以率任疏陋为空灵；根理似

---

〔1〕 纪昀等：《钦定四库全书总目》（整理本），中华书局 1997 年版，第 2647 页。

〔2〕 梅篮予：《茅坤〈唐宋八大家文钞〉渊源与流传考论》，复旦大学硕士学位论文 2010 年版，第 25 页。

〔3〕 王重民：《中国善本书提要》，上海古籍出版社 1983 年版，第 446 页。

矣，而以剽拾玄梵为精微；昌气似矣，而以假借阴钤为壮削；征实似矣，而以誊写管、商为经济；泽雅似矣，而以生割骚赋为风流。种种敝习，莫可缕指。总之，售世之念急，中无管钥以相守，故随时波逐，不能自主耳。嗟乎，辞衰而行业因之，言乱而政事又因之，以文持世者，能无深忧也哉！

今国家定制，以六经四子范士，功令日谨而士顾日轶以出，岂时为之，莫可挽耶？抑提唱无自，靡所适从耶？余尝谓文无古今，唯变所适，而要于不离其本。士人才有盈缩，学有浅深，而意必有所宗主。疑今人不若信古人，信古人不若先信阅古人之人。鹿门先生《白华》之篇已脍炙士口，至其所批评《八大家文钞》，归旨于道，取绳于法，原于性成之禀，而极于功力专一之至。盖上下千载，于贾、董、班、马之后，独简此八家者，以为有当于孔子之六艺而不失庖牺以来人文不易之统绪。其精神深于信古，切于开今，故其点次标铨处，有若启八达之衢，而指迷破暗者，明道之殊而同归也。有若称八骏之良，而左提右控者，明法之巧而中矩也，有若履八家之井田而识其肥硗、审其耕耨者，明禀质之各正而致至之力深也。盖此八君子之文，原如日月经天，江河行地，自先生揭而出之，汇而合之，又如集轩裳藻冕于一堂，能日与之相接，睹此大人境界，自手足敛而心志摄，雅必不敢作吴语，实必不敢数他珍，张气自觉其粗，窃理自觉其诞，凡貌真赝古，与一切吐爝火、兢涓流、为纤繁浮荡之想者，俱自觉其可丑。迨步趋久之，不期变而自变，行业政事之义类，酝酿于胸中，发而为言，皆有体要，而可以致于用。所谓经术以经世者，此也。

余诸生时读是书忘厌倦，幸老而售，愈喜与八君子相周旋，若时受其嘘拂，闻其謦欬，而并可以忘老者。噫！使八君子丧其本统而逐于时之变，其文亦止售于当时已耳，能至今传而不衰乎？余向奉视学东省之命，窃计斯地结天地中粹之气，牺于此画卦，孔子此删经，为万世文字祖。爰是以树之风声，足倡予海内。因向吾友孝若氏乞其家藏手批原本捧持以往，为东方指南。此愿不遂，乃与子将暨其甥杨次弁谋校雠付梓人，公诸四方。凡吾党有斯文之责者挥羽振铎，使父兄以之教，子弟以之学，渐渍于其中，当有若乘扶摇，听钧天，觉人间习习不歇、啾啾乱鸣者之为烦也。

且今之古文词，弊亦将与时艺等，倘能奉此八家者以为律令，按之六艺之旨而合焉，考之不易之统而合焉，其于先秦两汉以及唐宋诸家之文，皆能别其雅俗，定其虚实，辨其理气之真伪，道存而品成，国家乃始收文章之益，而得士人之实用，信古不劳于变今，亦甚易矣。习纬可以占风，按律可以造乐，斯其操瑉篇于声气之先者耶？

今天子清明御宇，辟正怃之路，塞浮哇之塗，人文开泰，小往大来，既转而为有道之世矣。士于斯时，无论寻常学者思式于度，即逸伦绝群之才，亦知跰跎无当，而有味乎古人之言，必有起衰振弊如昌黎者辈出，以弘维新之治，即谓文章为世转亦可。吾将摩挲老眼，以观斯文之一变至道也已。

崇祯元年人日信安方应详撰。

方应祥新刻《凡例》

右为旧刻《凡例》，尚有论文九则，即附于后，如著宝玉于土中，殿精骑于尘后，观者每惜之。今审原例，有"别为一卷"之语，因敢分章另刻，既可见先生选八大家之意，亦可开后人读八大家之眼。又新刻多有不同处，故并附新例数款，使览是书者知此刻不独为八大家之定本，亦为鹿门先生之功臣云尔。

旧刻已经订补，不失鹿门先生初旨，然尚有题存文缺者，今皆增入，不敢妄加评点。

订补续本仍袭旧板，未免苟简，补直间有头上安头、尾后接尾者，今悉依次改正。

讹脱处悉对善本全集证改，如《苏文忠公集·论京东盗贼状》则杂以《辨试馆职策问割子》二页，《文定公集》竟有夫去数行者，荆公志铭则有误入他铭者。如此甚多，今皆厘正。

诸家表启、子由《古论》，旧刻因省工板，遂致连牵，今准集中旧式，仍各分篇，庶为一例。原刻标批，唐以○，王以◗，今恐易混，直出唐荆川、王遵岩二先生字号，使读者一览可知，不烦再审。

先生序欧文有云："世欲览欧阳子之全者，必合予他所批注《唐书》、《五代史》读之，斯得之矣。"因并附入，以备欧阳一家，非骈枝也。

茅坤《欧阳公史钞引》

或问余，"于欧阳公复有《史钞》，何也？"欧阳公他文多本韩昌黎，而其序次国家之大及谋臣战将得失处，余窃谓独得太史公之遗。

其为《唐书》，则天子诏史官与宋庠辈共为分局视草，故仅得其志论十余首。而《五代史》则出于公之所自勒者。故梁、唐帝纪及诸名臣战功处，往往点次如画，风神烨然。惜也！五代兵戈之世，文字崩缺，公于其时特本野史与势家钜室家乘所传者而为之耳。假令如太史公所本《左传》、《国语》、《战国策》、《楚汉春秋》，又如班掾所得刘向《东观汉书》及《西京杂记》等书为之本，扬榷古今，诠次当世，岂遽出其下哉？余录若干首，稍为品次而别传之，以质世之有识者。归安鹿门茅坤题。

三、崇祯四年茅著刊 164 卷本

从崇祯四年（1631）茅著初刻印本看，各家每卷卷首题"孙男闇叔著重订"，唯苏辙《文抄》首卷卷首题"男孝若维、孙男闇叔著重订"。书前卷端茅著《文钞跋》称茅坤为"先大父"，称参与校雠工作的吴毓醇为"舅氏"。"大父"即祖父，与"孙男"自称相合。"舅氏"是对母亲的兄弟的尊称。综合上述信息，茅著应该是茅坤幼子茅维（字孝若）之子，其妾吴氏所出。据茅维《徙葬皋亭圹砖记》，万历三十年（1602）娶妾吴氏。万历三十四年（1606），吴氏生子元喆，又二年生子元徽。[1] 茅著很可能是茅元喆或茅元徽的易名，至崇祯四年（1631）写作《文钞跋》时至少已 23 岁。茅著《文钞跋》自称"经岁纷驰，备尝无安，幹蛊无才，终讼非志"，看来卷入了一场严重的官司。此时茅维尚健在，钱谦益说他"为乡人所构，几陷大僇"。[2] "大僇"即大耻辱，与茅著所言"备尝无安"事相合。由此看来，茅著即茅维子元喆或元徽的可能性是存在的。

现存的崇祯四年（1631）茅著刊 164 卷本，有原板印本、挖改后印本和删节后印本三种。各印本所载茅著《文钞跋》皆署"岁在辛未仲秋之望，茅著闇叔甫跋于虎丘之卧石轩"。明末吴绍陵挖改后印本署"金阊簧玉堂梓"，明末龚太初删节后印本署"金阊龚太初梓"。"虎丘"、"金阊"皆在苏州，是苏州的标志。至于重刻缘起，按茅著的说法，一是"虎林本行世既久，不无糢糊"，二是"虽读父书，希绍祖业"。"虎林"，又称"武林"，即杭州。万历七年（1579）茅一桂刻本和崇祯元年（1628）方应祥刻本皆刻于杭州，都可以称为"虎林本"。既云"行世既久"，当然只指万历七年（1579）茅一桂刻本。方应祥本虽已流行四年

---

〔1〕 张萍：《茅维研究》，2006 年浙江大学硕士学位论文，第 8 页。
〔2〕 钱谦益：《列朝诗集小传》，上海古籍出版社 2008 年版，第 635 页。

之久，而且其校刊成果为茅著本全部吸收，但茅著《文钞跋》只字不提。

茅著本共 164 卷，收文 1450 篇。其中韩愈十六卷，192 篇；柳宗元十二卷，130 篇；欧阳修五十二卷，353 篇（含《五代史抄》二十卷，74 篇）；苏洵十卷，60 篇；苏轼二十八卷，251 篇；苏辙二十卷，166 篇；王安石十六卷，211 篇；曾巩十卷，87 篇。茅著本比方应祥本少二卷，其原因是未收《新唐书抄》二卷。除此之外，各家选文数量和篇数均与方应祥本相同。

总之，崇祯四年（1631），也就是在方应祥本刊刻四年以后，自称茅坤"孙男"的茅著复将茅坤《唐宋八大家文抄》重刊于苏州。此后书板在坊间数易其主，并多次挖改重印，但都没有离开苏州。

下面将对茅著刻本的三种不同印本分别加以考察。

（一）崇祯四年茅著初刻印本

1. 实物鉴定

崇祯四年（1631）茅著初刻本可以北京大学图书馆藏本（索书号：SB/810.08/4445）为代表。此本各卷卷首均无"苏庠吴绍陵玉绳重订"字样，系未经挖改和删节的初刻印本。北大图书馆著录为"茅坤《唐宋八大家文抄》164卷，崇祯四年（1631）茅著刻本"。附欧阳修《五代史钞》二十卷，无《新唐书钞》二卷，总计 164 卷。较万历七年（1579）茅一桂本多二十卷，较崇祯元年（1628）方应祥本少二卷。全书 5 函 30 册，依次为茅著《文钞跋》、茅坤《唐宋八大家文钞总序》、《八大家文钞论例》、《八大家文钞凡例》、《韩文公文钞引》、《韩文公本传》、《唐大家韩文公文抄目录》、《唐大家韩文公文抄卷之一》。以下柳、欧、洵、轼、辙、曾、王各家均先《引》后《传》，然后是目录和正文。韩文卷一首页半叶九行二十字，四周单边，白口，单白鱼尾，有直格。版心题"韩文，卷一"。卷首题"唐大家韩文公文抄卷之一，归安鹿门茅坤批评，孙男闇叔著重订"。苏辙文卷一题"宋大家苏文定公文抄卷之一，归安鹿门茅坤批评，男孝若维、孙男闇叔著重订"。版匡 198×134 毫米。有圈点、题下评、行间评、眉评和文后评。未见刻工。苏辙文卷十六首页钤"大学堂图书馆收藏记"方形篆字朱印。此为 1907—1911 年间"京师大学堂"所用藏书印。[1] 可见此书系清末京师大学堂所藏旧物。此书"校"字皆作"挍"或"较"，避天启皇帝朱由校讳，如茅坤《柳柳州文钞引》和韩文卷十《子产不毁乡校颂》。"玄"、"烨"

---

[1] 戴龙基：《群玉留痕：纪念北京大学图书馆建馆 100 周年藏书票》，文物出版社 2003 年版。

等清帝名不缺末笔，"玄"亦不更为"元"，如茅坤《总叙》和韩文卷十一《南海神庙碑》评点。确系明崇祯刻本，而非万历刻本或清人改易之物。（见图1-08）

2. 校刊得失

如前所论，崇祯元年（1628）方应祥本对万历七年（1579）茅一桂本作了七个方面的修订。详见前文。这些修订，除《新唐书》二卷不为茅著本附录外，其余内容皆为茅著本所吸收。从文字校刊来看，茅著本与方应祥本互有得失，但茅著本疏漏更多一些。例如，韩文卷七《送齐暤下第序》评点，桂本、方本作"大凷已嫉时之论，而入齐生谗数语"，"谗"字显误，著本改为"缠"，甚是。柳文卷八《驳复仇议》评点，桂本、方本作"（唐荆川）又

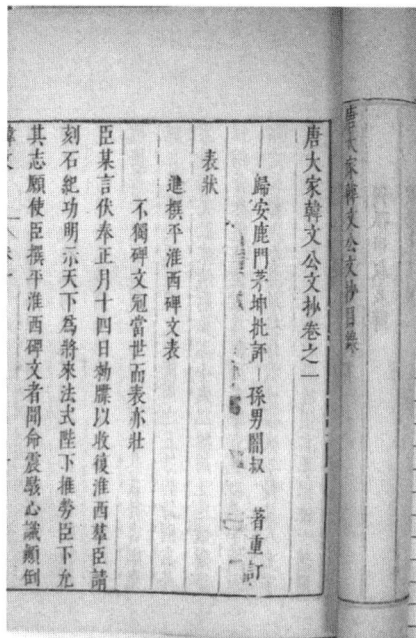

图1-08　茅坤《唐宋八大家文抄》卷首
北京大学藏崇祯四年（1631）茅著初刻印本

曰：理精而文正"，著本易"正"为"王"，亦是。苏轼文卷二十七《十八大阿罗汉颂》评语，桂本作"苏长公少悟禅宗"，方本"禅"为墨钉，著本复改为"禅"。但是，相较而言，误改之处更多。例如，韩文卷二《后廿九日复上书》评点，桂本、方本均作"当看虚字斡旋处"，著本易"斡"为"乾"。柳文卷二《答周君巢书》评点，桂本、方本均作"未必无可取者"，著本易"无可"为"何可"。柳文卷三《答韦中立论师道书》评点，桂本、方本均作"子厚中所论文章之旨"，著本易"子厚"为"子原"，似不知"子厚"为柳宗元字；当然刻工因形致误的可能性也很大。茅坤《欧阳文忠公文钞引》，桂本、方本均作"厘为三十二卷"，著本作"厘为三十三"。欧文实有三十二卷（加上《五代史钞》，共五十二卷），著本误。欧阳文卷十一目录，桂本、方本均作"答吴充秀才书"，著本易"吴充"为"吴克"。均误。

著本的评点，与桂本和方本相较，又偶有增益者，如柳文卷七《永州铁炉步志》增"转处妙"三字，欧文卷三十一《祭吴尚书文》增"也字为韵，贯到篇末"八字。间有少量异文，如韩文卷七《送高闲上人序》评点，桂本、方本均作"行文、造语、叙述处，亦大类《庄子》"，"叙述"，著本作"叙实"；王文卷十一卷前评，桂本、方本均作"隽永迭出"，"迭"字，著本作"远"。著本还

会简化目录，如柳文卷十一，桂本、方本作"唐故中散大夫捡校国子祭酒兼安南都护御史中丞充安南本管经略招讨处置等使上柱国武城县开国男食邑三百户张公墓志铭"，著本简为"唐故中散大夫张公墓志铭"。

总起来看，茅著本全面吸收了方应祥本的校刊成果，删去了方应祥序和《新唐书钞》二卷，并增加了一个新跋语，使其成为卷数与茅一桂本和方应祥本皆不相同的 164 卷本。

3. 价值和影响

前修未密，后出转精，是版本演进的基本规律，但也有例外。作为初刻，万历七年（1579）茅一桂本难免存在问题。崇祯元年（1628）方应祥本，在万历时期茅一桂修订后印本的基础上，对这些问题作了更为全面和彻底的修订，并首次附入《五代史钞》二十卷。崇祯四年（1631）茅著本全面吸收了方应祥本的校刊成果，并纠正了方本中的若干错误，同时也滋生了一些新的错误。晚明的吴绍陵、龚太初等书坊主，出于射利目的，对茅著本的板片进行挖改和删节，对部分目录加以重刻，又滋生了更多的错误。无论从校刊，还是从雕版和刷印来看，茅著本的精善程度都没有超过方应祥本。方本优于桂本，符合版本演进的规律。著本劣于方本，是一个例外。这一例外的发生，是校刊者个人素质与商业因素共同作用的结果。

但是，茅著本成为后来的通行本。晚明时期被多次重印，同一套书板，经过挖改、删节、拼版等，花样不断翻新。有清一代被多次翻刻，既有坊刻，也有官刻，可见其流行程度。与此相反，更为精善的方应祥本却鲜为人知。这种逆淘汰现象在版本史上也是屡见不鲜。例如，收诗文最多的《徐文长三集》并不流行，而由《徐文长三集》删选而来的《徐文长文集》则更为流行。李攀龙《古今诗删》的再选本《唐诗选》，十分流行，而更为接近原貌的《古今诗删》汪时元刻本和《唐诗广选》凌濛初刻本却很不流行。金圣叹的《才子必读古文》不太流行，而对其内容和评点加以抄袭的《古文观止》却能大行其道。版本的精善程度未必与其流行程度成正比。在很多情况下，决定一个版本是否流行的，主要不是学术因素，而是世俗因素。茅著本的流行，主要是靠了每卷卷首的"孙男闇叔著重订"七字。这七个字很容易使人想起"家学"、"正宗"等字眼，其可信度自非方应祥本所能比。至于这位"孙男"都做了些什么，其版本的来龙和精粗如何，则不仅一般读者懒得过问，就是版本家也未必肯搞清楚。例如，清人说："万历中坤之孙著，复为订正而重刊之，始以坤所批《五代史》附入欧文之后。今所行者，皆著重订本也。"一句话有两处错误。[1] 茅著本序刊于崇祯四年（1631），并非"万历中"。"始以坤所批《五代史》附入欧文之后"者，并非茅著，而是更早的方应祥。

4. 序跋选录

与桂本和方本相较，此本新增茅著《文钞跋》。兹录于下：

> 先大父鹿门公病今世之为文伪且剿也，特标八大家之文以楷模之。夫文贵传，传贵久。文不本于性情不传，不规于理道亦不传；纵传，暂也，亦不久。今之谈文者动谓镜中花，水底月，一洗粘滞态，便臻灵妙界；而驾诡凿空，偷取一世，何异于画西子之面美而不可悦者耶？八大家岂有意于传乎？而传矣！总之，本于性情，规于理道，各造其致，不相袭也，不相掩也。先大父具独往之神，秉笔删削。夫固炼神宅虚以入其微，攻古钩玄以含其润，遗得丧，忘岁月，以穷其变，文质彬彬，其《文钞》乎？虎林本行世既久，不无模糊，而著也经岁纷驰，备尝无妄，干蛊无才，终讼非志，虽读父书，希绍祖业。用是与舅氏吴毓醇重加考较，精于杀青，总期八君子之性情与先大父之性情俱久传于弗替。若其详则首具总评，节备细参，夫已炳如日星，余小子何敢赘一辞。岁在辛未仲秋之望，茅著闇叔甫跋于虎丘之卧石轩。

（二）明末金阊龚太初后印本

龚太初為苏州书坊主，其重印的茅著本《唐宋八大家文抄》可分为 144 卷挖改本和 103 卷删节本两种。

1. 金阊龚太初挖改 144 卷本

加拿大多伦多大学有藏有龚太初 144 卷本，不曾寓目，仅见今人著录云：

> 《唐宋八大家文钞》一百四十四卷，明茅坤编撰，明龚太初刻本。五十册。半叶九行二十字。四周单边，白口，单鱼尾。版心上镌书名，中镌卷次。框高 20.8 厘米，宽 14.7 厘米。前有扉页，题："唐宋八大家文钞。茅鹿门先生评，金阊龚太初梓行。"前有茅坤万历七年总序，

---

[1] 纪昀等：《钦定四库全书总目》（整理本），中华书局 1997 年版，第 2647 页。

崇祯四年茅闇跋，凡例，论例。各家之下分别有其文钞引、本传、目录。……是书包括：韩（愈）文十六卷，柳（宗元）文十二卷，欧阳（修）文三十二卷，苏洵文十卷，苏轼文二十八卷，苏辙文二十卷，王（安石）文十六卷，曾（巩）文十卷。……钤印："集恕堂"、"林足畹"、"兰如心藏书"。[1]

同页附韩文卷一首页书影，此书影与北京大学图书馆藏崇祯四年（1631）茅著初刻印本韩文卷一首页笔画、行款、断版等完全相同，只是字迹略显模糊，断版也更严重，而且第二行"孙男闇叔著重订"的"重"字被剜掉，显系崇祯四年（1631）茅著本板片的挖改后印本，非有二刻。这一点是十分肯定的，上文所谓"明龚太初刻本"系误判。"茅闇跋"亦误，当作"茅著跋"，或"茅闇叔跋"。崇祯四年（1631）茅著本韩文卷一首页版框为 198×134 毫米，此本既系此版的后印本，版框尺寸应该大致相同，上文"框高 20.8 厘米，宽 14.7 厘米"信息差别较大，应当有误。

从各家卷数来看，此本各家卷数并无删节，总计 144 卷。只是未见欧阳修《五代史钞》二十卷的著录。是龚太初后印本原有《五代史钞》，多伦多大学藏本残缺，还是龚太初重印时即已略去《五代史钞》，尚不得而知。

2. 金阊龚太初删节 103 卷本

龚太初对茅著初刻板片的删节重印，可以上海师范大学图书馆藏本（索书号：693000/4445）为据可以考察。

所见 32 册。开卷内封镌蓝字"唐宋八大家文钞（中），茅鹿门先生重订（右上），金阊龚太初梓（左下）"，左上钤"宏远斋"圆形朱印，左下"本衙藏板，不许翻刻"方形朱印，右下有二方形朱印。内封后为"韩文公文钞，茅衙藏板"。下为茅著《文钞跋》、茅坤《唐宋八大家文钞总序》、《韩文公文钞引》、《唐大家韩文公文抄目录》、《韩文公本传》、《唐大家韩文公文抄卷之一》。以下各家均先引后传，然后是目录和正文。（见图 1-09 和图 1-10）

〔1〕 梁戴光、乔晓勤主编：《加拿大多伦多大学东亚图书馆藏中文古籍善提要》，广西师范大学出版社 2009 年版，第 462 页。

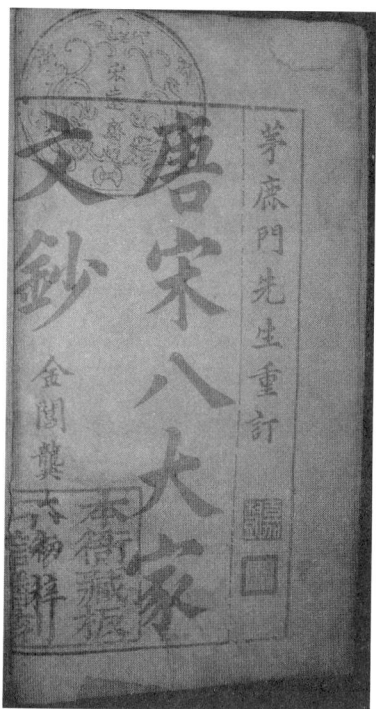

图 1-09 茅坤《唐宋八大家文抄》内封
上海师范大学藏金阊龚太初删节后印本

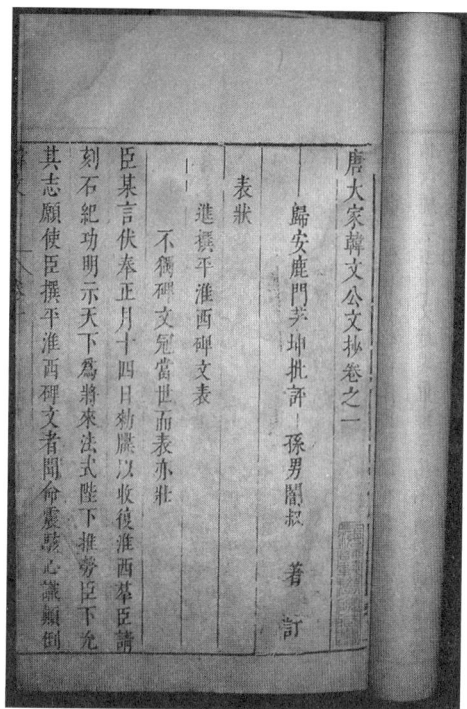

图 1-10 茅坤《唐宋八大家文抄》卷首
上海师范大学藏金阊龚太初删节后印本

细审此书，茅著《文钞跋》、茅坤《总叙》、韩文卷一首页笔画、行款、断版等与北大藏崇祯四年（1631）茅著初刻印本完全相同，只是剜去了韩文卷一"孙男闇叔重订"的"重"字，以便与内封"茅鹿门先生重订"接铆。看来，龚太初是要抬出"茅坤重订"的招牌，压倒市面上流行的崇祯四年（1631）"茅著重订"本。毕竟，茅坤的影响更大。如前所论，茅著可能是茅维子的易名，就算是茅维长子，其出生也在茅坤去世五年之后（茅维长子元喆出生于万历三十四年，茅坤卒于万历二十九年），哪里会有茅著先"订"、茅坤尔后又"重订"这样的怪事？龚太初书坊造假而罔顾事实，一至于此。

此书内封又称"金阊龚太初梓"，也不确切。龚太初购得崇祯四年（1631）茅著初刻板片后所做的，一是挖改重印了完整的 144 卷本，有多伦多大学藏本为证，详情已如上述；一是推出了一个只有 103 卷的节本，有上海师大藏本为证。此本各家《文钞引》及目录皆系重刻。将其与北大藏崇祯四年（1631）茅著初刻印本对比，可以看出其删节情况：

韩文（十二卷）：整卷删除卷十三至十六，共 43 篇。完整保留韩文卷一至卷十二，共 146 篇。将韩文由十六卷删至十二卷。但目录前《韩文公文钞引》仍作

"厘为十六卷",没有剜改。

柳文（七卷）：整卷删除卷八至卷十二，及卷七后6篇，共58篇。完整保留卷一至卷六，及卷七前11篇（自《游黄溪记》至《永州万石亭记》），共72篇。将柳文由十二卷删至七卷。将目录前《柳柳州文钞引》之"厘为十二卷"改为"厘为七卷"。

欧阳文（十二卷）：整卷删除卷一至卷二十一（卷十五中的三篇《志论》除外），共196篇。完整保留卷二十二至卷三十二，依次将各卷首页挖改为卷一至卷十一。从卷十五中摘取三篇（《礼乐志论》、《食货志论》、《艺文志论》），并从崇祯元年（1628）方应祥本《新唐书钞》中摘取四篇（《历志论》、《地理志论》、《百官志论》、《刑法志论》）杂凑成卷十二，共存文87篇。目录后镌"八大家欧文目录终"。将欧阳文由三十二卷删至十二卷。目录前《欧阳文忠公文钞引》将"厘为三十二卷"改为"厘为十一卷"；目录实有十二卷。

苏洵文（十卷）：删除卷四全卷，将卷五析为卷四和卷五，其他卷中篇目亦时有删落。共删落9篇，保留52篇。仍为十卷，目录前《苏文公文钞引》也仍作"厘为十卷"。

苏轼文（二十八卷）：仍保留二十八卷卷数，但从各卷中零星删落21篇，共保留231篇。目录前《苏文忠公文钞引》仍作"厘为二十八卷"。

苏辙文（十九卷）：删除卷二十全卷和卷十九的最后两篇，共13篇。保留卷一至卷十九，共153篇。《苏文定公文钞引》仍作"厘为二十卷"，目录实有十九卷。

王文（五卷）：整卷删除卷六至卷十六，及卷五后七篇，共139篇。整卷保留卷一至卷四，及卷五前13篇，共72篇。将十六卷删为五卷。目录前《王文公文钞引》亦由"厘为十六卷"改为"厘为五卷"。

曾文（十卷）：目录十卷，共87篇。卷数和篇数未有增减。

从目录看，龚太初删节本共103卷，存文900篇，删落479篇。

此本茅著《跋》、茅坤《总叙》，以及韩愈《文钞引》、目录及部分正文（如卷七至卷十二）等部分，尚由茅著初刻板片印出，还算不错。柳宗元以后，粗制滥造之迹甚明。其手段是重刻目录、挖改卷首或重刻首页，假借"茅坤重订"之名，以旧充新。结果出现了很多问题。例如，正文与目录多不合。各家正文卷首或题"孙男闇叔著订"，或题"归安鹿门茅坤批评"。题"孙男闇叔著订"或"孙男闇叔著重订"者系茅著初刻板片重印，只题"归安鹿门茅坤批评"者，似为龚太初挖改以附会"茅著重订"四字。其新刻目录错误很多。如欧文卷十二"地理志论"刻成"比理志论"，欧文"目录"刻成"目录"，苏文卷十六"续欧阳子朋党论"刻成"读欧阳子朋党论"，苏文卷十九目录下无篇名等等，不胜枚举。

（三）明末金阊簧玉堂吴绍陵挖改后印本

明末兵荒马乱，书板易主也是常事。将金阊簧玉堂本与金阊龚太初本的茅著《文钞跋》首页和韩文卷一首页进行对比，可以发现，簧玉堂本与龚太初本皆由崇祯四年（1631）茅著初刻板片刷印而来，但簧玉堂本的断版情况更加严重，其刷印时间应当晚于龚太初本。合理的解释是，龚太初弄出"茅坤重订"的笑话后，印出的书并不好卖，于是将书板卖给簧玉堂主。簧玉堂主请苏州府学生员吴绍陵加以重订，打出今人"重订"的招牌，显然更为靠谱。今见金阊簧玉堂本多卷卷首的"孙男闇叔重订"被挖改成"苏庠吴绍陵玉绳重订"。可见吴绍陵，字玉绳，系苏州府学生员。李渔有《赠吴玉绳》诗，称吴"年老性弥辣，世圆尔独方"、"时以伯夷口，来倾柳下觞"。[1] 伯夷乃商朝遗民，入周不仕。李渔以吴氏比伯夷，以"伯夷口"赞其处约能守，不易其节。可见赠诗作于入清以后，此时吴玉绳已经"年老"。但李渔赠诗的吴玉绳是否即"重订"茅著本的"苏庠吴绍陵玉绳"，尚待进一步考证。

1. 实物鉴定

茅著本的吴绍陵挖改后印本存世甚夥。湖南省图藏"金阊簧玉堂本"（索书号：411/14-3）较为完整，能够反映"金阊簧玉堂"与吴绍陵的关系。此书 30 册。半叶九行二十字，四周单边，白口，上白鱼尾，竹纸，有直格。版匡 197×133 毫米，书 245×160 毫米。内封题"唐宋八大家文钞（中），茅鹿门先生评选（右上），内附五代史（左上），金阊簧玉堂梓（左下）"。版心题"韩文，卷一"。卷首题"唐大家韩文公文抄卷之一，归安鹿门茅坤批评，孙男闇叔著订"。评点方式与茅著初刻印本同。全书足本应为 34 册，现缺 4 册，即《五代史钞》部分。全书结构依次为茅著《文钞跋》、茅坤《总叙》、《八大家文钞凡例》、《韩文公文钞引》、《八大家文钞论例》、《韩文公本传》、《唐大家韩文公文抄目录》、《唐大家韩文公文抄卷之一》。韩愈以下各家均先《引》后《传》，然后是目录和正文。茅坤《总叙》五、六叶实为方应祥《重刻唐宋八大家文钞叙》"提右控者明法之巧"至"亦止于售于当"部分。如前所论，北师大藏崇祯元年（1628）方应祥刻本的茅、方二序错简，湖南省图藏簧玉堂本的错简情况完全相同。可见，吴绍陵的"重订"参考了方应祥本，结果将方应祥本中的错误也一并沿袭下来。

---

〔1〕 李渔：《李渔全集》第二册，浙江古籍出版社 1991 年版，第 15 页。

湖南省图簧玉堂本行款、版匡宽高以及正文每页断版情况与北大藏崇祯四年（1631）茅著初刻本相同，二印本皆由茅著本板片刷印而来。不过，簧玉堂本断版情况更为严重，笔画也更为模糊，当系崇祯四年（1631）茅著本的后印本。簧玉堂本在挖改重印时，仍然沿袭了崇祯四年（1631）茅著初刻印本的避讳，相关方面未作任何改动。例如，"校"字仍皆作"挍"或"较"；"玄"、"燁"等不缺笔，不易字。避明帝讳，不避清帝讳，说明系明末或清初印本。上海图书馆亦有藏。（见图1-11）

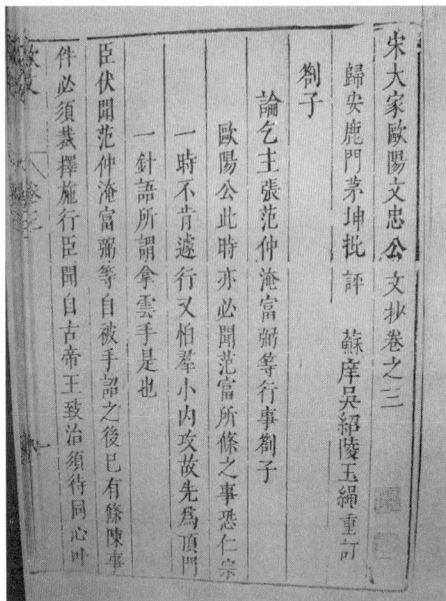

图 1-11　茅坤《唐宋八大家文抄》挖改页
上海图书馆藏金阊簧玉堂吴绍陵挖改后印本

湖南省图又一藏本（索书号：善411.1/1），著录为"茅坤《唐宋八大家文钞》164卷，万历七年徐笠山卢南桥圈点本"，误。此本实与上述金阊簧玉堂本（索书号：411/14-3）相同。所见36册，有《五代史钞》二十卷，无刊有"金阊簧玉堂"字样的内封。此本时有朱笔批校，如欧文卷三《论水洛城事宜乞保全刘沪等札子》题下朱笔云："笠山删本，南桥点本。"正文有删抹，甚至有改窜处。此文文后朱笔又曰："余最喜读此等文，以其论事精详，而无饰辞、无游笔耳。徐退山云。"细观朱评，乃佚名过录各家评点，其中尤以徐笠山、卢南桥、方苞评点为多。过录者显系清人，不可能更早。此本当著录为"茅坤《唐宋八大家文抄》164卷，崇祯四年（1631）茅著刻明末金阊簧玉堂挖改后印本"。

2. 挖改细节

据湖南省图所见的上述两种簧玉堂本可以看出，金阊簧玉堂书坊对崇祯四年（1631）茅著初刻本的挖改，除增加内封外，还有以下四个方面：

第一，在部分卷首挖改"重订"人姓名。韩文卷一首页"孙男闇叔著重订"的"重"系龚太初所剜，簧玉堂本保留这个剜改，系为后面加入"苏庠吴绍陵玉绳重订"张本。但其余各家各卷仍作"孙男闇叔著重订"。苏辙卷一首页作"男孝若维、孙男闇叔著重订"，与茅著初刻本同。其最大的改动是将茅著初刻本部分卷首的"孙男闇叔著重订"七字挖改成"苏庠吴绍陵玉绳重订"九字。这样的改动共十七处，见于欧阳文卷一、卷三、卷四、卷十五、卷二十二、卷

二十三、卷二十九、卷三十二；苏洵文卷八；苏轼文卷八、卷九、卷十七、卷二十、卷二十一；苏辙文卷三、卷十六、卷十七。"苏庠吴绍陵玉绳重订"七字大都肥大稚拙，与周围字体不同，显系挖改。欧阳文卷二十一只作"闇叔著重订"，"孙男"二字被剜掉。

第二，在部分版心挖改鱼尾。茅著初刻本皆为白鱼尾（或者说线鱼尾），簧玉堂本则将部分白鱼尾改为黑鱼尾，从而造成了部分书叶鱼尾黑白相间的现象。例如，据湖南省图所见"善411.1/1"本，苏轼文卷五之第一、二、六、八页为白鱼尾，三、四、五、七、九页为黑鱼尾。

第三，在部分版心增刻八大家谥号。例如，苏轼文版心下端镌"忠"字，苏辙文镌"定"字，以示区别。

第四，重刻部分目录，但错误较多。例如，欧阳文卷三十目录，北大藏茅著初刻印本只有"石曼卿墓表"五字，湖南省图藏簧玉堂本重刻目录则为"石曼卿墓表十三首。以悲慨带叙事，欧阳公知得曼卿如印在心，故描画得会哭会笑"，将茅评窜入目录中，可见其粗疏。同卷又一目录，北大藏茅著初刻印本作"河南府司录张君墓表"，簧玉堂重刻目录则将"府司"改为"副使"，不知"司录"为官名而误改。苏洵卷十只作"记说引序共"，下脱"九首"二字。

金阊簧玉堂购得茅著本原板后加以挖改重印，是要造成此本已经茅著修订、又经吴绍陵重订因而更加精善的印象，以达到以次充好、以旧充新的目的。当然，茅著本既初刻于金阊簧玉堂书坊，书坊为了促销，再推出一个经时人"重订"的新版以吸引读者，这样的可能也是存在的。

3. 金阊簧玉堂的《三苏文钞选》单行本

金阊簧玉堂还将挖改过的茅著本板片的三苏部分单独刷印，单本发行，名曰《三苏文钞选》。北京大学图书馆现藏金阊簧玉堂梓《三苏文钞选》五十八卷，可以为证。此本在老苏卷首重镌了一个新的内封，题曰"三苏文钞选（中），茅鹿门先生评定（右上），金阊簧玉堂梓行（左下）"，右下钤"衙官屈宋"四字方形朱印，作为促销广告。苏辙卷三首页亦题"苏庠吴绍陵玉绳重订"。各家正文笔画、行款、版匡尺寸、断版等，与各地所见《唐宋八大家文抄》金阊簧玉堂挖改本一一吻合。（见图1-12和图1-13）

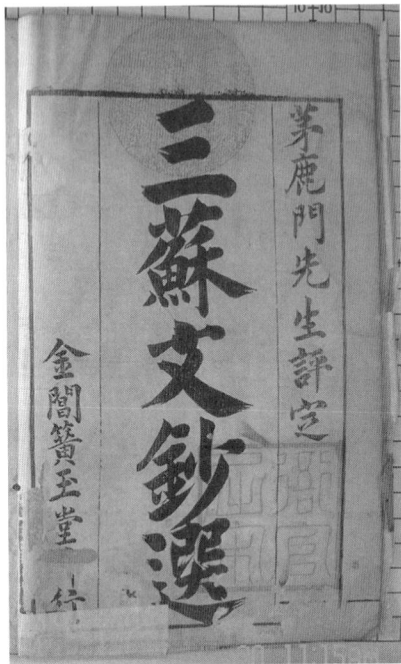

图 1-12 《三苏文钞选》单行本内封
北京大学藏金阊簧玉堂节选本

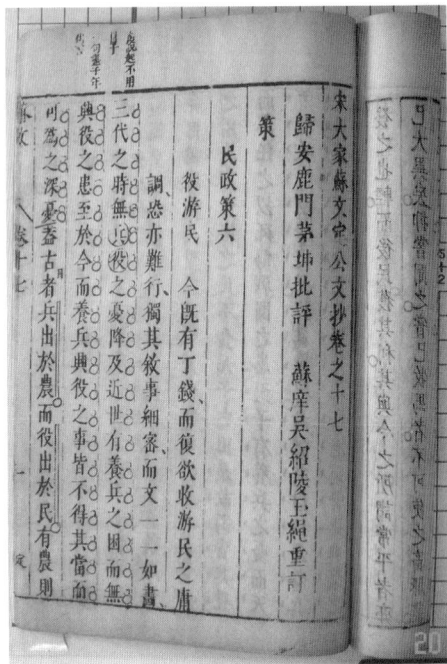

图 1-13 《三苏文钞选》单行本挖改页
北京大学藏金阊簧玉堂节选本

金阊簧玉堂书坊对崇祯四年（1631）茅著本板片的挖改重印，以及《三苏文钞选》的单本发行，表明书坊对《唐宋八大家文抄》这本书很下功夫。很下功夫是因为这本书能给书坊带来很大利润，由此可见茅著本在晚明的盛行。

四、清代茅《抄》版本述要

管见所及，茅坤《唐宋八大家文抄》在清代的版本有云林大盛堂和皖省聚文堂两个重刻本，还有一个著名的抄本——《四库全书》本。这些版本皆以茅著本为底本，但其与茅著本不同印本之间的关系也有所不同。《四库全书》本对茅著本的改动之处也不少。

（一）康熙时期云林大盛堂刻本

"云林"是指江西金溪县云林镇，凡书坊名称前加有"云林"标志的均为江西金溪书坊。[1] 云林大盛堂所刻茅坤《唐宋八大家文抄》有康熙四十二年（1703）和四十五年（1706）两种。

1. 康熙四十二年刻本

首都图书馆所见此书（索书号：G 丙四/6075），2 函 32 册。半叶十行二十四字，四周单边，白口，单黑鱼尾，有直格。版匡 200×137 毫米，书 262×170 毫米。内封镌"唐宋八大家文抄，茅鹿门先生评选，内附五代史，云林大盛堂梓，康熙四十二年新镌"，下钤"大盛堂藏板"、"大盛堂"朱印。版心镌"韩文卷之一"，韩文首卷题"唐大家韩文公文抄卷之一，归安鹿门茅坤批评，孙男闇叔著重订"。正文有圈点、行间时、题下评，眉上镌评。全书结构依次为内封、茅著《文钞跋》、茅坤《总叙》、《凡例》、《八大家文钞论例》、《韩文公文钞引》、《韩文公本传》、韩文目录及正文。

2. 康熙四十五年何焯校刻本

所见有国家图书馆、清华大学图书馆、湖南省图书馆和山东省图书馆的藏本。兹据山东省图藏本加以叙录。此书刻印精良，半叶十行二十四字，四周单边，白口，单黑鱼尾，有直格。版匡 197 毫米×136 毫米。内封题"唐宋八大家文钞原本，茅鹿门先生评选，何屺瞻先生手校，内附五代史，云林大盛堂梓"。版心题"韩文，卷之一"，首卷卷首题"唐大家韩文公文钞卷之一，归安鹿门茅坤批评，孙男闇叔著重订"。有圈点、眉批，间有文后评，文后和书眉有大量佚名朱笔评点。全书结构依次为内封、茅坤《总叙》、茅著《文钞跋》、何焯康熙四十五年《序》、《八大家文钞论例》、《八大家文钞凡例》、《韩文公本传》、韩文目录和正文。以下各家均先《传》后《引》。（见图 1-14 和图 1-15）

欧文卷三、卷四、卷十四、卷十五、卷二十二、卷二十九、卷三十二以及苏洵文卷八、苏轼文卷八首页镌"归安鹿门茅坤批评，苏庠吴绍陵玉绳重订"。欧文卷二十三卷首镌"归安鹿门茅坤批评，苏庠吴绍陵玉绳重评"，"苏苏庠吴绍陵玉绳重评"一行字体与全书吻合，出于一手，与明末挖改本字迹不同，全书显系重刻。苏辙卷一首镌"归安鹿门茅坤批评，男孝若维、孙男闇叔著重订"。《凡例》"子由《古论》"亦误作"了由《古论》"。各家卷数及选文篇数皆与崇祯四年（1631）茅著刻本的金闻簧玉堂后印本相同。茅坤《总叙》"必太羹玄酒之尚"的"玄"字缺末笔，避康熙皇帝讳。可以断定，康熙四十五年（1706）云林大盛堂何焯校刻本系崇祯四年（1631）茅著刻金闻簧玉堂挖改后印本的重刻本。

---

[1] 文革红：《江西小说刊刻地——"云林"考》，《明清小说研究》2010 年第 1 期。

图 1-14 茅坤《唐宋八大家文抄》内封 山东省图藏康熙四十五年（1706）云林大盛堂刻本

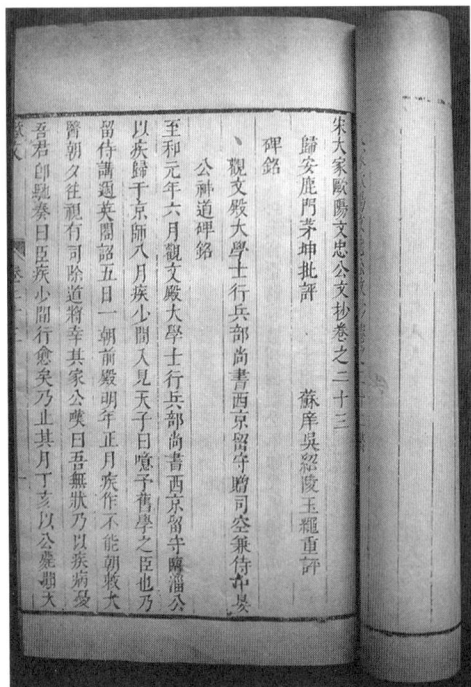

图 1-15 茅坤《唐宋八大家文抄》某卷卷首 山东省图藏康熙四十五年（1706）云林大盛堂刻本

康熙四十二年（1703）本无何焯序，此本有何焯康熙四十五年（1706）《重刻唐宋八大家文钞序》：

自六经、三传、两国、诸子递传以来，得史迁而为文章家一大宗嗣，是而汉魏，而六朝。三唐两宋，名家代出，而以唐宋八家为文章家一大宗。八家者，史迁之冢嫡也。八家文各自成家，其不悖乎六经之旨，不离乎史迁之法则一，故可合八而一之。先是，止称韩柳欧苏四家，渐衍为八家。定为八家者，自鹿门茅先生始。

近者卢文子、蔡九霞、王惟夏、孙执升评骘八家文，非不各有发明，要皆为鹿门先生扬其波而益其炎焉尔。或增唐李翱、宋叶适为十家，学者究未尽允。似此八家者，增一不可，损一不可，于是鹿门《文钞》为文章家不易之书矣。旧板漫灭，重梓以问世。

夫周、秦、汉之文尚矣，要非后世之士所能及。摹古如崆峒、沧溟，且为后人所讥，况其下焉者乎？他若六朝、晋、唐、西昆，别裁俪体，不可与此比论。今之为文者，舍八家将焉学耶？曷为乎必学八家也？

文以气为主，昔人谓十年读书，十年养气，知读书而不知养气，虽学极博，品极峻，议论极高，波澜极阔，格局极变化，而不能期至乎行止之不得不然。苟气得其养，则无所不极，无所不包，如雷庭之鼓舞，风云之翕张，雨露之润泽，运行不息，而莫穷其端倪，是皆气之为也。苏次公有云：文者气之所形。八家之文之所以形者在是。又曰：气可以养而致。读八家文，则学者养气之方在是。余故明其意以弁其端。

康熙丙戌年冬月，长洲后学何焯屺瞻撰。

此序不见于何焯《义门先生集》，但言约义丰，出言有据，似非坊人伪撰。例如"近者卢文子、蔡九霞、王惟夏、孙执升评骘八家文"一句，完全属实。卢元昌、蔡方炳、孙琮三家八大家选本至今尚存，王昊选本亦另有文献依据。"曷为乎"的"曷"字，湖南省图藏为墨钉，说明此本有不同印本，山东省图藏本系修订后印本。

（二）乾隆时期《四库全书》本

将台湾商务印书馆《景印文渊阁四库全书》（集322—323）所收茅坤《唐宋八大家文抄》抄本（简称四库本）与北京大学图书馆藏崇祯四年（1631）茅著初刻印本（简称茅著本）对校[1]，可以看出，四库本虽然属于茅著本系统，但差别还是很大。

茅《抄》有万历七年（1579）茅一桂刊144卷本、崇祯元年（1628）方应祥刊166卷本和崇祯四年（1631）茅著刊164卷本三个版本系统。是否有《五代史抄》二十卷和《新唐书抄》二卷，是判断三个版本系统的主要标志。茅一桂本全无，方应祥本全有，而茅著本只有《五代史抄》二十卷，没有《新唐书抄》二卷。所以茅著本的卷数既不像茅一桂本那样少，也不像方应祥本那样多。四库本164卷，只有《五代史抄》二十卷，而没有《新唐书抄》二卷，属于茅著本系统。从细节看，也是如此。例如，柳文卷七《永州铁炉步志》评语"转处妙"三字，为茅著本独有，四库本亦有此三字。茅著本有崇祯四年（1631）茅著初刻印本和明末金闻龚太初、金闻吴绍陵挖改后印本，四库本所用的是崇祯四年（1631）茅著初刻印本。龚太初本和吴绍陵本都是明末坊本，通过挖改校刊人、

---

〔1〕 北大藏本未见《五代史抄》二十卷，相关收文情况，以湖南省图藏金闻簧玉堂本为据。

重刻目录、增加内封等，以旧充新，弄虚作假，出了不少问题。这些问题都没有出现在四库本中。四库馆臣很讨厌坊本，其《唐宋八大家文抄》对明末坊本的排斥，使其避免了许多错误。

众所周知，《四库全书》的纂修是与删改相伴随的。除有意的删改外，还会滋生无意的错误。茅坤《唐宋八大家文抄》也不例外。兹就四库本对茅著本的删、增、改、误四个方面，分别加以考察。

1. 删

（1）删篇目

四库本共删除六篇文章及其原有评点：欧阳修《五代史钞》卷三《周家人守礼传》；苏轼文卷十七《王者不治夷狄》、卷二十八《书东皋子传后》；苏辙文卷五《贺孙枢密启》、卷八《三宗论》、卷十二《王者不治夷狄》。增《管仲》一文替代苏辙文卷八《三宗论》。这样，四库本共收文 1445 篇，比茅著本少 5 篇。其各家收文篇数对比情况如下：

作家	韩	柳	欧[1]		王	曾	洵	轼	辙
茅著本	192	130	279	74	211	87	60	251	166
四库本	192	130	279	73	211	87	60	249	163

（2）删茅跋、凡例和校刊人

四库本删除了茅著本中的茅著《文钞跋》、茅坤《凡例》，以及各卷卷首的"孙男闇叔著重订"、"男孝若维、孙男闇叔著重订"。各卷卷首只题作"明茅坤撰"。保留了茅坤《唐宋八大家文钞总序》（四库本易名为《唐宋八大家文钞原叙》）、《唐宋八大家文钞论例》，以及各家《文钞引》和《本传》。

（3）删圈点、行间评和眉评

茅著本有圈点、题下评、文后评、行间评和眉评。四库本保留了题下评和文后评，将圈点、行间评和眉评全部删落，留下了很大遗憾。茅著本的行间评和眉评，不乏精彩之处。例如，"到底是只喜得文辞，非真能慕道"（韩文卷七《送浮屠文畅师序》），"曾公欲发明心学以悟主上，然尚影响揣摩，是以文郁而不达，而至于此处，非晦庵及本朝阳明不能得其至也"、"曾公凡到要紧话头便缩舌，岂能感动主上？及读王荆公万言书便别。学者须于此等处看得玲珑，则它日立朝，必有做手"（曾文卷一《熙宁转对疏》）等等，脱口而出，却十分透辟警发。不能不说，删除这些精彩评点是四库本的最大缺陷，其版本价值也因

---

〔1〕 欧文篇目分两部分，左为欧文三十二卷所收篇数，右为《五代史钞》二十卷所收篇数。

此大打折扣。

（4）删浮词

茅著本评点中有一些词语，或者重复，或者冗杂，四库本作了部分删除。例如，茅著本欧阳修《五代史钞》卷九《死节传》题下评"予览欧公所次死节传"、卷十二《刘守光传》题下评"刘守光传多生色"、卷十九《刘旻世家》题下评"刘旻传多风神"；王安石文卷十六《鄱阳李夫人墓表》"用蜻蜓点水法"；苏轼文卷一《再上皇帝书》题下评"再上书不出前书所言"、卷四《乞诏边吏无进取及论鬼章事宜札子》"此乃苏文忠公搏虎手处"、卷八卷首评"往往禁思者少，故予仅录数首"、卷十四《留侯论》"曲尽文家操纵之妙"、卷十九《策略一》"此则以人主自断为策略之始"、卷二十一《省费用》"子瞻论节财处甚工"。以上十处评点的划线部分，在具体语境中都不言自明，四库本作了删除。删除后，并没有对文意产生影响。不过也删除了一些有意义的评点，破坏了原意。例如，茅著本韩愈文卷九《改葬服议》"昌黎文本经术处"、卷十《伯夷颂》"分明自《孟子》中脱出来，人都不觉"；柳宗元文卷八《驳复仇议》"此等文字极谨严"；苏洵文卷十《苏氏族谱亭记》"此是老苏借谱亭讽里人并训族子处"。以上四处评点对划线部分的删除显然并不恰当。

2. 增

四库本删除苏辙文卷八《三宗论》，增入《管仲》一文。除此之外，还在评点中不时增加一些文字。例如，卷三十四庐陵六《再论许怀德状》"宋人于国家体统处，多失之因循宽弛"（"因"字，茅著本为墨钉）、卷三十八庐陵十《投时相书》"殊不放倒自己地步"、卷四十七庐陵十九《集古录目序》"亦煞有欧阳公风致"、卷五十九庐陵三十一《祭吴尚书文》"用也字为韵，贯到篇末"、卷六十九庐陵史钞九《死事传》"然己虽不屈，而讽人降贼"、卷一百一南丰五《先大夫集后序》"韩欧与苏当亦俯首者"、卷一百十一老泉五《辩奸论》"作《辩奸》一篇，其文曰"、卷一百二十二东坡六《荐宗室令畤状》"今使国家待宗室得如子瞻此议，甚善"、卷一百四十二东坡二十六《司马温公神道碑》"此碑记，乃公应制者，较公所为《司马公状》，似不能尽所欲言，然行文特略矣"。上述九处评点的划线部分，茅著本皆无，系四库本所增。

3. 改

（1）改目录

此前所有茅《抄》版本皆以各家为单位分别编卷，自为起讫，无总目，各家目录置于各家正文之前，并详列各卷文体及所收篇数与篇名。四库本删掉各家目录，将八大家文连续编卷，编成总目，置于全书之首。总卷下又分别标出各家字号、序号及该卷所选文体，但不详列各卷所收篇数与篇名。例如，"卷一，昌黎一，表状"、"卷六十，庐陵三十二，颂赋杂著"、"卷六十一，庐陵史钞一，本纪"。这样既增强了全书的整体性，又仍然便于分别各家各体。《五代史钞》二十卷第一次由附录变为正文，被编入六十一至八十卷，紧接欧文三十二卷之后，成为全书不可或缺的一部分。

（2）改座次

四库本第一次将八大家连续编卷，这就涉及八大家的座次问题。四库本以前的所有茅《抄》版本，各家皆单独立卷，单从目录中无法确定八大家的座次。八大家座次的排定是以茅坤《唐宋八大家文钞总序》为据的，其顺序是"韩、柳、欧、洵、轼、辙、曾、王"。"曾王"在"三苏"之后，曾在王前，这个顺序最为通行。四库本第一次将曾王提到三苏前面，又将王安石提到曾巩前面。王安石的座次由最后一名提至第四名，排在欧阳修之后、曾苏之前。座次的调整意味深长，反映了清人对三苏的贬抑态度。

（3）改文字

四库本虽依茅著本为底本，但对茅著本的具体文字，也会加以改换。现将41处改动列举如下：

表 1-1　四库本对茅著本的改动

序号	位置	茅著本	四库本	备注（桂本和方本*）
1	韩文卷二《后廿九日复上书》评点	当看虚字乾旋处	斡	均作"斡"
2	韩文卷三《与于襄阳书》评点	后半婉恋凄切	娈	均作"恋"
3	韩文卷四《答李翊书》评点	今人乃欲以句字求之	字句	均作"句字"
4	韩文卷五《答冯宿书》评点	有自家一段直己而守的意在	己	均作"家"
5	韩文卷六《送许郢州序》评点	此文作二段，后总较	收	均作"较"
6	韩文卷十一《南海神庙碑》评点	神采烨然	焕	均作"烨"
7	韩文卷十三《唐故昭武校尉守左金吾卫将军李公墓志铭》评点	中有风刺	讽	均作"风"
8	韩文卷十四《尚书左丞孔公墓志铭》评点	志多跌宕	语	均作"志"
9	柳文卷一卷首评点	录其可诵者一十九首	二	均作"二"

续　表

序号	位置	茅著本	四库本	备注（桂本和方本）
10	柳文卷三《答韦中立论师道书》评点	子原中所论文章之旨	厚	均作"厚"
11	柳文卷五《序棊》评点	并澹宕可诵	读	均作"诵"
12	柳文卷五《梓人传》评点	序次摹写，井井入彀	彀	均作"彀"
13	柳文卷七《永州法华寺新作西亭记》评点	旷达	远	均作"达"
14	柳文卷八《驳复仇议》评点	理精而文王	正	均作"正"
15	柳文卷八《桐叶封弟辩》评点	此篇与《守原议》、《封建论》三篇	二	均作"三"
16	柳文卷十一卷首评点	以见其风慨云	概	均作"慨"
17	柳文卷十一《柳州司马孟公墓志铭》评点	气岸镜画，句亦陶洗	淘	桂本作"鉤"，方本作"陶"
18	欧文卷四《论乞令百官议事札子》评点	世宗庚戌年，虏犯京邑	寇	均作"虏"
19	欧文卷五《论乞与元昊约不攻唃厮啰札子》评点	虏族不和，则中国自尊	外蕃	均作"虏族"
20	欧文卷十四《泰誓论》标题	秦誓论	泰	均作"泰"
21	欧文卷二十一《襄州谷城县夫子庙记》评点	此文前后辨释奠、释菜为祭之略	段	均作"后"
22	茅坤《五代史钞引》（欧阳修《五代史钞》卷首）	风神烨然	粲	均作"烨"
23	欧阳修《五代史钞》卷七评点	所托张蒙事神一节	濛	均作"蒙"
24	苏洵文卷九《兵制》评点	承五代银鎗之后	槍	均作"鎗"
25	苏轼文卷四《议学校贡举札子》评点	长公总只是欲于今所行之法得所行之实	总欲今法	均作"长公总只是欲于今所行之法"
26	苏轼文卷八卷首评点	苏氏父子兄弟则往往蔡愿者少	三苏	均作"苏氏父子兄弟"
27	苏轼文卷十四《诸葛亮论》评点	当关羽之镇夏口也，何以不虞吴人之议其后？而羽之既没，先主流涕出师	公/关	均作"羽/羽"

续　表

序号	位置	茅著本	四库本	备注 (桂本和方本)
28	苏轼文卷十九《策略二》评点	只消于兵部中另立一协部尚书或侍郎，专掌北房之事，用边将理兵饷，缮房墙，并探牒房情	敌/边/敌	均作"房/房/房"
29	苏轼文卷十九《策略三》评点	篇终专取诸葛之治蜀，王猛之治秦，盖为英庙之初当熙宁时，似以水济水矣	火	均作"水"
30	苏轼文卷二十二《策断下》评点	苏氏父子之论房情，一一深中	敌	均作"房"
31	苏轼文卷二十七《延州来季子赞》评点	子瞻按季子救陈在哀公十年	据	均作"按"
32	苏辙文卷六《商论》评点	周天子特悬空名于上者五百余年	一	均作"空"
33	苏辙文卷七《唐论》评点	胡人得以蹂躏我疆场	北兵	均作"胡人"
34	苏辙文卷十二《西南夷论》评点	子由之论西戎北狄，大略并按宋情事本末而为之者。北房以骑射为业，逐水草，食肉酪；而西羌则各堑山谷，分部落；而南夷则恋巢穴，世田土。	边/边/俗	均作"狄/房/田"
35	苏辙文卷十二《刘恺丁鸿孰贤论》评点	不如子瞻，而法度却正当	此子由同兄应试之文，虽不及子瞻，而议论正大，自足成一家言。仁宗谓为子孙得两贤宰相，诚哉知人	均作"不如子瞻，而法度却正当"
36	苏辙文卷十五《臣事策九》评点	苟州县郡佐贰以上亦皆如之，则善矣	以及郡佐贰	均作"郡佐贰以上"
37	曾文卷十《书魏郑公传》评点	讽世之焚槁者之非	藁	均作"槁"
38	王文卷十《读江南录》评点	所议铉厚诬潘祐处	佑	均作"祐"

续　表

序号	位置	茅著本	四库本	备注 （桂本和方本）
39	王文卷十二《给事中孔公墓志铭》评点	风韵唤发	涣	均作"唤"
40	王文卷十五《郑公夫人李氏墓志铭》评点	篇中多韵折、多倒句	佳	均作"倒"
41	王文卷十六《祭周几道文》评点	文多鎪洗	淘	均作"鎪"

＊桂本指万历七年（1579）茅一桂初刻本，方本指崇祯元年（1628）方应祥校刻本。

上述改动，有桂本、方本不误，茅著本独误，四库本改回原字以纠茅著本之误者，如第 1、9、10、20 项。有因避清帝讳，或为尊者讳，或文字有违碍，而改为他字者，如第 6、18、19、22、27、28、30、33、34 项。有改而确者，如第 23、38 项。有改而变、非复原评之意者，如第 13、29、40 项。有可改可不改而妄改者，如第 3、4、8、11、15、23、25、26、32 项。

4. 误

四库本有一些误字。例如，四库本《庐陵文钞》二十九《孙明复先生墓志铭》评点"一生人事，或捉在前，或缀在后"，"人"应作"大"。《庐陵史钞》十二《刘守光传》评点"晋且攻潞以牵梁，因卒以解"，"因"应作"困"。"东坡文钞三十四"，"三"应作"二"。苏轼文共二十八卷。颖滨文钞八《汉昭帝论》评点"特目：为大臣有托孤寄国之责者，不可不知此议"，"目"应为"曰"。《东坡文钞》二十七《十八大阿罗汉颂》评点"苏公公少悟禅宗"，"公"应为"长"。这显然是在抄写过程中不经意留下的笔误。

还有一种错误是评点误置。例如，四库本《临川文钞》十六《建昌王君墓表》与下篇《贵池主簿沈君墓表》的评点互换了。可能的原因是，此卷的誊录监生范葵看到《建昌王君墓表》评点"通篇亦无一实事"，遂认为此评应放在下篇《建昌王君墓表》中，才能与"亦"字相应，于是望文生义，将"荆公表女兄弟之舅"的评点放在一个不相干的题目下面。

四库本的另一个不足是，《庐陵史钞引》文末有阙文。它们是"诠次当"以下 34 字："世，岂遽出其下哉？余录若干首，稍为品次，而别传之，以质世之有识者。归安鹿门茅坤题。"当是所用底本残缺，而抄者未据他本补入。

（三）晚清皖省聚文堂刻本

复旦大学图书馆所见此书（索书号：961190），4 函 40 册，该馆著录为"茅坤评选，清聚文堂重刊本"。半叶九行二十字，四周单边，白口，单黑鱼尾，有直格。版匡 204×130 毫米，书 294×160 毫米。内封题"唐宋八大家文抄，茅鹿门先生评选，皖省聚文堂重校刊"。版心题"韩文卷一"，卷首题"唐大家韩文公文抄卷之一，归安鹿门茅坤批评"。正文有圈点、题下评，眉上镌评。全书结构依次为内封（背面镌"韩文公文钞"）、茅坤《总叙》、《凡例》、《论例》、《韩文公文钞引》。各家卷数和选篇与崇祯四年（1631）茅著本同。茅坤《总叙》完好，不与方应祥叙错简。（见图 1-16 和图 1-17）

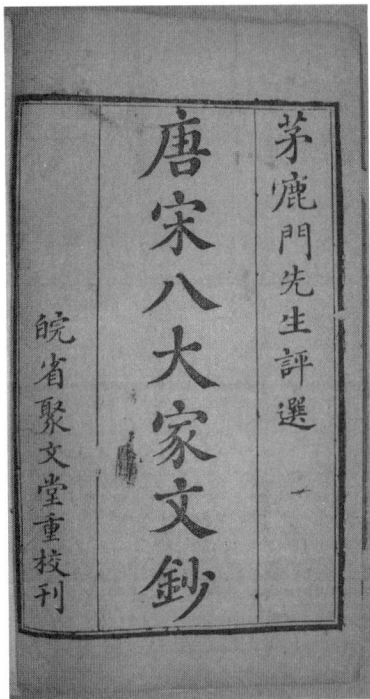

图 1-16　茅坤《唐宋八大家文抄》内封
湖南省图藏清皖省聚文堂刻本

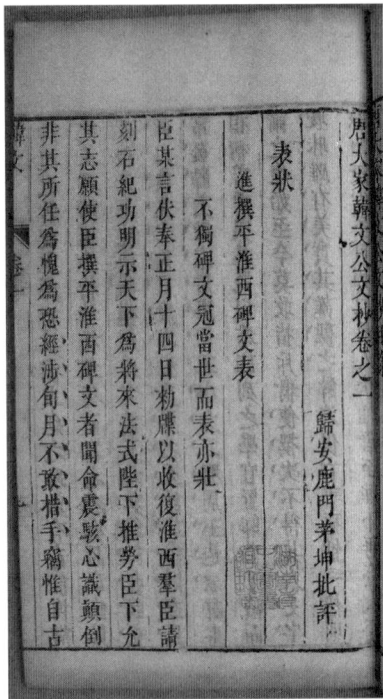

图 1-17　茅坤《唐宋八大家文抄》卷首
湖南省图藏清皖省聚文堂刻本

第二章　孙慎行《精选唐宋八大家文抄》

一、编选缘起

孙慎行字闻斯，号淇澳，南直隶常州府武进县人。生于嘉靖四十四年（1565），卒于崇祯九年（1636）。万历二十三年（1595）进士，晚明东林学派的集大成者[1]。曾经历晚明梃击、红丸、移宫三大案。天启七年（1627），因红丸案削籍戍宁夏。崇祯改元，遇赦未行，以原官协理詹事府，累召不起。杜门家居，研精性命之学。崇祯八年（1635），廷推为阁臣，带病入都，翌年去世，赠太子太保，谥文介。其《精选唐宋八大家文抄》即成书于崇祯二年（1629）杜门家居期间。

孙慎行为唐顺之外孙，终其一生，推尊唐顺之不遗余力。编有《荆翁诗选》和《四大家文选》，后者将唐顺之与罗玘、李梦阳、王慎中列为国朝文章四大家。他认为在四大家之中，唐顺之"创韩柳以来所不必有之局面，而实畅韩柳以来所必同有之精神"，"匠心独到，得文章真传者，先生一人而已"。[2]用他的文友邹元标的话说，就是"自古及今，实有正气一脉真传，自史汉及唐宋八大家，虽调格不同，其得是诀窍一也"，[3]而"国朝惟荆翁一人，直接八大家正

---

〔1〕 黄宗羲评价孙慎行说："东林之学，泾阳（顾宪成）导其源，景逸（高攀龙）始入细，至先生而集其成矣。"（《明儒学案》卷五十九《东林学案》二，《黄宗羲全集》第8册，浙江古籍出版社1992年版，第814页）

〔2〕 孙慎行：《读外大父荆翁集识》，《玄晏斋文抄》，《四库禁毁书丛刊》第123册，第46页。

〔3〕 孙慎行：《记论文》，《玄晏斋文抄》，《四库禁毁书丛刊》第123册，第144页。

脉"。〔1〕孙慎行对唐宋八大家的关注与此相关，其编选《精选唐宋八大家文抄》，未必没有借此推尊其外祖父唐顺之的意图。

之所以称为"精选"，是相对于茅坤《唐宋八大家文抄》的芜杂而言。孙慎行说：

> 腐文可唾，卑文可扫，奇文可嗜，高文可师，如之何其混而一也？既已可混而一，又焉得不畔而逃？余少读《轨范》，一斑耳，已而睹茅氏《八大家文抄》，则浩矣。已又睹唐氏《文编》、《文略》，则庶乎有裁。呜呼！道术之畅，文教之纯，衮衣绣裳之不为窄袖小冠，清庙明堂之不为白草黄蒿，赖是物也。而世初学小生，不识先生大人深奥，多以史汉为高，以八家为卑，又甚者骛俗下若奇，畏八家若腐，其畔而逃也若是，余心忔焉。〔2〕

孙慎行认为茅坤的《唐宋八大家文抄》和南宋谢枋得的《文章轨范》将"高卑奇腐"之文混于一书，抉择不精，而茅坤的《唐宋八大家文抄》更为严重。正因为如此，当时的初学小生"以八家为卑"、"畏八家若腐"，纷纷遗弃八家之文，而心有他骛。对于这种情况，他很愤慨，于是对谢枋得、茅坤、唐顺之的选本加以"精选"，去卑腐而存高奇，推出一个新选本，从而扭转当时遗弃八家的学风。孙慎行又认为，与谢枋得和茅坤的选本相比，其外祖的《文编》和《六家文略》"庶乎有裁"，自然最可师法。但他又说，"兹之抄大约穷委极变、洞心骇耳居多，即三氏选中，间有搜其佚、发其沉湮者"。可见，他的选文又不局限于三个人的选本（即"三氏选"），而颇有搜佚发湮的追求。

孙慎行《精选唐宋八大家文抄》各卷卷首均题"晋陵孙慎行闻斯甫选，同邑白绍光超宗甫较"，可知白绍光参与了校刊工作。白绍光，字超宗，南直隶武进人，万历三十四年（1606）举人，〔3〕曾任江西广信府兴安县知县、云南广南府知府等。〔4〕白绍光与孙慎行为姨表兄弟，也是唐顺之的外孙。张大复说："（白）超宗诗学渊源于唐中丞。"〔5〕天启元年（1621），孙慎行作追忆其二姨母的文章说，"今仲方任兴安令"；"仲"即其二姨母的次子白绍光。凡此，均可证明白绍光与唐顺之、孙慎行的亲缘关系。孙慎行自称，自万历四十三年（1615）

〔1〕 孙慎行：《四山邹公志略》，《玄晏斋文抄》，《四库禁毁书丛刊》第123册，第160页。

〔2〕 孙慎行：《精选唐宋八大家文抄》卷首《书八大家文抄后》，崇祯二年（1629）孙慎行序刻白文本。

〔3〕 光绪《武进阳湖县志》卷十九，第二十六页，《中国地方志集成》江苏府县志辑第37册。

〔4〕 同治《兴安县志》卷九，《中国方志丛书》华中地区第109号，江西省第13册。

〔5〕 张大复：《梅花草堂笔谈》卷九《诗义》，《四库全书存目丛书》子部第104册，第412页。

请假里居以后，与姨表兄弟过往甚密，"青灯帷室，则起叹于杯棬；白日行原，则徘徊于楸槚"，关系处得"如亲兄弟"一般。[1] 孙慎行又说："及后衰病，历年不出门，不谒客，专神窴思，时时窥见波澜骨力处，祖韩肖韩，而所评骘古近，搜扬巨细阔阔，殆有过之。"[2] 崇祯二年（1629），孙慎行与姨弟白绍光合作编校《精选唐宋八大家文抄》，就是在这种氛围中完成的。

从目前所掌握的资料看，孙慎行《精选唐宋八大家文抄》有两个版本系统：一是崇祯二年（1629）孙慎行序刻白文本，一是明末重刻评点本。

二、崇祯二年孙慎行序刻白文本

（一）实物鉴定

上海图书馆所见 8 册（索书号：线善820370—77），著录为"《孙宗伯精选唐宋八大家文抄》6 卷，明孙慎行选，崇祯二年（1629）刻本"。半叶九行二十字，左右双边，白口，单白鱼尾，有直格。版匡224×140 毫米，书 279×177 毫米。版心题"唐宋八大家文抄卷之一"。首卷卷首题："孙宗伯精选唐宋八大家文抄卷之一，晋陵孙慎行闻斯甫选，同邑白绍光超宗甫较。"正文无圈点，无题下评、行间评、文后评和眉评。开本宽大，刷印精良。（见图 2-01）

全书结构依次为孙慎行《八大家文抄序》、《又序》、《书八大家文抄后》、《孙宗伯八大家文钞目录》、《孙宗伯精选唐宋八大家文抄卷之一》。《八大家文抄序》下钤"随缘氏"朱印。《又序》末署"晋陵后学

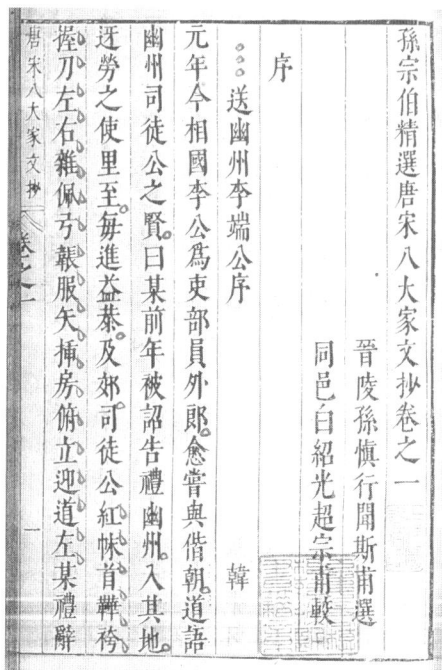

图 2-01　孙慎行《精选唐宋八大家文抄》卷首上海图书馆藏崇祯二年（1629）刻白文本

---

〔1〕　孙慎行：《叙白姨母》，《玄晏斋文抄》，《四库禁毁书丛刊》第 123 册，第 168 页。

〔2〕　孙慎行：《读朱子编选文后记》，《玄晏斋文抄》，《四库禁毁书丛刊》第 123 册，第 50 页。

孙慎行书，崇祯二年月日"。三序均见孙慎行《玄晏斋集五种》之《玄晏斋文抄》，崇祯刻本，今收于《四库禁毁书丛刊》集第 123 册。一般来说，白文本在前，评点本后出。此本系白文本，《又序》又有"崇祯二年"署期，应当是孙慎行《精选唐宋八大家文抄》的初刻本。北大藏评点本《又序》无"崇祯二年"之署期，其刊刻应当在此本之后。

（二）选文情况

孙慎行自称，"《抄》有序，有记，有碑铭，有杂文，凡六卷，篇若干"。据上图藏白文本，全书共六卷，选四类文体。卷一选序 79 篇，卷二选记 88 篇，卷三至卷四选杂文 157 篇[1]，卷五至卷六选碑铭 96 篇。总计 420 篇。从各家选文来看，韩愈 96 篇，柳宗元 56 篇，欧阳修 81 篇，苏洵 13 篇，苏轼 78 篇，苏辙 10 篇，曾巩 25 篇，王安石 61 篇。

孙慎行自称其选文"间有搜其佚、发其沉湮者"（《书八大家文抄后》）。对于其在八大家选本链中的搜佚发湮之功，可以通过对比加以考察。崇祯二年（1629）孙慎行序刊此书时，茅坤《唐宋八大家文抄》只有两个版本：万历七年（1579）茅一桂初刻本和崇祯元年（1628）方应祥修订重刻本。将上图藏孙慎行《精选唐宋八大家文抄》白文本与上述茅《抄》的两个版本对比，可以发现孙慎行的确增加了茅坤《唐宋八大家文抄》以外的许多篇目。现将孙慎行《精选唐宋八大家文抄》白文本中的新增篇目[2]详列于下：

卷次/文体	作家/篇名
卷一/序	韩愈：爱直赠李君房别序。柳宗元：送南涪州量移澧州序/送独孤申叔侍亲往河东序/送蔡秀才下第归觐序/送濬序/同吴武陵赠李睦州诗序/娄二十四秀才花下对酒唱和诗序/送崔子符罢举诗序。苏轼：晁君成诗集序/邵茂成诗集序/送钱塘僧思聪归孤山序/送寿圣聪长老偈并序/猎会诗序。曾巩：送王希序/王无咎字序。
卷二/记	柳宗元：永州龙兴寺西轩记。欧阳修：陈氏荣乡亭记/伐竹记/养鱼记/洛阳牡丹记。苏轼：凤鸣驿记。苏辙：庐州栖贤寺新修僧堂记。曾巩：兜率院记

---

〔1〕 卷三《五箴五首》（韩愈）、《论语辩二篇》（柳宗元）、《三戒》三篇（柳宗元）、《罗汉赞十六首》（苏轼）、《志林论古十三首》（苏轼）和卷四《潮州祭神文五首》（韩愈），均按一篇计。

〔2〕 "新增篇目"是指为万历七年（1579）茅一桂初刻本和崇祯元年（1628）方应祥修订重刻本都不曾收过的篇目。茅一桂刻本无而方应祥重刻本有的篇目不列入新增篇目。

续　表

卷次/文体	作家/篇名
卷三/杂文	韩愈：五箴五首。柳宗元：咸宜/谪龙说/梁丘据赞。欧阳修：跋唐华岳题名/跋李德裕平泉草木记。苏轼：杨荐字说/赵德麟字说/怪石供/后怪石供/书孟德传后/书蒲永升画后/书朱象先画后/书李伯时山庄图后/书唐氏六家书后/书篆髓后/鱼枕冠颂/阿弥陀佛颂/宝林□敬赞禅月所画十八阿罗汉/罗汉赞十六首/水陆法象赞/应梦观赞/金山长老宝觉师真赞/石宝先生画竹赞/澹轩铭/大觉鼎铭/十二琴铭/周文炳瓢砚铭/大别方丈铭/志林论古十三首。王安石：伤仲永。曾巩：国体传。
卷四/杂文	韩愈：潮州祭神文五首/祭竹林神文/祭柳州李使君文/祭薛助教文/祭侯主簿文。柳宗元：吴张后余辞。欧阳修：祭吕敬叔文/祭外甥崔骈文/求雨祭文/祈雨祭汉高皇帝文/求雨祭汉景帝文。王安石：祭吴侍中冲卿文/祭李审言文/祭习博士绎文/祭虞靖之文/祭鲍君永泰王文/李通叔哀辞。
卷五/碑铭	柳宗元：曹溪第六祖赐谥大鉴禅师碑/岳州圣安寺无姓和尚碑。欧阳修：卫尉卿祁公神道碑铭。王安石：赠司空兼侍中文元贾魏公神道碑/检校太尉公赠侍中正惠马公神道碑/外祖母黄夫人墓表。
卷六/碑铭	柳宗元：故秘书郎姜君墓铭。欧阳修：尚书兵部员外郎知制诰谢公墓志铭/广平郡太君张氏墓志铭。王安石：曾公夫人吴氏墓志铭。

在茅坤《唐宋八大家文抄》之外，孙慎行《精选唐宋八大家文抄》新增篇目 82 篇，其中韩愈 7 篇，柳宗元 15 篇，欧阳修 14 篇，苏轼 30 篇，苏辙 1 篇，曾巩 4 篇，王安石 11 篇。茅坤《唐宋八大家文抄》选文一千余篇，可谓洋洋大观，而孙慎行又新增许多篇目，表现了其强烈的创新追求和独特的审美趣味。

（三）体例特征

茅坤《唐宋八大家文抄》的体例是以人统文，文分众体，各家自为起讫，自成单元，然后按先唐后宋的顺序组接成书，属于人序体例。孙慎行《精选唐宋八大家文抄》则打破了各家界限和唐宋界限，分体排纂，以体统人，各家之文分散错杂于各体之中，属于体序体例。这一体列是受其外祖父唐顺之《文编》影响的结果。《文编》收先秦至唐宋之文，虽然不是唐宋八大家的专选，但唐宋部分收八家文为多。其体例就是以文体立卷，各家之文错综隶于不同文体之中，孙慎行认为《文编》"庶乎有裁"，其影响自不待言。

总之，孙慎行《精选唐宋八大家文抄》不仅是茅坤《唐宋八大家文抄》之后的第一个新八大家选本，而且是第一个打破茅坤《唐宋八大家文抄》的人序体例并对各家文章进行分体排纂的八大家选本，以其多方面的开创性在唐宋八大家散文选本链条中占有重要一席。

（四）序跋选录

上海图书馆藏孙慎行《精选唐宋八大家文抄》白文本共收孙慎行三篇序跋，其中《又序》在其《玄晏斋文抄》中题作《文格》。本选录均依据上图本。

孙慎行《八大家文抄序》

《唐宋八大家文抄》，史氏晋陵孙慎行所抄也。《抄》有序，有记，有碑铭，有杂文，凡六卷，篇若干。

抄既成，慎行俯诵仰观，悠然有周汉之思焉。夫周之文为明道，其后人操学术，而各名一家，即邹鲁之传泯矣。汉之文为经世，其后人杂拟议，而不名一家，即晁、贾之材希矣。文家之文，至今皆有之，然惟八家为至。八家不可不一家名也，终不可一家名，是谓文家之文，宗工既定，千载程焉，非是格也，则野狐外道，绌而不存。噫！何至也。然去经世远矣；至道术，则益又远。工文者，道术之散，世之枝叶也。夫工文而不为文史，可以翊经作传，其昌黎乎？昌黎崛起，子厚与各门户不相下。然昌黎非六籍不宗，非典则不道。子厚则冥于二氏，滥于百子矣。欧曾王皆宗韩者也，而皆能自得其得。三苏盖独得其得者也，而未尝不受法于韩柳也。总之，昌黎邃学术而辟以骚玄，三苏长世故而申之押阖。欧、曾宗韩，辟邪崇正，第梗概有闻，而子厚急小见以穷身，王氏挟邪见以熸众，则不竟文之用矣。夫周专明道者也，言道便世足该，故其文约而醇，然其时已不无诸子百家杂出之患。汉专经世者也，言世而亦仿佛乎道，故其文辩而畅，然其究亦不无徘偶辞章滥筋之病。若八家，时明道，时经世，盖兼举肆力而未为颛门者也。故有醇有剥，有畅有闵，而究竟不免为才人学士穷奇逞怪之文。辟则繁星增耀，泽润分流，明道与经世并赖之矣。夫后世习八家文者，其将一意八家否？其尚能有周汉之思而兼举肆力否？明史氏后学孙慎行题。

孙慎行《又序》

余性未尝不喜观佛经典及道家言，然讲儒家道理便不欲举相印证，即作文亦绝不欲用其语句。尝以为儒衣破绽终不可用袈裟若羽衣一片为补缀。若释氏谈禅而援儒家道理，是无异儒衣补袈裟，人未有不嗤且笑者。然须经练过方得，如童儿初见儒衣则喜，未几见袈裟，未几见羽衣，则亦大喜。直到看明后知合服何衣，便不欲取相换相补。

自汉魏来，学士大夫言之杂出，无可分别久矣。韩子、欧阳子壹意辟佛老，其文章绝不用其语言影响，所以深醇尔雅，起衰复古，卓为文家宗。若苏子瞻《禅喜集》一味用禅，打破儒家蹊径，即文格潇洒可爱可玩，然终是以释义作释文。他论古及论世事典制，金石之言，廓然大正，未有借彼文，此伧俍无归者也。即柳子厚文，多用释老家义，是居夷后郁悒无聊，而放于此。然至与人论作文，一惟《易》、《春秋》、《诗》、《书》、《礼》、《乐》、《骚》、《雅》、《史》、《汉》之际，而二氏绝不与焉。而二公终以有彼有此，气力匀薄，人见为不甚庄，不若韩欧严重。子瞻讲儒家道理，益泊无味。已如老泉，更不颛儒，壹惟纵横、名、法家，是研是核，其浑厚老大，如老将用兵，如大匠用斤，故知儒言儒，二氏言二氏，各有本色地步。今世见二氏言儒言，便以为娴雅；至吾儒言二氏，取彼证此，取此合彼，辨难攻击，纷然杂出，其膏肓益牢不可破，祇成闲分疏。若此者，且不论见道何如，即文章终浅眇，不合正格。

余识故暗劣，然窃欲力拣择，终不于此穷绝处便扯彼义一疏通，任人笑为滞为拘，其有时矻矻二氏家，惟恐看不分明，亦童儿遍看儒衣袈裟羽衣意也。若使早识一儒之真，琢磨光辉，文格亦当早进一步。子固宿儒，故其气沉厚。王氏伯儒，故其力雄强。然皆从性格所禀者淘之溶之，必不肯罗取杂收，强为辨博。若子由少而铮铮于当世，晚而沉酣销落于二氏。若其一而不分，则气力浩大，固不在欧阳下也。其禅更实于子瞻，其文益逊于子瞻矣。况无子由之才者，而欲夸子由之文，恐不足为世述也。

晋陵后学孙慎行书。崇祯二年月日。

孙慎行《书八大家文抄后》

腐文可唾，卑文可扫，奇文可嗜，高文可师，如之何其混而一也？既已可混而一，又焉得不畔而逃？余少读《轨范》，一斑耳，已而睹茅氏《八大家文抄》，则浩矣。已又睹唐氏《文编》、《文略》，则庶乎有裁。

呜呼！道术之畅，文教之纯，衮衣绣裳之不为窄袖小冠，清庙明堂之不为白草黄蒿，赖是物也。而世初学小生，不识先生大人深奥，多以史汉为高，以八家为卑，又甚者骛俗下若奇，畏八家若腐，其畔而逃也若是，余心忾焉。

兹之抄大约穷委极变、洞心骇耳居多，即三氏选中，间有搜其佚、发其沉湮者。夫八家于史汉，其才品兄弟也，气脉父子也，格局祖孙也。其于俗下巧相凑，貌相饰，则何止朱紫并陈、丘山殊量，有欲程高卑奇腐之实者，尝试以吾言参较之。孙慎行又题。

三、清初重刻评点本

除崇祯二年（1629）孙慎行生前所刻白文本外，尚有清初所刻评点本。清初评点本又有清初重刻六卷评点本和顺治十一年（1654）孙志韩删节后印四卷评点本。

（一）清初重刻六卷评点本

1. 实物鉴定

所见北京大学图书馆藏本（索书号：SB810.08/1292），1 函 10 册。该馆著录为"孙慎行《孙宗伯精选唐宋八大家文抄》6 卷，崇祯二年（1629）孙慎行刻本"。半叶九行二十字，左右双边，白口，单白鱼尾，有直格。版匡 220×140 毫米，书 267×170 毫米。版心题"唐宋八大家文抄卷之一"，韩文首卷卷首题"孙宗伯精选唐宋八大家文抄卷之一，晋陵孙慎行闻斯甫选，同邑白绍光超宗甫较"，下钤"北京大学文学馆图书室藏书印"。正文有圈点，有文后评，时有行间评，但皆不繁杂。

此本与上海图书馆所藏崇祯二年（1629）孙慎行序刻白文本行款相同，字迹也很接近。但有四点不同：上图本正文无任何圈点和评点，而北大本有圈点、文后评和行间评；上图本版匡高 224 毫米，而北大本版匡高 220 毫米；上图本《又序》有"崇祯二年月日"署期，而北大本没有；二本字迹十分接近，但微有差别。例如，韩文卷一首页第八行"恭"字的第八画，上图本粗重，而北大本细小，明显不是由同一个板片印出。这说明，北大本不是"崇祯二年（1629）孙慎行刻本"，而是崇祯二年（1629）孙慎行所刻白文本的覆刻评点本。（见

图2-02）

北大评点本正文不讳"校"、"检"二字[1]，又删去孙慎行《又序》原署"崇祯二年月日"六字，说明不是崇祯本，其刊刻当在明亡之后；又不讳"玄"、"烨"二字，说明尚未进入康熙时期。当为顺治本。将北大本与顺治十一年（1654）孙志韩删节本对比，可以发现，孙志韩本断版情况更为严重，当系北大本的后印本。由此可以推断，北大藏孙慎行《精选唐宋八大家文抄》评点本应当刻于明亡至顺治十一年（1654）之间。

2. 选文情况

北大藏清初评点六卷本选四类文体。卷一选序 80 篇，卷二选记 88 篇，卷三至卷四选杂文 171 篇，卷五至卷六碑铭 95 篇。总计 434 篇，比崇祯二年（1629）刻白文本多出 14 篇。从各家选文来看，韩

图 2-02　孙慎行《精选唐宋八大家文抄》卷首　北京大学藏清初重刻评点本

愈 97 篇，柳宗元 56 篇，欧阳修 81 篇，苏洵 13 篇，苏轼 91 篇，苏辙 10 篇，曾巩 25 篇，王安石 61 篇。

此本对崇祯元年（1628）白文本的目录和选文进行了适当调整。例如，将原《志林论古十三首》的子目析出，列十三个篇目。将柳宗元《段太尉逸事状》由卷五（碑铭）前移到卷一（序）韩愈《张中丞传后叙》之后。将卷三目录曾巩《国体传》改为《国体辩》。

3. 选文宗旨

对于孙慎行《精选唐宋八大家文抄》的选文宗旨，可以概括为"尚高"、"尚奇"、"尚真"三个方面。

（1）尚高

孙慎行说，"高文可师"（《书八大家文抄后》），"余故不善文，然未尝不志高文"，[2] 可见他对于"高文"的推重和向往。那么，什么是"高文"呢？第一

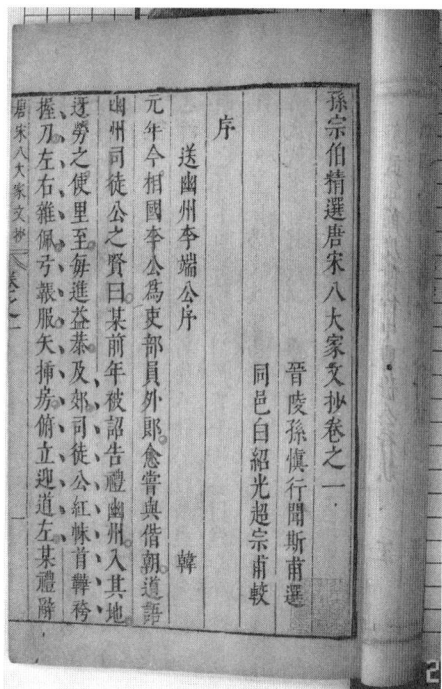

---

[1]　孙慎行序跋和各卷卷首"校"字仍讳作"较"，系沿旧本。
[2]　孙慎行：《文交》，《玄晏斋文抄》，《四库禁毁书丛刊》第 123 册，第 100 页。

是指具有明道和经世功能的文家之文。孙慎行把古来文章分为明道之文、经世之文和文家之文三类，其中文家之文，"惟八家为至"。之所以如此，是因为八家并不专于文章，而是"兼举肆力"，"时明道，时经世"，在明道之文和经世之文衰微的背景下能够续其一脉。这实际上是要求"文家之文"具有宏大关怀，担负起明道和经世的重大使命。孙慎行又说，"圣门道术，首言学文，虽非世文辞之文，而文辞未必非其流绪焉。今世俗讲学家不及文章，文章家畏言理学，两失之矣。""因思史汉及八大家，昔人见谓文辞客耳。今细探之，其胸中道术良有深见，浩荡无涯涘，而徐发其一二，故足传也。"[1] 由此看来，能够打通文学与理学，对"道术"有所发明的文章就是"高文"；八大家不乏这样的文章。以这样的眼光和判断选文，在其《精选唐宋八大家文抄》中是有具体体现的。例如，卷一韩愈《送王秀才序》文后评云："赠答文字，叙情易，谭理难，独能遡出道术源流，妙甚。愚所谓高文可师也。"之所以称其为"高文"，是因为它突破了赠答文字的"叙情"功能，而谈出了"道术源流"之理。这样的文章未必好玩，但有益世道人心，令人景仰，故不说"可嗜"，而说"可师"。第二是指不借用、不掺杂佛道思想的"知儒言儒"之文。孙慎行说，"余性未尝不喜观佛经典及道家言，然讲儒家道理便不欲举相印证，即作文亦绝不欲用其语句"；又说，"呜呼，吾儒之道，何所不足，而增添之以二氏？何所不清，而洗濯之以二氏？"[2] 他认为，讲儒家道理而借用或掺杂佛道思想和言论，就是"伧佷无归"、"不合正格"。"知儒言儒"，"一而不分"，"深醇尔雅"，才称得上高文。

（2）尚奇

孙慎行说，"奇文可嗜"。对于什么是"奇文"，他说："余以为片言斩绝，出世俗意表，若巧射破的，是为最怪，是为最奇。至层峦叠障，泉涌涛奔，经数千言无一字倦薾，则怪奇于见形易识，怪奇于得髓难知耳。"[3] 可见，其所谓"奇文"，既包括形式上有转折、有波澜、有气势的洋洋大篇，也包括内容上有卓越见解的蕞尔短章。也可以说，文章要有他外祖父唐顺之所说的"一段精光不可磨灭"，才是真正的奇文；文章之长短、波澜之有无，还是次要的。孙慎行自称，"兹之抄大约穷委极变、洞心骇耳居多"，可见他在选文上对于"奇文"的偏好。"穷委极变"是就文章在形式方面的变化而言，"洞心骇耳"是就文章在内容方面的冲击力而言。他在选文时的确是很看重这两个方面的。例如，"字字镌削，转笔都奇崛"（王安石《送陈升之序》），是就形式而言；"想创始者何

---

〔1〕 孙慎行：《记论文》，《玄晏斋文抄》，《四库禁毁书丛刊》第 123 册，第 144 页。
〔2〕 孙慎行：《出寺记》，《玄晏斋文抄》，《四库禁毁书丛刊》第 123 册，第 23 页。
〔3〕 孙慎行：《读朱子编选文后记》，《玄晏斋文抄》，《四库禁毁书丛刊》第 123 册，第 50 页。

等心思，真奇真怪，吾独笑后来之转转摹仿也"（韩愈《毛颖传》），是就内容而言。"用意奇，使笔奇，真奇作"（韩愈《行难》，则兼形式和内容而言。

需要说明的是，孙慎行有深厚的理学修养，因而推重阐扬道术、内容醇正的"高文"；又有杰出的文艺修养，因而酷爱形式新异、见解卓绝的"奇文"。因而，"高文可师"与"奇文可嗜"二者并不矛盾。前者是就社会责任而言，后者是就个人爱好而言。他没有象后来的许多理学家（如张伯行）一样，将文学放在与道学对立的立场上加以评价，是此非彼，一概相量，而是表现得十分通脱。

（3）尚真

孙慎行说，"吾取大家文，大抵取其近真者，如此文，好奇者未免弃捐，吾爱其真，故录之"（卷二王安石《大中祥符观新修九曜阁记》评点）。看来，虽然称不上"奇文"，但如果"近真"，也在入选之列。那么什么是"真"呢？孙慎行评价苏洵《苏氏族谱亭记》说，"矫世励俗，不为苟论，切直如对面而语，几不可作文字读已，乃真文字"；评欧阳修《明因大师塔记》说，"只记一则问答语，若有意，若无意，最真率可爱玩"；评欧阳修《祭吕敬叔文》说，"亦是真率文字，而中却有闲衬处作过接。昌黎则一笔直注，神脉自转，绝无过接之痕矣。于此可辩文章分两"。看来，"真"就是"真率"，就是不假雕饰，接近自然。其具体表现是内容平实，语气亲切，结构无过接之痕。孙慎行进而认为，不雕饰、不炫巧、甘于平淡的"真文字"，才是大家文字。其评韩愈《河南府同官记》说，"直直书事而已，无一语雕饰，大家正以此见身分"；评柳宗元《零陵郡复乳穴记》说，"无他奇，大家文字，只要大段成片，如此类者，正恐人以平浅相轻耳"；评欧阳修《画舫斋记》说，"题可镵刻见奇，服公能吐弃勿用，文似退人一步，其实进人数步，大作家多如此，然自有绝奇者不可执定"。在他看来，不雕饰、不镵刻的"平浅"文字，正是大家风范的表现，这样的文字因为没有过多的外在涂饰，其真率的一面更多地展现在人们面前，呈现出一种别样的审美和自信。

正是因为孙慎行对文章的美学特征有着独到的认识和感悟，他能够放出眼光，对唐宋八大家散文"搜其佚，而发其沉湮者"，将茅坤《唐宋八大家文抄》中的腐卑之文刊落三分之二以上，又在茅坤《唐宋八大家文抄》之外新增82篇，将这些不为人关注的篇章呈现在读者面前，拓展了唐宋八大家散文选本的选文范围。

4. 评点特色

从北大藏清初评点本来看，孙慎行《精选唐宋八大家文抄》的评点特色，可以概括为两个方面：

1）审美的眼光

孙慎行具有敏锐的审美能力和卓越的艺术修养，其评点总是倾向于掠过文章所呈现的具体内容，聚焦于其各自不同的审美特征，并用有区分度的术语将这些审美特征表达出来。例如，评柳宗元《娄二十四秀才花下对酒唱和诗序》（卷一）用"清切"、评曾巩《送蔡元振序》（卷一）用"清醇"、评王安石《秘阁校理丁君墓志铭》（卷六）用"清快"、《祭欧阳文忠公文》（卷五）用"清捷"、评欧阳修《仁宗御飞白记》（卷二）用"清平"、《尚书度支郎中天章阁侍制王公神道碑铭》（卷五）用"清健"、《胡先生墓表》（卷五）用"清饬"、《集贤校理丁君墓表》（卷五）用"清和"、《翰林侍读学士右谏议大夫赠工部侍郎张公墓志铭》（卷六）用"清敏"。又如，以"雅切"评韩愈《送杨支使序》（卷一）、"雅则"评曾巩《送王希序》（卷一）、"雅饬"评韩愈《唐故相权国公墓碑》（卷五）、"雅净"评王安石《外祖母黄夫人墓表》（卷五）、"夷雅"评苏辙《庐山栖贤寺新修僧堂记》（卷二）、"冲雅"评欧阳修《太子太师致仕杜祁公墓志铭》（卷六）。上述二例均能用丰富的术语区分相似审美特征的细微差别。孙慎行评点，还善于挖掘同一作家的不同审美特征。例如，他指出欧阳修的《伐竹记》（卷二）"挺然见颖，不类他篇之温软"，"欧文多宽平和澹，此篇何森耸突兀也"（卷四《与高司谏书》），"欧文多柔澹，此则奇气勃然"（卷六《祖徕石先生墓志铭》）。还说王安石的文章"多以短取胜，有短而峭直者，有短而悠扬者"（卷三《祭李审言文》）。茅坤多讥诮曾巩文"迂蹇，不甚精爽"（曾文卷三《与抚州知州书》评点），而孙慎行却说，其《抚州颜鲁公祠堂记》"议能推入底里，文之英爽，足与曾公相副"。茅坤说苏轼《司马温公神道碑》"独于叙事处，不得太史公法门"，而孙慎行则从审美的视角赞扬此文"清濯之气，随笔注泻，逶迤播荡"（卷五《司马温公神道碑》）。都可谓识见独到，发前人所未发，表现了其独特的审美眼光。他还说，苏辙《齐州闵子庙记》（卷二）"通体平淡，后一段议论，却是耸特"。可见，就是同一篇文章审美格调的变化，他逃不过他的眼睛。

尤为值得注意的是，孙慎行对文章审美特征的体认和揭示是真切的、独到的，与清代许多选家的盲赞瞎评不能等量齐观。其突出表现是用语有个性，而较少一般评点家惯用的陈词滥调。例如，"全篇演漾，结局矫健"（卷二欧阳修《海陵许氏南园记》）、"作意有离披便娟之态"（卷二王安石《石门亭记》）、"幽澹细静"（卷三苏轼《十二琴铭》）、"放之汩汩，舒之洋洋"（卷四韩愈《答李翊书》）、"典美鸿懿"（卷四曾巩《寄欧阳舍人书》）、"苍茫历乱，自成奇文"（卷四韩愈《祭十二郎文》）、"和豫丰润，洋洋大篇"（卷六韩愈《赠太傅董公行状》）等等，与常见举业家和道学家所用的语言大异其趣。

茅坤《唐宋八大家文抄》的评点出于杂家眼光，将载道、举业、经济、文学、炫识等杂烩在一起。而孙慎行《精选唐宋八大家文抄》的评点则出于纯粹的美学家眼光，没有后来许多八大家选本评点常见的举业家的功利习气、道学家的标榜习气和经济家的实用习气。可以说，孙慎行评点是文学的、娱乐的、审美的，而不是功利的。

2）即兴的成分

孙慎行评点的另一个特点是有即兴的成分。例如，"序说道理令人思，品花津津令人厌，跋及君谟绝笔令人感。文哉文哉，能移我情"（卷二欧阳修《洛阳牡丹记》），"竹耶？与可耶？苏子文耶？合而一之"（卷二苏轼《墨君堂记》），"极弄聪明语，妙在归之说梦。噫嘻！毕竟梦也"（卷二苏轼《众妙堂记》），"看得了时，方知其说之有味。虽然，看得到时，说又安有也？作者抄者，只是一片文字而已"（卷三苏轼《宝林寺敬赞禅月所画十八阿罗汉》），"以智力制天下，其穷如此，其受祸之酷烈如此。读之使我遍身肌粟"（卷三苏轼《始皇论一》）。看来，孙慎行是把兔起鹘落般的阅读感受真切地记录下来作为评点，因而其评点大都三言两语，不假改削，具有随意灵动的特点。

当然，孙慎行的评点也有不足。例如，卷三苏轼《十八大阿罗汉颂》题下评"此等文字，韩欧所不欲为；此等见解，韩欧所不能及。由苏长公少悟禅宗，及过南海后遍历劫幻，以此心性超朗乃至于此，可谓绝世之文矣"，系茅坤评点而未予注明者。

（二）顺治十一年孙志韩删节后印四卷圈点本

1. 实物鉴定

上海图书馆所见 8 册（索书号：线普 456860—67），著录为"孙志韩编，清初刻本"。半叶九行二十字，左右双边，白口，线鱼尾，有直格。版匡 220×140毫米，书 280×182 毫米。版心题"唐宋八大家文抄卷之一"，卷首题"孙宗伯精选唐宋八大家文抄卷之一，晋陵孙文介公原本，白岳后学孙志韩重编"。书尾镌"暮春既望兰陵龚孙寅书于浣香书屋"。正文有圈点，有少量行间注，无文后评。全书依次为孙志韩《重刻八大家文抄序》、《凡例》、《孙宗伯八大家文抄目录》、《孙宗伯精选唐宋八大家文抄卷之一》。（见图 2-03）

孙志韩《重刻八大家文抄序》末署"白岳后学孙志韩谨序"，《凡例》末署"甲午修禊后一日，啸山志韩漫识"。"白岳"是齐云山的古称，在安徽休宁县境内，可知孙志韩为安徽休宁人。孙志韩《重刻八大家文抄序》作于顺治十一年（甲午，1654）三月四日，自称"雕镂原板既无可踪迹，而四方藏书家副本又艰于购求，因不揣固陋，以原书六卷重登梨枣"。《凡例》又称"是集剞劂多年，行世甚少，余幼年从家塾中得一编，字迹多模糊，渐不可识。后屡向毗陵诸同学询其原板，皆无确耗。今春暇日，因购工重梓之，俾先辈典型不致湮没，非沽名，亦非射利也"。"晋陵孙文介公原本，白岳后学孙志韩重编"、"重刻"、"以原书六卷重登梨枣"、"购工重梓之"等字眼似乎很清楚地说明，此本确系孙慎行《精选唐宋八大家文抄》的重刻本。但实际情况并没有这么简单。

既然雕镂原板"无可踪迹"、"皆无确耗"，"四方藏书家副本又艰于购求"，而

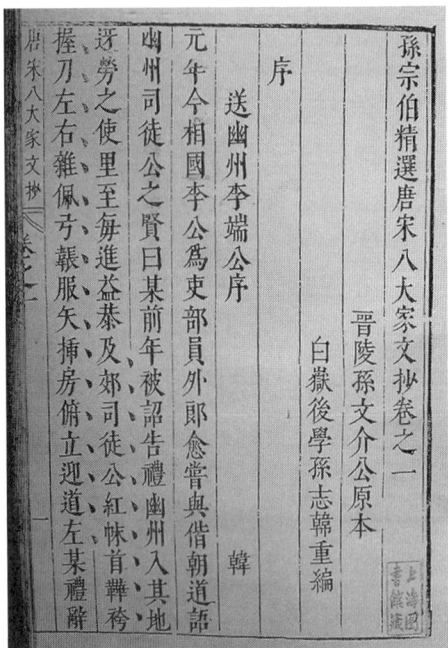

图 2-03　孙慎行《精选唐宋八大家文抄》卷首　上海图书馆藏顺治十一年（1654）孙志韩删节后印本

且幼年家塾所得的那一编"字迹多模糊，渐不可识"，那么此次"重刻"所用的底本是什么？别的事情都交待得很清楚，为什么漏掉了这个最为关键的问题？最为重要的是，这个各卷卷首镌有"白岳后学孙志韩重编"的刻本与北京大学图书馆藏各卷卷首镌有"同邑白绍光超宗甫较"的清初评点本的行款、版匡尺寸、断版完全相同（从目录到正文无不如此），实由同一套板片刷印而来。只是上图藏孙志韩本经过了挖改和删节，而且断版情况更加严重。这有力地说明，上图藏所谓"孙志韩重编"本是北大藏清初评点本的删节后印本，断然不是重刻本。

可能的情况是，孙志韩没有从"毗陵（武进县古称，孙慎行家乡）诸同学"那里得到崇祯二年（1629）孙慎行序刻白文本的原板，但得到了清初覆刻评点本的板片，然后对这套板片加以修补，也许这个板片的后二卷已经毁坏，也许为了造成新刻原本的印象，故意将后二卷略去，将六卷本节为四卷本，将各卷卷首"晋陵孙慎行闻斯甫选，同邑白绍光超宗甫较"挖改成"晋陵孙文介公原本，白岳后学孙志韩重编"。现在再来看其《凡例》所称的"不敢增损成书，攘为己有"、"非沽名，亦非射利"等语，颇有"此地无银三百两"的意味。

2. 删节情况

上图藏顺治十一年（1654）孙志韩删节四卷圈点本对清初六卷评点本的挖

改只有两项：一是各卷卷首将"晋陵孙慎行闻斯甫选，同邑白绍光超宗甫较"挖改成"晋陵孙文介公原本，白岳后学孙志韩重编"；二是书尾新镌"暮春既望兰陵龚孙寅书于浣香书屋"，从开头到结尾都给读者造成一种新刻的印象。但孙志韩后印本的最大动作是对全书的两个方面加以删节：

1）删六卷为四卷

其具体做法是整卷删除最后两卷的目录和正文，即原书的碑铭部分，仅保留前四卷的目录和正文。卷四目录所在的第十九叶右页原"碑铭卷五"以下四行被删去，末行重镌"孙宗伯精选唐宋八大家文抄目录终"数字，给人造成此书足本为四卷而并非删节的印象。删后的四卷本，卷一收序 80 篇，卷二收记 88 篇，卷三至卷四选杂文 171 篇，总计 339 篇，比清初六卷评点本少 95 篇。

为笼络汉族知识群体，清朝统治者在顺治时期频繁开科取士，十七年中举行了十次科考，唐宋八大家选本作为由来已久的举业利器，自然十分畅销，但碑铭等叙事文体于举业帮助不大，孙志韩删去后两卷碑铭部分，也许与此有关。

2）删除文后评

清初重刻六卷评点本有文后评计七千余字，孙志韩将这些评点全部铲除，其实也是为了做得更像"原本"一些，因为崇祯二年（1629）孙慎行初刻"原本"是没有任何评点的。为此，孙志韩还特别作了一番解释。他说："古人于诗文选本原无批评，叠山先生《文章轨范》虽止录文数十篇，亦不加评语。盖以古人立言不朽，历千百年耳目睹记，共闻共见，亦安用聚讼之纷纷乎？是集有圈点而不加批，想见前辈谨严，着笔不易。末学管窥，更不复妄增一字，虽蒙寡闻之消，所不辞也。"孙志韩为铲除评点找到了很堂皇的理由，虽然他的本意不过是"增损成书，攘为己有"。当然，孙志韩本原为六卷，四卷本乃后之书坊所删节，这种可能也是有的。

3. 序跋选录

孙志韩《重刻八大家文抄序》

　　文之有选也，昉自昭明，然分类篡辑，凡骚赋、诗歌、传记、序说，各成其为一家之言。自以制义设科，而凡为传记、序说者，始以古文目之。既系以古矣，势必取古人传世之言，亦步亦趋，以求其合。及其弊也，不免于寻章摘句，优孟衣冠。东乡先生訾济南、琅琊为摹拟剽窃，亦岌岌乎有感而发也。

　　盖尝论古今之文章，发轫于《左》、《国》，接武于秦汉，疲于晋宋六朝，至唐宋而八家者出，各挺其间世独立之才，鸿文钜笔，发奋为雄，而后天下之文章号称极盛。生其后者，虽瑰丽奇伟，惊才绝艳，亦未有能出其范围者。惟有涵濡讽咏，寻绎其真神实事，融会而贯通之，亦足以升堂入室，为古人之所不弃，而要非浅见末学偶一涉猎可以望见也。

八家选本自归安首倡，后之操觚者无逾数十家，然博收者既苦浩繁，约取者又多割裂，皆不可以为训，惟晋陵宗伯文介公《文抄》一集，可为善本。公以理学名臣，典礼秩宗，立朝大义，炳麟青史，居恒读书养气，沉酣于先辈大家之中，固非一日。故其所编辑以垂于后者，取予严密，不蔓不支，诚汇古今而集大成矣。

余生也晚，幸从父师受是书而读之，珍重寻绎，爱同珙璧。但时日久远，雕镂原板既无可踪迹，而四方藏书家副本又艰于购求，因不揣固陋，以原书六卷重登梨枣。既使天下之宝与天下共之，而其评次点画悉仍旧贯，不敢以管窥蠡测贻当世之讥也。学者有志古人，诚能会其神理，油然自得，不沾沾于词章训诂之末，以蹈优孟衣冠之后尘，庶不负宗伯嘉惠之初心也夫。白岳后学孙志韩谨序。

《凡例》

文介公选定《八大家文抄》，原本六卷，皆以文分类，不以唐宋分先后。今悉依原本次序刊定，不敢增损成书，攘为己有也。古人于诗文选本原无批评，叠山先生《文章轨范》虽止录文数十篇，亦不加评语。盖以古人立言不朽，历千百年耳目睹记，共闻共见，亦安用聚讼之纷纷乎？是集有圈点而不加批，想见前辈谨严，着笔不易，末学管窥，更不复妄增一字，虽蒙寡闻之诮，所不辞也。每篇圈点处倍见精密，间有旁批，无一字泛设，博雅家自能辨之。

八大家之名始于归安茅氏，其所选所收文亦富，后来评选古文者，必始自左国，迄于元明。卷帙既繁，而八家之文，人止数首，甚有割裂全篇，仅存一节者，殊失作者之旨矣。兹集所登，不繁不简，于原文亦无改易，洵善本也。

是集剞劂多年，行世甚少。余幼年从家塾中得一编，字迹多模糊，渐不可识。后屡向毘陵诸同学询其原板，皆无确耗。今春暇日，因购工重梓之，俾先辈典型不致湮没，非沽名，亦非射利也。

甲午修禊后一日，啸山志韩漫识。

第三章　郑郊《八大家文抄自怡集》

一、郑郊其人

郑郊是抗清名将朱大典所聘的家庭教师。朱大典，字延之，号未孩，浙江金华人。生于万历九年（1581），卒于顺治三年（1646）。万历四十四年（1616）进士，历任章邱知县、工科给事中、兵部右侍郎、山东巡抚，南明时官至东阁大学士。顺治三年（1646），清兵攻金华，朱大典率众抵抗，城破之日，引爆火药库，全家殉国。其宾客亦遇难，其中就有郑郊。黄宗羲说："大清兵至金华，大典固守；月余不下。用红衣砲击破之，大典阖门纵火焚死。其子师郑郊，武进人，亦死。"[1]关于其遇难细节，《武进阳湖合志》有记载：

> 郑郊，原名郊，字孟迁，武进人。饩于庠。有志性命之学，师孙文介、张清宪二公。动静语默，必求无戾先哲。金华朱大司马大典，重郊高谊，延教子弟。乙酉，大典起兵勤王，迎鲁藩监国绍兴。丙戌六月朔，大兵过钱塘江，督师张国维败死，遂以七月七日直薄金华。大典拒守甚力，八月二十七日城乃下。大典阖门死之。郊见大帅，不跪。帅问何人，曰："朱帅塾师郑郊也。"曰："汝非塾师，乃军师耳。"欲降之。郊曰："吾头可断，志不可夺也。"乃缚旂竿上射死。时有邱方升、谈英甫，并武进人，为大典馆客，同死于难。[2]

---

[1] 黄宗羲：《明季南略》卷十"朱大典阖门焚死"条，《续修四库全书》第443册，第297页。

[2] 道光二十三年（1843）重修《武进阳湖县合志》卷二十三《人物志》，第三十页。

由此可知，郑邨（？—1646），字孟迁，后易名郊，南直隶常州府武进县人。原为武进县学廪膳生员，后来到金华朱大典家中坐馆。顺治三年（1646），清兵攻破金华城，朱大典殉国，郑邨被执，不屈而死。

上海图书馆藏《八大家文抄自怡集》稿本四册，其《八大家文抄自怡集小序》末署"崇祯四年辛未七月七日郑邨书"。但这个郑邨与《武进阳湖县合志》所载的郑邨——朱大典所聘的塾师——是否是同一个人呢？《八大家文抄自怡集后序》末署"静远斋孟迁氏又题"，上引道光《武进阳湖县合志》则云："郑郊，原名邨，字孟迁。"可见，崇祯四年（1631）《八大家文抄自怡集》的编者与顺治三年（1646）在金华之役中遇难的朱大典塾师，不仅名同，字亦同，确系一人；《八大家文抄自怡集》的编者就是朱大典所聘的塾师郑邨。

二、实物鉴定

上海图书馆所见郑邨《八大家文钞自怡集》（索书号：线善797778—81），崇祯四年（1631）稿本，不分卷，4册。半叶九行二十二字。无书口，无鱼尾，无界行，版心和卷首无题识。正文有朱笔圈点，文后有朱笔评点。书27.5×18.2毫米。全书结构依次为郑邨《八大家文抄自怡集小序》、《八大家文抄自怡集目录》、《后序》，然后是正文。正文不分卷，以人统文，依次录韩愈、柳宗元、欧阳修、苏洵、苏轼、苏辙、曾巩、王安石文。全书正文之后另有各家文的摘抄，以家分先后，每家之下以篇目为段落，每篇之下又录名言警句。郑邨《八大家文抄自怡集小序》自称"抄始夏月，竣于新秋之七日"，末署"崇祯四年辛未七月七日郑邨书"，题下钤"上海图书馆藏"朱方印，文后钤"郑邨"朱方印等。郑邨《后序》末署"静远斋孟迁氏又题"，下钤"子舆"、"静远斋"二朱印。则此书成书于崇祯四年（1631）七月，也即郑邨金华遇难前十五年。（见图3-01）

三、选文规模和标准

此书共选文93篇，其中苏轼37篇，苏洵16篇，韩愈12篇，苏辙8篇，柳宗元、欧阳修、曾巩、王安石各5篇。可以说简之又简。至于其原因，郑邨自称"余病目，不能多读书"。同时他又说："吾常以为，读《原道》篇而韩之文尽是，读《上神宗书》而苏之文又尽是。何也？古人为文，不过寄其精神心术之

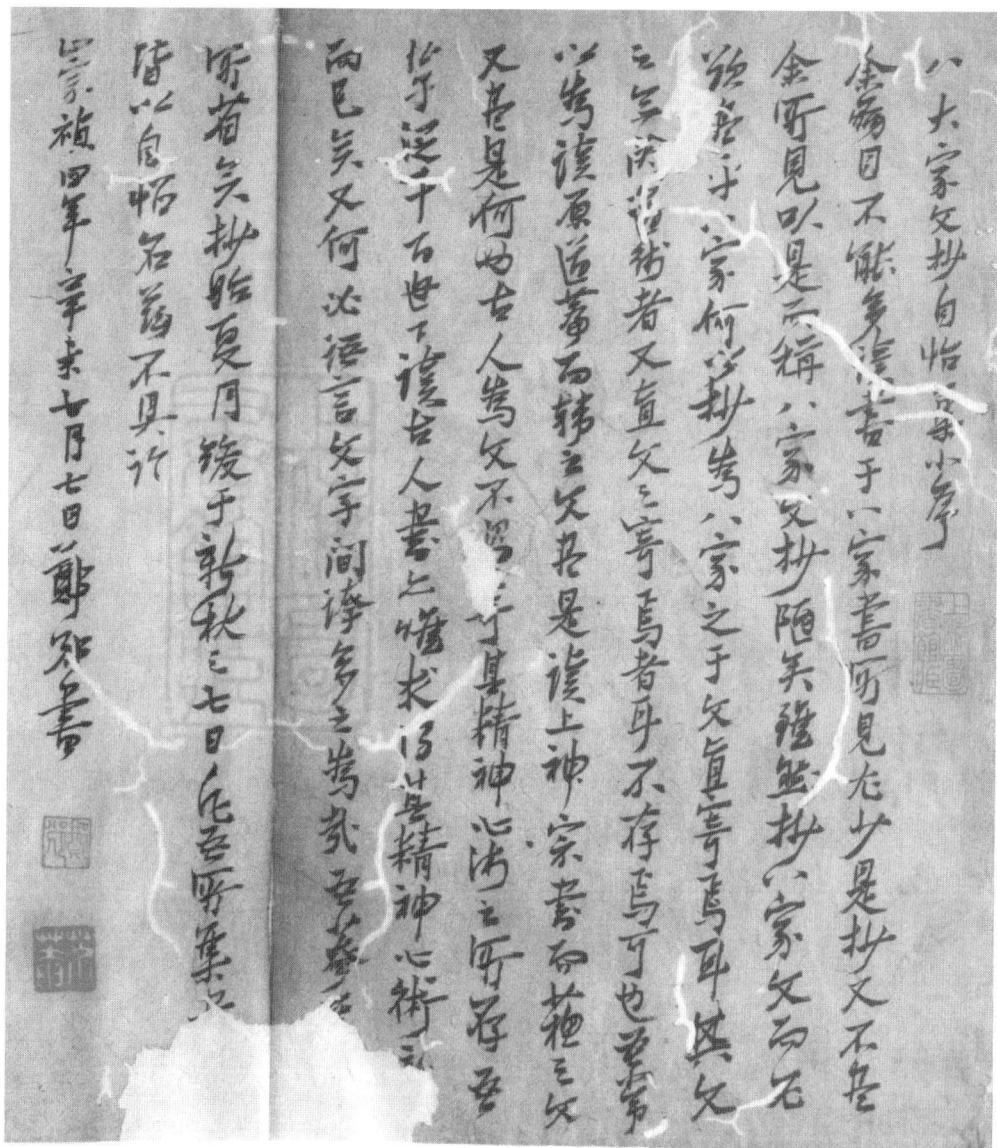

图 3-01　郑邺《八大家文钞自怡集》自序　上海图书馆藏崇祯四年（1631）稿本

所存，吾辈从千百世下，读古人书，亦惟求得其精神心术□而已矣，又何必语言文字间夸多之为哉？"在他看来，读八大家的文章，只是为了从中得到其"精神心术之所存"，没有"精神心术之所存"的文章，无论写得再好，也没有入选的必要。这既说出了其选文至简的原因，也说出了其选文标准——有关"精神心术"者才可以入选。

那么，什么是"精神心术"呢？郑邺以"业圣人之业"自期，以"下取于文人之文"为不务正业。他感慨说："呜呼！吾之所业何业？而以八家之文为文战！"看来他对八大家文章的兴趣不在于文章本身，而在于文章是否有资于"圣人之业"。圣人之业具于六经之中，而"六经，圣人明道之书，而亦无非用世之书也"，则圣人之业是用世的事业。明道和经世是"圣人之业"借以用世的两个方面，也就是所谓"精神心术"。他说："先正之学八家，非学其言，学其所以言也。八家之所以言者，一以明道，一以经世。"他的选本以"先正"为榜样，以是否有资于明道、经世（也即"精神心术"）为标准，至于文章技巧之工拙、审美之佳恶等文学因素，并不是他的核心关切。例如，其评苏轼《商君论》说："《荀》、《韩》篇破刑名之说，此篇破生财之说，《孙武》二篇破强兵之说，皆文之大有功于世道者。"评柳宗元《晋文公问守原议》说："八家文所以不可朽者，以其议论多有补于世教。""有功于世道"、"有补于世教"显然是他选入这些文章的原因。

总之，郑郊在八大家散文中所寻找的"精神心术"是指具有明道、经世功能的实用性思想资源，而不是指技巧、审美、感动等文学性的东西。由于这个原因，此书所选，文学性很强的篇目不多，韩愈《祭十二郎文》是难得的一篇。一般选家选入此文，大都因为它为"情至之文"，但在郑郊看来，此文固然是"情至之文，不可不读"，但他更看重的还是其"文足风世，使薄者敦"的"有功于世道"功能。

道光《武进阳湖县合志》说郑郊"有志性命之学，师孙文介"，孙文介即孙慎行，研精性命之学，有《精选唐宋八大家文抄》传世。郑郊的选文很明显受了孙慎行《精选唐宋八大家文抄》的影响，其《后序》中使用的"明道、经世"概念，以及韩、欧"醇乎醇"而"柳与大小苏，不免浸淫于二氏"等观点，都是孙慎行在《精选唐宋八大家文抄序》和《又序》中提出来的。苏洵《审敌》文后评"战之一说，苏家父子皆然，至于战之术，不若两儿之策之工也"一段，系孙慎行评点的移录。虽然都撷出"明道和经世"，但二人的实际选文有很大差别。孙慎行注意选入明道、经世之类的"高文"只是其选文的一个方面，他还有意选入见解独到的"奇文"和不假雕饰的"真文"；而且他是带着审美的眼光和娱悦的心绪去选评八大家的，评点里面透着天真、惬意和轻松。与此相反，郑郊几乎用明道和经世的眼光衡量一切文章，他急于从中得到的不是文学性的娱悦和感动，而是迫切的经世致用之术。这样的选文标准，使得其书既不同于茅坤《唐宋八大家文抄》的丰富和芜蔓，也不同于孙慎行选本的天真和纯粹，而是浸透着仓皇和沉重，看不到"自怡"的影子。乱世选文，大抵抑文学而张实用。如果说有"自怡"，也不是怡于无用之文，而是怡于实用之理。

四、评点特色

清代的八大家选本大都为举业而设，选评者心心念念所想的是举业，将全副的精力放在文章的起承转合上，充溢着浓重的八股文思维，至于载道、经世之类的宏大关怀，是很少有的，有时连样子也懒得去做。郑邠选本继承了先辈茅坤、孙慎行选本关怀现实的传统，在晚明国势飘摇、兵荒马乱的大背景下，其对现实关怀的沉重和深切就显得更加突出。但其评点的最大特色还在于将现实的关切与独到的见解打成一片，沉痛中包蕴深思。例如，苏轼《策略五》评云："尊卑阔绝二语，乃继世者之通病，吾愿书一通左右，以为万世龟鉴。"苏轼《孙武论二》评云："世之资荣嗜利者，未尝不荷天下之担、当天下之事；而至于大事，则未有不袖手者矣。嗟乎！事之成败，间不容发，不能办天下之大事，则必至坏天下之大事，亦甚危矣哉！"又如，苏轼《贾谊论》评云："才士急于自见，多不能有济。然欲深交臣主之间，优游浸渍而以全其用，则又非才士所能。'默默以待其变'六字中藏古来大臣多少作用，不可不知。然亦大多天意存焉，不独人事也。"都将历史关怀与现实关怀打成一片，语调沉痛，见解不凡，既不同于茅坤评点的逞才使气，也不同于孙慎行评点的轻灵秀逸。

五、序跋选录

郑邠《八大家文抄自怡集小序》

余病目，不能多读书，于八家书所见尤少；是抄又不尽余所见，以是而称"八家文抄"，陋矣。虽然，抄八家文而非欲尽乎八家，何以抄为？八家之于文，直寄焉耳；其文之无关道术者，又直文之寄焉者耳，不存焉可也。吾常以为，读《原道》篇而韩之文尽是，读《上神宗书》而苏之文又尽是。何也？古人为文，不过寄其精神心术之所存，吾辈从千百世下，读古人书，亦惟求得其精神心术□而已矣，又何必语言文字间夸多之为哉？吾盖□□所省矣。

抄始夏月，竣于新秋之七日。凡吾所集尽□，皆以自怡名，兹不具论。崇祯四年辛未七月七日郑邠书。

郑邠《后序》

　　始吾之抄八家也，以八家之文抄之，非敢以八家之文可为吾之文而抄之也。乃今之抄八家者，即以八家之文为文。呜呼！吾之所业何业，而以八家之文为文哉！六经，圣人之书也；八家，文人之文也。业圣人之业，即言圣人之言，而下取于文人之文，□何其不顾于□□耶？且亦甚非八家意也。八家之为文也，根本六经；今之为文也，根本八家。根本六经而八家传，根本八家而六经晦。何也？八家中□□得圣贤正脉，持之有恒，言之有要，所谓醇乎醇者也。□□欧曾亦极力护持，无一语敢涉外道。若老苏，若王，则□□杂伯矣。若柳与大小苏，不免浸淫于二氏，大醇而小疵。其好圣贤之享，如万派之于一源，非不同具水性，而条分支别，涉江者以为江，涉泽者以为泽，又安知一源之所在乎？故八家之文，在八家为之则可，吾为之则不可。

　　尝见数年前《太玄》、《繁露》之言盈天下，学者惟是之求，而不□及乎圣贤之旨，六经于是乎一晦。今又八家之言盈天下，恐其病不至□六经，而开□之不止耳。虽然，先辈之于八家，不啻家高曾而户著蔡，而何以不为病？则以先正之学八家，非学其言，学其所以言也。八家之所以言者，一以明道，一以经世。后之人苟能为明道之言、经世之言也，则不必八家之言而后以为言也。六经，圣人明道之书，而亦无非用世之书也。学者诚究其旨□，则将言吾之所独言可，言八家之所未言可，何事八家为矣？集成，因书以自广。静远斋孟迁氏又题。

第四章　吴正鹍《唐宋八大家文悬》

一、吴正鹍其人

吴正鹍，字翰生，自称"江东吴正鹍"，生平事迹不详。《石雨禅师法檀》卷十五《再和前韵》小序云："辛酉春偕吴翰生、曹一蕊游，有归邀白僧同投闲散之愿。余时已肯之，今余与嵌石结居二载，音问绝闻，亦可念也。适有僧归新安，书此寄怀。"卷十八《复曹一蕊居士》又云："翰生、栈西、兰友兄弟踪迹何似？有便通我，以慰念旧之怀。"[1]石雨明方（1593—1648），俗姓陈，晚明名僧。二十二岁，礼杭州西筑和尚为师，学修净土法门。天启元年辛酉（1621），28岁的石雨明方曾与吴正鹍、曹一蕊同游，若干年后寓书曹一蕊打探吴氏下落。所谓"白僧"，即卷二目录后所署全订人曹晋肃，与吴正鹍过从尤密。吴正鹍说："予南归，选本偶落京师。一日饮曹白僧，许极口举似此文，因复搜入，觉颊上加三毫矣。"[2]又说："予再入长安，先后八九年，视此文若句句写照。"（卷四韩愈《与李翊书》文后评）"长安"即京师。由此可见，吴正鹍曾在北京谋生八九年，后来南归家居。又多与僧人往来，其选文也受到僧友的影响。

崇祯以后，盗贼蜂起，不久又爆发了李自成大起义。吴正鹍曾参与过相关的军事斗争，对军中利病颇为熟悉。他说："辛未尝办贼郓城，欲如收用栗岳事告捕余党，竟为浮议所挠，今犹不胜隐忧焉。"（卷九苏轼《代李琼论京东盗贼

---

〔1〕　蓝吉富：《禅宗全书》第五十六册《石雨禅师法檀》，北京图书馆出版社2004年版。
〔2〕　吴正鹍：《唐宋八大家文悬》卷七苏轼《乞增修弓箭社条约状》文后评，北京大学藏崇祯五年（1632）汪复初刻本。

状》文后评）又说，"忆在关门代都虞侯逆折狡奴之谋，大略与五问颇同，惜不见听。今复阅此，可胜扼腕"（卷八欧阳修《论西贼议和请以五问诘大臣状》文后评），"今辽事以来，有西将，有南将，有辽将，予亲见关门行事，而知驾驭未得其方，安从决战守之说也？"（卷八欧阳修《论麟州事宜札子》眉评）崇祯四年辛未（1631），曾在郓城"办贼"，又"在关门代都虞侯逆折狡奴之谋"，都不顺利。《唐宋八大家文悬》当是"为浮议所挠"后家居时所编，因而选文和评点仍心系军事。

二、实物鉴定

北京大学图书馆所见吴正鹓《唐宋八大家文悬》（索书号：SB/810.08/8296），1函12册，著录为"吴正鹓《唐宋八大家文悬》十卷，崇祯五年（1632）汪复初刻本"。半叶九行二十字，白口，单黑鱼尾，左右单边，有直格。版匡19.6厘米×14.1厘米。内封题"唐宋八大家文悬，钟伯敬先生汇选，古吴汪复初梓"，左下钤"本衙藏板"白文方印。版心题"文悬，卷一，人君"，卷首题"唐宋八大家文悬卷之一，楚钟惺伯敬汇选，江东吴正鹓评定"。正文有圈点、行间评、文后评和眉评。全书结构依次为内封、吴正鹓《唐宋八大家文悬叙》、《唐宋八大家文悬总目》、《韩昌黎传略》及韩愈文目录、《柳柳州传略》及柳宗元文目录、《欧阳公传略》及欧阳修文目录、《苏老泉传略》及苏洵文目录、《苏东坡传略》及苏轼文目录、《苏颖滨传略》及苏辙文目录、《曾南丰传略》及曾巩文目录、《王荆公传略》及王安石文目录、《唐宋八大家文悬卷一目录》、《唐宋八大家文悬卷之一》。以下九卷均先有目录，后有正文。吴正鹓《唐宋八大家文悬叙》题下钤"北京大学图书馆藏印"朱方印，末署"崇祯壬申岁秋日吴正鹓翰生甫书于伊兰室"，下镌"吴正鹓印"、"翰生印"二白方印。《唐宋八大家文悬总目》末署"友人方一薇仲垣父、于允中安之父、胡汝熊非熊父、汪植天培父全订"。各卷目录后均署同订人姓名。《唐宋八大家文悬卷一目录》署"友人薛正平更生甫、凌世韶官球甫、许启敏元健甫全订"，卷二署"友人纪青远甫、艾容子魏甫、曹晋肃白僧甫全订"，卷三署"友人唐起凤子仪甫、方一薇仲垣甫、汪广成天如甫全订"，卷四署"友人陈丹衷旻昭甫、黄基隆生甫、吴与曜子晋甫全订"，卷五署"友人廖说傅生甫、吴着无着甫、贾世卿延之甫全订"，卷六署"友人黄坦闵生甫、纪暎钟伯紫甫、曹药石叶甫全订"，卷七署"友人方一蕙叔服甫、汪晋子昼甫、吴彩白先甫全订"，卷八署"友人章华（字去于加寀）樵长甫、钱龙文千里甫、贾绳卿继之甫全订"，卷九署"友人钱凤文九苞甫、钱肇元霞客甫、张可侍文寺甫全订"，卷十署"友人江如烟又非甫、顾大善有生甫、潘肇基麋长甫全订"。（见图 4-01 和图 4-02）

图 4-01　吴正鹍《唐宋八大家文悬》内封
北京大学藏明末汪复初刻本

图 4-02　吴正鹍《唐宋八大家文悬》卷首
北京大学藏明末汪复初刻本

　　汪复初尚梓有《经史子集合纂类语》三十二卷，内封镌"武林辉山堂、金陵汪复初仝梓"，既与武林辉山堂并举，汪复初当为金陵书坊主，则北大藏吴正鹍《唐宋八大家文悬》为坊刻本。韩国釜山大学图书馆藏吴正鹍《唐宋八大家文悬》有自识凡例十则，自称"迥与坊间诸选不同"，[1] 则吴氏应不屑将其选本交由坊人刊刻。这说明，北大藏所谓"崇祯五年（1632）汪复初刻本"很可能不是吴正鹍《唐宋八大家文悬》的初刻，而是金陵汪复初书坊的翻刻本。汪复初本删去吴正鹍初刻本原有的《凡例十则》，意在抹杀"迥与坊间诸选不同"等语，以掩其翻刻之迹；又在内封和各卷卷首增入"楚钟惺伯敬汇选"字样，以抬高身价。详审吴正鹍叙跋、凡例和评点，只字不提钟惺汇选事，则所谓"楚钟惺伯敬汇选"系汪复初书坊浪增之事实甚明。《苏东坡目》"乞较正陆贽奏议进御札子"以"较"代"校"，避天启皇帝讳，显系明代刊本。这说明，北大

---

　　〔1〕 转引自梅籝予《茅坤〈唐宋八大家文钞〉渊源与流传考论》，2010 年复旦大学硕士学位论文，第 32 页。

藏汪复初刻本可能晚于崇祯五年（1632），但大致不出明代。

三、选文规模和宗旨

据北京大学藏金陵汪复初书坊刻本，吴正鹍《唐宋八大家文悬》十卷，共选文 241 篇，各家目录中设定的篇数与正文实际选文略有出入。兹列如下：

各家姓名	韩愈	柳宗元	欧阳修	苏洵	苏轼	苏辙	曾巩	王安石
各家目录篇数	24[1]	18	48	18	62[2]	40[3]	9	16
正文实际篇数	25	16[4]	46[5]	16[6]	69[7]	42[8]	11[9]	16

从各卷选文看，卷一 37 篇，卷二 53 篇，卷三 16 篇，卷四 17 篇，卷五 24 篇，卷六 18 篇，卷七 29 篇，卷八 17 篇，卷九 8 篇，卷十 22 篇。

关于其选文宗旨，吴正鹍说："八大家全集与茅鹿门《文钞》，多墓志、祭文及传记，诸作无当举业。今独拔其最利场屋者，悬诸国门，既有资于时艺，更有助于后场。"又说："因以借箸时事，讲求实用，甚有裨于经济。"[10] 可见此书亦为举业而设，特别是为后场（即二、三场）的论策而设。明代科举分三场，初场考四书义和经义，即八股文，或称时艺。第二、三场考论策，文体庞杂，

〔1〕 韩愈《与鄂州柳中丞书》，卷七目录和正文均有，《韩昌黎目》无。

〔2〕 苏轼《续朋党论》《论边将隐匿败亡宪司体量不实札子》，《苏东坡目》有，分别标注"卷二""卷五"，但卷二、卷五目录和正文均无二篇。

〔3〕 苏辙《作士气》《罢屯戍》《养兵》，《苏颖滨目》有，分别标注"卷四""卷七""卷七"，但卷四、卷七目录和正文均无。

〔4〕 柳宗元《送薛存义之任序》《兴州江运记》，《柳柳州目》有，分别标注"卷三，续""卷六，续"，而卷三和卷六的目录和正文均无此二篇。吴正鹍《唐宋八大家文悬》或有续刻，二篇当在续刻中。

〔5〕 欧阳修《唐书兵志论》《论乞放还蕃官胡继鄂札子》，《欧阳公目》有，且分别标注"卷七""卷八"，但卷七、卷八目录和正文均无。

〔6〕 苏洵《高帝论》《谏论上》，《苏老泉目》有，分别标注"卷一""卷二"，但卷一、卷二目录和正文均无。

〔7〕 苏轼文卷二《又论周穜擅议配享自劾札子》、卷三《私试策问二》、卷五《乞不给散青苗钱斛状》、卷五《上韩魏公论场务书》、卷五《谏买浙灯状》、卷六《校赋役》、卷六《论纲梢欠折利害状》、卷七《私试策问三》、卷八《答李琮书》，以上九篇所在卷的目录和正文均有，《苏东坡目》无。

〔8〕 苏辙卷一《破例》《明罚》，卷二《上昭文富丞相书》《管幼安画赞》《续欧阳子朋党论》和卷七苏辙《民政策四》，所在卷目录和正文均有，《苏颖滨目》无。

〔9〕 曾巩卷三《洪州新建县厅壁记》、卷五《越州赵公救菑记》，所在卷目录和正文均有，《曾南丰目》无。

〔10〕 吴正鹍《凡例十则》，转引自梅篮予《茅坤〈唐宋八大家文钞〉渊源与流传考论》（2010 年复旦大学硕士学位论文，第 32 页）。以下所引《凡例十则》皆由此转引。

而且内容涉及兵马、钱粮、吏治、民生等问题，应用性和时事性很强。一般来说，"主司去留止以初场，余束不观"，[1] "乡会试虽曰三场，实止一场，士子所诵习，主司所鉴别，不过四书文而已"。[2] 这种情况到晚明有所改变。万历七年（1579）顾尔行就说，"迩十余年来……有司益重以后场风诸生"。[3] 崇祯时期，国势飘摇，二、三场更受重视。吴正鹍选本就是为举业者备考二、三场论策而准备的。至于唐宋八大家文与做好后场论策的关系，吴正鹍说，"唐宋去古未远，与时政相上下者常八九，姑借以现身说法"（《凡例十则》）。也就是说，唐宋八大家所谈论的许多问题仍然是明代社会的热点问题，同时也是科举考试的热点问题，将这些篇目选出来，犹如请八大家"现身说法"，便于举业者从中渔猎和揣摩。而墓志、祭文、传记等无关时事的叙事性篇目自然"无当举业"，所以概不选入。由此可见，此书的选文宗旨可以概括为"借箸时事，有资后场"。

茅坤的《唐宋八大家文抄》也主要是为茅氏子弟备考"后场"而编，也多选与时事相关的文章，这一点与吴正鹍选本相同。但茅坤多爱，对于文学性很强或具有载道功能的篇目，甚至对有瑕疵的篇目，都有意加以择取，因而整体上显得颇为繁芜。清代出现的大量为举业而设的八大家选本，大都为初场的八股文而设，只讲求文章的起承转合，梳理段意本身也是为厘清起承转合作准备，其意图在于训练举业者的八股思维，有技术而无性灵；对于时事，则噤口闭声，讳莫如深，大都缺乏明人选本的现实关怀。由于这个原因，清人的举业读本在整体上显得单调。吴正鹍的选本既有茅《抄》的举业用意和现实关切，又不像茅《抄》那样过于繁芜，也不像清代的举业读本那样拘谨和单调，可以说既鲜活生动，又繁简适中。

四、体例特色

吴正鹍《唐宋八大家文悬》的体例特色主要表现在目录设计和序文类型两个方面。

（一）三目录设计

一般八大家选本的目录设计，有单目和双目两种。例如，孙慎行《精选唐

---

〔1〕 黄尊素：《宋科目考》，黄宗羲《明文授读》卷十二，《四库全书存目丛书》第 400 册，第 447 页。
〔2〕 顾炎武：《日知录集释》，黄汝成集释，栾保群等校点，花山文艺出版社 1990 年版，第 734 页。
〔3〕 顾尔行：《八大家文钞题辞》，茅坤《唐宋八大家文抄》卷首，万历七年（1579）茅一桂刻本。

宋八大家文抄》，正文前只有一个总目，详列文体和篇名，囊括全书，此外别无他目。又如，茅坤《唐宋八大家文抄》的万历七年（1579）茅一桂刻本，各家正文前独立编目，自成起讫，目录详列卷次、文体、选文数量及篇名。虽然八家各有目录，但互不包含，一家只有一个目录，也可以称为单目。与此不同，秦跃龙《唐宋八大家文选》，先有总目，只简单列举八大家姓名和卷数，然后每卷各有卷目，详列作家姓名及所选篇名，这样总目和卷目就构成双目。

吴正鹍《唐宋八大家文悬》的特别之处是不仅有总目、卷目，还有"家目"。《总目》紧列吴正鹍叙之后，只列卷次及本卷所选内容，并缀以数语，总括大意。例如，"卷之一，人君（附刑赏、附佞幸）。天下所以常治无乱者，人君耳。人君大柄，无过刑赏二端；刑赏失柄，则以佞幸阶之也。"卷目列于各卷正文之前，详列卷次、内容、本卷选文篇数、具体篇名及作家姓名，如"唐宋八大家文悬卷一目录，人君，共文三十六首。论捕贼刑赏表，韩昌黎。论今年权停举选表，韩昌黎。晋文公问守原议，柳柳州……"。总目和卷目皆以内容分类，八大家文分散于各不同版块的内容之中。"家目"则以八大家为单位，将同一家的选文篇目集中起来，然后按照韩愈、柳宗元、欧阳修、苏洵、苏轼、苏辙、曾巩、王安石的顺序排列。每家目录均紧列于该家《传略》之后，详列该家选文总篇数，然后以文体分类，文体下详列篇名和本篇所在卷次。例如，"韩昌黎传略……。选文共二十四首。表：论捕贼行赏表，卷一。状：论今年权停举选状，卷一；论淮西事宜状，卷七……"。全书以内容分类成卷，不以各家为单位，因而"家目"并不是一个工作目录，只具有索引功能。它与总目和卷目相济为用，弥补了其将各家淹没于不同内容版块的不足。这是吴正鹍的创意所在。

关于三目录的功能，吴正鹍说："卷数目录，各有次第先后，聊以著选者精神所在耳。八大家仍自为集，而各以选目缀之，分与合不相病，位置颇有微意焉。索解人应自领之。"（《凡例十则》）"卷数目录"指总目和卷目，其以内容分"次第先后"，目的在于"著选者精神所在"。也就是说，"人君"、"人臣"、"吏治"、"士类"等十项内容，何者在先，何者在后，何者为主，何者为附，不是漫无所谓，而是体现了编者的关切所在及关切程度。与此相同，"家目"的先后顺序，比如先唐后宋、先父后子、先曾后王等排序，也体现了编者对八大家的不同评价，所谓"位置颇有微意焉"，大约指此。

总之，吴正鹍《唐宋八大家文悬》的三目录相济为用，"各不相病"，可谓匠心独运，不同凡响。

（二）事序类型

明清时期的唐宋八大家选本，序文体例主要有人序、体序、事序、级序四个类型。事序，就是以内容为单元结构全书，即将论述同一事件或事理的文章集结起来，形成一个单元，然后将不同单元组合成书。人序（以作家为单元结构全书）和体序（以文体为单元结构全书）最为常见，事序体例较为稀见。吴正鹍《唐宋八大家文悬》就是事序体例的一个代表。全书按所收内容分为卷一人君（附刑赏、佞倖）、卷二人臣（附言路、朋党）、卷三吏治、卷四士类、卷五民生、卷六财赋（附屯田、盐法、马政）、卷七兵戎（附将材）、卷八夷房、卷九盗贼、卷十政要（附灾祥、史职）。各家文章分散隶于各卷之中，以事统文，以文隶事，故称事序。这样的分类和排序，便于举业者根据自己的兴趣和长短有针对性地加以择取，以应付二、三场多与时事相关的论策等文体。因而，这种独特的事序体例是为"借箸时事，有资后场"这一选文宗旨服务的。（见图4-03）

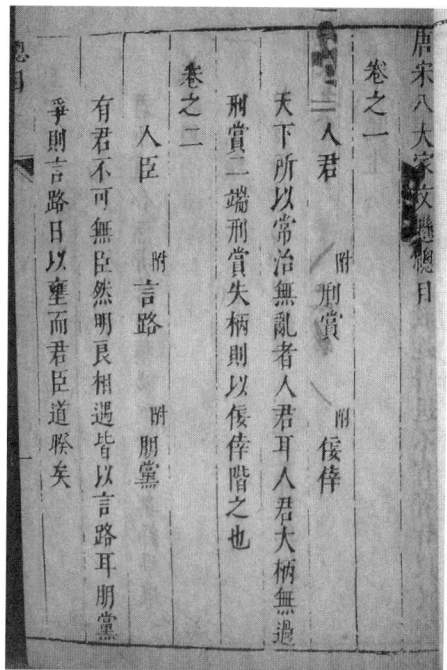

图 4-03　吴正鹍《唐宋八大家文悬》总目首页　北京大学藏明末汪复初刻本

五、评点特色

吴正鹍评点将评古与论今打成一片，而重在论今，具有鲜活的时代感和个人性。与此同时又态度激烈，笔调酣畅，措语醒透，在总体风格上表现恣肆的特征。例如，其评士大夫丑态云："今士大夫务侈靡声伎，肥田大宅，或畏操切见祸，则禁口勿言天下事，况望其出而有为乎？"（卷二苏辙《晋论》眉评）评书办之弊云："近日此弊不独计部也。内而部院，外而藩司，皆借丛于书佐之手，曰堂拨，曰长随，曰新收，曰贴写，顶缺参缺，惟吏之听。求可粗举大纲者，无有也。"又云："尝窃语同舍，何用召对，何用票拟，何用覆疏，何用会义！一书办操觚，而天下事有莫之敢必矣。"（卷三苏轼《专任使》眉评）评张居正云："尝笑江陵当国沙汰青衿，不知帖括一经，磨耗秀民精血，使之三年复三年，而复其身且得贫仕代其耕，跳逸格外而为山人墨客者，什不一二耳。"（卷四苏轼《战国任侠论》文后评）小到书办，大到内阁首辅，都被他摹画得栩栩如生，而且用笔泼辣酣畅，从头到尾，不肯懈怠一字。

不仅如此，其评点所记的大部分时事很具体。例如，卷二苏轼《乞郡札子》眉评云："天启甲子榜亦有以策问诽议朝政横坐削夺者，故乙丑会试遂不作程文。"卷二苏轼《大臣论下》眉评云："忆癸甲间福清当国，多务调停，而咎杨、左之速衅。不知激亦变，不激亦变，初不以二十四罪而致毒也。彼己氏岂终受调停耶？"有时还会插入自己的体会和心愿。例如，卷一苏轼《始皇论一》眉评云："每读此语，未尝不废书而叹。已而又仰天祝曰：愿国家生生世世不得有此事。"评点的具体化、个人化特征给人带来鲜活的感受和强烈的冲击。

吴正鹍的评点不仅鲜活、恣肆，而且简明。例如，卷二柳宗元《谤誉》文后评云："毁誉之口，自有定案：往往后世明而当时暗，旁观明而局中暗。朝贵好恶不如野夫贱士，京师讹言反甚于四方道路也。"卷六苏轼《上文侍中论榷盐书》文后评云："盐政复古则难行，趋时则多弊，必熟计新旧之间，而公其法于众，然后弊可革而利可兴。如召买行而开中坏，其弊在边；私贩兴而守支坏，其弊在灶；余盐征而浮课壅，其弊在官；口岸乱而引额壅，其弊在民；引窝售而颠倒成法，其弊在商。存积常股废，而弊乃尽受之国矣。"不仅见解精卓，措语也简而能达。吴正鹍自称"评语贵简明切当"（《凡例十则》），并非大言欺人。他的评点是当得"简明"二字的。用语简省，往往语义难明，简而能明，是很高的境界。总之，吴正鹍评点兼鲜活、恣肆和简明三者而有之，表现了其非凡的语言驾驭能力，在八大家选家中实不多见，大约只有茅坤、陈兆仑能与他相提并论。

吴正鹍在时事记载中对具体和鲜活的追求，增强了其评点的史料价值。例如，卷四欧阳修《论逐路取人札子》文后评云："尝以国家祖宗之法，无一不弊，独有科场糊名易书，尚留一线。近者如怀挟，如帖号，如割卷，甚乃主司卖字眼，房考通关节，弊至科场更大矣。"这段文字为认识晚明科举中的舞弊手段提供了很好的资料。再如，卷五苏轼《乞不给散青苗钱斛状》眉评云："京商领办钱粮，辄徒手浪费，视为己橐。又通同官吏有常例铺垫及稿钱公费诸名色，而讨批给银之际，歌舞宝玩之供，几拟王侯，夫独非国家金钱耶？"与今天的"跑部钱进"又何其相似乃尔！又如，卷七苏轼《管仲论二》文后评云："近日辽左用兵，俱非纪律可绳者，两军对垒，奴驱万马，直冲压阵，我兵辄不支而披靡四溃，不待有交合击刺矣。此奴之蹂躏以马而为简略速胜者也。我兵仅仅以火器冲击，至于三发而火器已熟，不复可入药也。所为简略速胜者，果安在哉？"这些评点对于研究明代的科举、财政和军事，都有真切的史料价值。

八大家选本为举业而设，竟至于联系现实，是为了给举业者答好后场的论策等时事题提供话头和思路，而不是为了分析和解决现实问题，因而其对时事评点的冲击力终究隔了一层。吴正鹍《唐宋八大家文悬》的评点虽然也是为举业而设，但他是带着沉重的忧患和深刻的观察来写这些评点的。可以说，他的评点既有举业关切，也有时事关切，而且充满了真情实感和真知灼见。正是由于这个原因，其评点才具有鲜活恣肆的特色，与一般举业读本的评点不能等量齐观。

从上面的引文可以看出，吴正鹍很善于运用眉评，其对于时事的记载和评论大都通过眉评。茅坤《唐宋八大家文抄》的初刻本没有眉评，崇祯元年（1628）方应祥重刻时才将部分行间评改为眉评，但规模不大。此后的孙慎行、郑郊选本无眉评。可以说，吴正鹍《唐宋八大家文悬》是第一个大量使用眉评的八大家选本。

六、序跋选录

吴正鹍《唐宋八大家文悬叙》

文章不本乎经术，则出之也无源，强以浅近而饰之艰深之辞，有识者类羞称之。其卓然自命而有不蹈乎此者，又迂阔以远事情，求可一言之几乎用，无有也。犹之学一先生言耳，非所以达国体而经世务也。本经术矣，达国体而经世务矣，博而寡要，劳而寡功，则亦其静言庸违，而无以成天下国家之务者。旁观似哲，而临事忽丧，其所怀来君子弗贵也。唯夫择之也精，施之也当，而沉练以出之也，复渊懿而敏达，然后吾出之，吾能收之，而所以自任天下不小矣。处必磊磊，出必落落，不负吾学，不负吾君吾民，其斯为经世之大儒也。而文章其剩技耳。

夫士之为学，如此其难几，而天之就人才，亦如此其不数。往往或天与其文章，而绌其时命，又常使扼腕于忧患之际，而愤闷其所不平，伤谗畏讥，不以惠当时，而以嘉来学，则于尚论者所不能无深致意也，自古而然矣。然文无今古，心与手出之无两事。其穷而搜之，寝食若遗，伏习者神，亦既已微于性命之情矣。而身世弗果究其用，心口交背，几同于资章甫而适越然，抑何以解于空言之无补也？

虽然，盖其所以致之者，必有本矣。道力不充，则无以权学问；学问不至，则无以深人情；人情不尊，则无以大声光而登上治。今之公卿子大夫，今之帖括经生也；今之经生，今之起家公卿子大夫也。质其当官与其业举，迥乎若无一以相及者。圣贤书所学何事耶？试尝问一朝廷大政焉，谢不知；问一省府小政焉，谢不闻；又问一封疆可否利害焉，巡逡谢不敏也。如是而求可一言之几乎用，无有也。而遑问其本经术乎？然至其涉笔伸纸，万言立就，扬扬焉类能，以嚆矢捷用之初心，亦不既其实也。平日所苟简于性成，而倖以收之者有素矣。于以生心害政，何惑焉！孔子曰：殷因于夏礼，所损益可知；周因于殷礼，所损益可知。荀卿曰：法近王。士于学古，亦薪以通今而已矣。凡朝野中外所饫闻而习见之者，皆当世之真文章也。读古人书，见古人行事，即借古人以拈出其成案，则周官法度，并可相观以师其意。故曰：经术以经世务。又曰：王道本乎人情。士学古而不通今，又安在其以文取士也哉！

唐宋八大家文，去昭代未远，其出入于经生言者时八九，所议论于政治得失者，亦如造车合辙然，本经术而达国体，斯亦足以观其意之所存矣。夫士不获尽行其道以加被于当时，空以遗言师后世，至仿佛其胸怀所欲吐，而想见其人以设身于处地，虽切，亦何补？八大家文，即八大家所未究之用也。彼身未究其用，而尚以余沈补缀当年之万一，其又何几焉？嗟夫！孔子有言：托之空言，不如其见之实事深切而著明也。初不过即古之散见遗文及编国史，一稍为删定，而百王之大经大法，遂已灿如日星矣。今八大家文师表百世，非一选，然悬以备当代得失之林，而纵横上下，则独有可观其意者在。譬医之有案，借病以立方，而方不足以执病；譬弈之有谱，借着以点局，而局常变化于着先。《易》曰：悬象著明，莫大乎日月。然则以悬之国门，与悬之千秋，其义一耳。有心斯世者，其相与得吾意而引伸之，文章之用，其弗以空言也明矣。崇祯壬申岁秋日吴正鹍翰生甫书于伊兰室。

第五章　王志坚《古文渎编》

一、编选缘起

王志坚初字弱生，更字淑士，一字闻修，号珠坞山农，南直隶苏州府昆山县人，移居苏州之蔚关[1]。生于万历四年（1576），卒于崇祯六年（1633）。万历三十八年（1610）进士，授南京兵部主事。后迁贵州提学金事，不赴，乞侍养归。天启二年（1622），起督浙江驿传，奔母丧归。崇祯四年（1631）为湖广学政，六年（1633）八月卒于官。《古文渎编》即刻于崇祯六年（1633）秋[2]，也即去世前夕。

钱谦益说，"（王志坚）通籍二十余年，服官仅七载。后先家居，薄荣进，寡交游，壹意读书……删定秦汉以后古文为五编"。[3] 今所知者三编：天启七年（1627）所刻《古文耦编》（《四六法海》）、崇祯五年（1632）所刻《古文澜编》和崇祯六年（1633）所刻《古文渎编》。李长庚说："公受命督楚，乃先出于秦汉而下、胡元而上千六百年之所缀赏，曰《澜编》。无何，始论次八家所珍爱者，曰《渎编》。"蒋允仪说："《耦编》刻于吴中，《澜编》、《渎编》编刻于楚。"[4] 四库馆臣也说，《古文渎编》"乃其督学湖广时所选唐宋八家古文"。[5]《古文耦编》刻于苏州，而《古文澜编》和《古文渎编》刻于湖广，是不错的。

---

[1] 文震孟：《湖广提学金事闻修王公》，《姑苏名贤小记》，《明代传记丛刊》第148册，第250页。
[2] 据蒋允仪《古文渎编序》文末所署"癸酉秋日"推断，见王志坚《古文渎编》，《四库全书存目丛书》集336册，第7页。
[3] 钱谦益：《牧斋初学集》卷五十四《王淑士墓志铭》，《续修四库全书》第1390册，第160页。
[4] 王志坚：《古文渎编》卷首序，《四库存目丛书》第336册，第7页。
[5] 纪昀等：《钦定四库全书总目》（整理本），中华书局1997年版，第2705页。

但《古文澜编》和《古文渎编》并非"编"成于王志坚任湖广学政之后。王志坚任湖广学政在崇祯四年（1631），而早在天启七年（1627），其门人陆符的《四六法海序》就已提到《古文澜编》和《古文渎编》二书，并说："三编各已成书，而先以《法海》行。"可见，《古文澜编》和《古文渎编》之"刻"虽然在崇祯时期，但其"编"成则早在天启年间。李、蒋二序将"编刻"二事混说，意在突显其嘉惠楚士之功，但已与事实有出入。

王志坚自言，与其他两个选本一样，《古文渎编》的用意也是"法人士之为制举业者"[1]。但与众不同的是，王志坚的三个系列读本并不唯举业是务，而是别有深意。陆符说，三编的要义在于"晰文流别，而辩文之原委"，从而与"时代为先后，今古为工拙"的流俗相对抗。明七子以降，文坛各树其帜，或标举秦汉，或推尊唐宋，但大都扬推古文，而鄙薄骈文。王志坚认为"文章趋尚，大抵时运使然，质文损益，自相乘除，非必后人之胜于前人也"（《四六法海凡例》）。他以史家眼光看待这些问题，认为秦汉文、唐宋文和骈文具有各自不同的历史地位，不可以以时代论优劣。其古文三编就是要阐明这个立场。那么，为什么采用评选的方式来实现如此宏大的学术追求，而不是自著其书呢？谭元春说："选书者，非后人选古人书，而后人自著书之道也。……是则王先生所自著之书也。"[2] 指出了王志坚"寓著于选"的本意。至于为什么寓著于选，钱谦益说：

　　淑士深痛嘉隆来俗学之敝与近代士子苟简述谬之习，而又耻于插齿牙、树坛垾，以明与之争，务以编摩绳削为易世之质的。[3]

王志坚"为世家子，无世家气；为孝廉，无孝廉气；为缙绅，无缙绅气；闭户著书，无著书气"，[4] 为人很低调。又系"琅邪"王氏后裔，与"嘉隆来俗学"的标志性人物王世贞同出一脉，显然不愿意"明与之争"。[5] 由此看来，作为王志坚的好友和同年，钱谦益的话是可信的。

王志坚有"以编代著"的用意，有"易世"的雄心，又有"辩文之原委"

---

〔1〕 陆符：《四六法海序》，王志坚《四六法海》卷首，天启七年（1627）刻本。

〔2〕 谭元春：《古文澜编序》，王志坚《古文澜编》卷首，崇祯五年（1632）刻本。

〔3〕 钱谦益：《牧斋初学集》卷五十四《王淑士墓志铭》，《续修四库全书》第1390册，第160页。

〔4〕 文震孟：《姑苏名贤小记》，《明人传记丛刊》第148册，第250页。

〔5〕 王世贞是王志坚的同宗，又是长辈，但王志坚对王世贞的文学主张颇为不满。例如，其《四六法海凡例》曾说，"是编务在兼收，虽经名家掊击，如所谓'元无文'者，不废搜采。"（王志坚《四六法海》，《景印文渊阁四库全书》第1394册，第298页）"元无文"的提出者正是王世贞，其不满之意甚明。

的史家眼光，这就使得其选本比一般举业读本更具系统性、批判性和学术性。《耦编》只选四六文，《澜编》和《渎编》则不选四六文。《澜编》选文起于秦汉，迄于元代，但不选唐宋八大家文。至于《渎编》，则是唐宋八大家的专选。关于其命名，《四库全书总目》所论最为详确："其曰《渎编》者，取刘熙《释名》'渎者，独也，独出其所而注于海'之义。盖以八家为正派，余为支流，故所选历代之文，别名《澜编》云。"[1] 按王志坚的话法，就是秦汉以来，八大家古文"独"得其大，而且"独与学海会"（《古文渎编序》）。总之，此集与前已编刻的《古文耦编》、《古文澜编》构成了一个系列选本，贯穿着王氏对古代散文发展脉络的一种独到理解。

二、体例和座次

王志坚《古文渎编》二十九卷，仅见崇祯六年（1633）刻本一种，现收入《四库全书存目丛书》集336—337册。半叶九行二十字，四周单边，白口，单黑鱼尾。前有魏说、李长庚、蒋允议、林增志和王志坚五篇序文。卷首题"古文渎编之一，韩文公集录之一。吴郡王志坚论次，友人林增志、弟志长、志庆参阅，男偲、偕、傚编辑"，版心题"古文渎编。卷之一，表。昌黎集录。乙。论佛骨表"。正文有圈点、行间评和文后评。

全书分为八编，每家各一编。每编独立分卷，互不连属。八编各有目录，目录依次列卷次、文体和篇名。与茅坤《唐宋八大家文抄》的"人序"体例颇为相似。不过，茅《抄》虽然将八家分为八个板块，但各个版块不标序号。王志坚《古文渎编》的八个板块各有编号：一编韩愈、二编柳宗元、三编欧阳修、四编苏洵、五编苏轼、六编王安石、七编曾巩、八编苏辙。这种排号分编的体例显然增强了全书的整体性，也反映了王志坚心目中的八大家座次。

王志坚对八大家座次的安排有独到之处。三苏连排，由来已久，王志坚在苏辙与洵、轼之间排入王、曾，将弟与父兄分开，可以说史无前例。后来，清人蔡方炳在苏洵与轼、辙之间排入王安石，将父与子分开。除此之外，再无嗣响。

---

[1] 纪昀等：《钦定四库全书总目》（整理本），中华书局1997年版，第2705页。

三、选文规模和标准

此书共选文 1025 篇。依次为韩愈三卷，145 篇；柳宗元三卷，133 篇；欧阳修六卷，159 篇；苏洵二卷，47 篇；苏轼七卷，273 篇；王安石三卷，108 篇[1]；曾巩二卷，54 篇；苏辙三卷，106 篇。王志坚称"汰其集不啻五六焉，汰武进、归安之所取犹二三焉"（《古文渎编序》），可见其选文所自出，不仅有唐顺之的《文编》和茅坤的《唐宋八大家文抄》，也有唐宋八大家的原集。

《四库全书存目丛书》本所收《古文渎编》无《凡例》，无由确切知道其选文标准。但从全书的实际选文看，其选文标准可概括为两条：

（一）各采其胜，以当一脔——堪作标本者

与同类相比，标本具有类同性，由此可以把握同类的基本特征；与异类相比，标本又具有独特性，由此可以将其所代表的种类与其他种类区分开来。因而通过标本来呈现同一种类的特征，不需要以多取胜，关键是所选标本具有代表性和独特性。王志坚的标本意识很强，用他的话来说，就是"各采其胜，以当一脔"："温公以不能四六辞知制诰，及改官，而荆公当制，竟无一骈语，岂有意矫之乎？诸家制诰，皆用四六，已选入别集。惟荆公有汉诏遗意，东坡亦时有之。今各采其胜，以当一脔。"（王文卷三《起居舍人直秘阁同修起居注司马光改天章阁待制》文后评）王安石作制诰而不用四六文，与用四六文所写的制诰相比，具有独特性；与苏轼的部分制诰相比，又有类同性，即均有"汉诏遗意"，因而选入。但数量都不多。再如，其《赐范纯仁辞免恩命不允批答》文后评云："东坡制敕表启，已选入四六集，其不纯四六者，存此数首。"（苏轼文卷一）四六文而不纯，具有独特性，但并不多选，只"存此数首"而已。王志坚《四六法海凡例》说："凡文体、题目不甚相远者，但存其尤，余不得不忍情割爱。"可见，"各采其胜，以当一脔"是他一贯的选文思想，不独《古文渎编》为然。

在"各采其胜，以当一脔"这一选文思想的支配下，王志坚注重选入有代表性的篇目以反映作家创作的各个方面；至于这个有代表性的篇目水平如何，并不是最主要的考虑。也就是说，即使文章不好，只要它能代表这位作家的某

---

[1] 王安石文卷三《磨勘转官制》有文无目，计入。

个独特方面，也要选入，以收"一脔"之效。例如，《上宰相书》评云："此三篇殊可短气，初欲删去，以公得意文，姑存之。"（韩文卷一）《沈率府墓志铭》评云："了不足纪之人，淡然无奇之文，然自有典刑可重，存之以备子固一体。"（曾文卷二）仅从文章本身来讲，王志坚都不满意，但它们具有代表性或启发性，因而皆予选入。哪怕是很糟糕的文章，只要有具有代表性，也可以选入。其评《上仁宗皇帝言事书》云："此老以学术杀天下，此书实其先资，故存之。其文殊非所长，茅氏极其赞叹，直是怕他。"（王安石文卷一）他还说，王安石赞扬的诗人王令其实是一个"险躁刻薄少年"，并说"荆公以此等人为可取，安得不乱天下！"（王文卷一《与王逢原书》评）总起来看，王志坚选文不以文法优劣和观点正误为去取，而是特别看重文章的代表性和独特性，也即标本功能。

（二）诵法古人，附以己意——有意可附者

蒋允仪说，"《澜编》、《渎编》、《耦编》，大抵诵法古人，而附以己意"（《古文渎编序》），与谭元春所云"以选代著"意同。对于王志坚而言，编选唐宋八大家古文是自我表见、自立新说的手段，因而那些有事可纪、有意可附的篇目就成了重点入选的对象。王志坚是一位史学家，其对八大家文章的兴趣多不在于文章本身，而在于文章所涉及的历史事件和人物。因而其所选入的文章多是与当时政治和历史人物相关的篇目，特别是碑志文。钱谦益说，王志坚"尤用意于唐宋诸家碑志，援据史传，摭采小说，以参核其事之同异、文之纯驳"。[1]唐宋八大家碑志有事可纪，有人可考，因而往往有意可附，成为其最感兴趣的文体。例如，《古文渎编》共选入碑志文194篇，其中韩愈50篇、欧阳修60篇，均占其选文总数的三分之一以上。这样的比例，在唐宋八大家选本中是绝无仅有的。碑志等传记文字多与举业不切，因而多为举业读本所屏弃。由此可以看出，《古文渎编》对于举业的疏离和对于学术的追求。

柳文卷三《先君石表阴先友记》评云："子厚此篇，从来选者不及，钱受之劝余存之，细阅乃知其言之有味也。"钱谦益，字受之，自称诸生时即与王志坚交游，又与王志坚同举万历三十八年（1610）进士。看来，王志坚《古文渎编》的选文受过钱谦益的影响。

---

〔1〕 钱谦益：《牧斋初学集》卷五十四《王淑士墓志铭》，《续修四库全书》第1390册，第160页。

四、评点特色

《古文渎编》的评点文献性、批判性和创新性很强，完全不同于一般的举业读本。

（一）文献性

王志坚自称其《古文渎编》"与武进、归安皆一种疏导之法"（《古文渎编序》），"武进"指武进人唐顺之，归安指归安人茅坤，这大概是就评点方式而言。如果从评点特色来看，《古文渎编》与唐顺之《文编》和茅坤《唐宋八大家文抄》有很大差别。大致说来，唐、茅的评点是文学家的评点，以文章为对象，就事论事，直逞臆见；而王志坚的评点是史学家的评点，以文章为介质，因文立说，"先证据而后发明"（钱谦益《王淑士墓志铭》）。其突出特点就是以评史的方法而以评文。关于其评史风格，其弟王志庆云：

> 先生学术，极有原本。综核史氏，贯通千载，如老吏折狱；又如心计之贾，数其囷廪，籍其囊橐，稊米尺帛，罔有遗漏。故于古人诗文尺牍，辄能详岁月之先后，征地里之南北。读者遂若置身当时，不止讽解文义。[1]

《古文渎编》的评点正是用这种方法。蒋允议《古文渎编序》说，"淑士遇一人，必备一人之生平；遇一事，必核其事之巅末"，凡"正史如是，稗史如是，忌讳如是，讹舛如是"以及"言之而当与言之而诬者若何"，必穷原竟委，搜剔无遗。揆诸实际，也的确如此。例如，韩愈在《南阳樊绍述墓志铭》赞扬樊绍述文，而樊绍述的文章究竟如何呢？王志坚评云："绍述之文不可见，见其《绛守居园池记》，殆不可句。不知韩公何取焉？欧阳公诗云：'异哉樊子怪可吁。'又云：'嫉世姣巧习卑汙，以奇矫薄骇群愚，用此犹得追韩徒。'盖欧公殊不以为然也。盖昌黎于文亦好奇僻，故其赏鉴如此。"（韩文卷三）既考证出樊氏的怪诞文风，又分析了韩愈赞赏其文的原因。再如，武元衡与柳宗元有隙，而柳宗元却殷勤致书，其中缘故，费人心思。王志坚根据相关诗文得出了一个

---

[1] 王志庆：《表异录序》，王志坚《表异录》卷首，《丛书集成初编》第 194 册，第 1 页。

骇人结论。其《上西川武相公谢抚问启》评云：

> 《雨舫纪谈》云：刘、柳之贬，元衡有力焉。遗书抚问，何为者？岂俗所谓猫儿哭鼠耶？子厚此启，犹望其弃瑕录用，可怜哉！迨元衡死于贼，而子厚为赋《古东门行》，梦得为赋《靖共佳人怨》，乃知向之答启，直伪耳。噫，彼势力显厚之夫，以天下士皆可虎伥畜乎？（柳文卷一）

以诗证文，有理有据，原来柳宗元《上西川武相公谢抚问启》与武元衡来书所写，都是虚情假意。又如，欧阳修《与高司谏书》大骂高若讷，但高若讷其人如何呢？其《与高司谏书》评云："高若讷字敏之，卫州人，官至尚书左丞，谥文庄。史称若讷强学善记，自秦汉以来传记，无不浃通，明历学，精医理。为从官，论中官阎文应。为枢密，凡内恩降，多覆奏不行。谓之正直有学问，自不忝，余无他过。止以此书奏贬欧公，不合人意耳。然欧公此事，原非中道。欧公晚年编集，亦去此篇。"（欧文卷二）引《宋史》高若讷本传，又引欧阳修晚年编集不收此篇事，论定高若讷"余无他过"，而欧阳修"原非中道"，令人信服。广引正史、杂史、诗文尺牍等文献，真如"心计之贾"，"稊米尺帛，罔有遗漏"，与一般文家评点的主观和粗疏迥不相类。

（二）批判性

王志坚"雍容逊让，和风披拂"，[1]"恂恂体若不胜衣"，[2]但骨子里很尖刻。表现在《古文渎编》的评点上，就是具有强烈的批判性。其《古文渎编序》就尖锐地指出，八大家亦有"不足于大者"，如"明允之集，诸体未备，介甫炼而近于削，子固醇而近于曼，子由坦而近于庸"之类。从评点来看，其对韩愈的批判最为激烈。

在王志坚看来，韩愈"生平强项，皆浮气耳"（卷一《与孟尚书书》），谏佛骨，犯龙颜，也"只是好名"（韩文卷一《论佛骨表》评）。而"一经贬谪，佞词曲舌，可怜至此，不知所谓'凡有殃咎，宜加臣身'者安在？"（韩文卷一《潮州刺史谢上表》评）。又说其上宰相书"自比为盗贼管库"，简直"略不知耻"（卷一《后十九日复上书》评）；其《上于襄阳书》称"今者惟朝夕刍米仆

〔1〕文震孟：《湖广提学佥事闻修王公》，《姑苏名贤小记》，《明代传记丛刊》第148册，第250页。

〔2〕钱谦益：《牧斋初学集》卷五十四《王淑士墓志铭》，《续修四库全书》第1390册，第160页。

赁之资是急，不过费阁下一朝之享"，"此尤可丑"；其《示儿》等诗"如田舍翁暴富贵，不胜沾沾矜诩之状"（卷一《与李翱书》评）。最后得出的结论是，韩愈"凡言利禄处，皆津津有味。……所谓'情炎于中，利欲斗进'云云，殆自道也"（卷二《送高闲上人序》）。

王志坚认为，在八大家之中，"退之曲笔最多"（苏轼文卷四《司马温公神道碑》），如《上兵部李侍郎书》（卷一）、《赠太师许国公神道碑铭》（卷三）等等。其《平淮西碑》（卷三）评云："若韩弘者，虽为都统，然实不欲战，甚而饰美姬以挠光颜，朝廷无动为大，不深究此，而昌黎文亦概推其功，殆非直笔，此五百缣之所自来也。"十分尖刻。

"浮气"、"好名"、"佞词"、"矜诩"、"情炎"、"利欲"、"曲笔"等等，皆一一指向其人格。不独如此，王志坚还非议其学识。他说韩愈"不独二氏之旨未尝究心，即吾儒之道，亦仅仅主张门户而已"（卷二《原道》）。对于他的将佛"认作鬼神"（卷一《与孟尚书书》）、"不知佛而强欲排佛"（卷一《重答张籍书》），尤为不满。

对韩愈人格和学识的否定性评价，以宋人为烈，不过经过王志坚的推衍，显得更加严重。相较而言，其对欧阳修的否定性评价更有新意。王志坚考证出欧阳修自称醉翁时，仅三十九岁，又引其《赠沈博士歌》"我昔被谪居滁山，名虽为翁实少年"加以坐实，最后评论说："是时公太夫人犹无恙，醉翁之号，无乃非礼！"（欧文卷四《醉翁亭记》）他又考证出欧阳修居母丧而食肉（欧文卷六《太常博士周君墓表》），登进士后只有葬母时才回家乡的泷冈为父扫墓，"终公之生，泷冈未尝再至也"（欧文卷三《续思颖诗序》）。皆显言其不孝与非礼。真如汉廷老吏，片言折狱，莫之或隐；欧阳公复起，不能为之辩一辞。

其批判的锋芒还表现在对其他评家的批评。例如，李贽曾评苏轼《前赤壁赋》"自其变者"数句云："可惜说道理了。"（《坡仙集》）王志坚则说："此语似是而非。苏氏长于议论，故其文虽词赋亦带议论，古人浑厚之体渐远，然其佳处亦在乎此。若以道理为可抹，则苏文之抹者多矣；不独苏氏，凡宋人文皆可抹也。"（卷一）可谓见定而识卓。《古文渎编》全书引茅坤评语最多，对茅坤的驳议也最多。例如，《通进司上皇帝书》评云："此书康定元年上，鹿门谓欧公少时已具宰相之略。按，是时公年三十四，仕宦十年，谪而再起，不可谓少矣。"（欧文卷一）如此等等，不一一列举。

正如王志坚评语所引，"看得熟，故多见其疵病"（苏轼文卷四《续楚语论》），王志坚对八大家及其他评家"疵病"的揭示，也当作如是观。其评点突出的批判性是其深入研究八大家散文的必然结果。

（三）创新性

《古文渎编》的评点接近十万字，是其自成一家之言的独特方式。关于此点，蒋允仪说："中间议论尽可作大篇短章，使更易面目，自可当一家言，而特附见于古人文字之后。盖淑士之意，雅不欲人自居作者，如向氏之于《庄》、郦氏之于《水经》，本可孤行，而自托于注云尔。"正因为如此，其评点具有自觉的创新性追求，与折中诸家意见以作课徒教材的一般举业读本不同。所谓创新性，除上面所说的以评史的方法而以评文之外，主要指借此阐发其独到的个人见解。例如，关于"当时之人归韩公，不归子厚"之故，王志坚分析说：

> 退之作《师说》，抗颜为师，子厚不敢当韦中立之请。或谓退之非好为人师者，当时之人归韩公，不归子厚，故子厚云然。及观退之《与陆傪书》荐十人，不出五年皆捷，因思退之门墙之盛，亦为此耳。使永州司马亦能荐士子于主司，则走者如市矣。世人之眼，岂足轩轾二公哉？（卷二《师说》）

可谓冷峻犀利，切中要害。再如，欧阳修《朋党论》向来被认为为君子立赤帜，而在王志坚看来，则是择言不精，贻害无穷：

> 自古小人陷君子，必以党为名，未有君子而明明以党自任者。有之，自欧公始。自有此论，而天下之奸人躁人，敢立标帜；为君子者，不独受真小人之祸，亦兼受伪君子之累：此皆欧公择言不精之过也。余尝谓庆历诸公，肥肠满脑，不可为臣子常法，此其大端也。书后以存一案。（欧文卷三《朋党论》）

又由欧公议及"庆历诸公"，皆一笔抹倒，有振聋发聩之力。其论奸民与贪吏的关系，也同样识见不凡。苏轼文卷五《去奸民》评云：

> 小盗者，大盗之渐也。弭乱之法，莫要于去奸民。顾此辈之力，能役使豪贵为护法神，而郡邑长吏宦囊山积，惧他日出境而此辈为难，亦必屈法以全之。如此则奸民终不可去，然则去贪吏者，去奸民之本也。

此评深刻阐明了奸民与贪吏之间的利益关系，提出了"去贪吏者，去奸民之本也"这一卓越论断。都表现出历史学家深刻的洞察力，与一般儒者的迂腐与拘牵大异其趣。

苏轼向来被看作一个经术根基很浅而且思想驳杂的人，茅坤就说过，"苏氏父子兄弟于经术甚疏，故论六经处大都渺茫不根"（老苏文卷四《乐论》）。但王志坚则认为，"苏氏之学，实本于经术。他著作，特其绪余耳。生平处患难之中，必惓惓以《易》、《论语》传为念。今《论语传》已不可得，《易传》虽存，学者鲜克尽心。然则今人之所得于苏公者，不亦浅哉！"（苏轼卷三《黄州上文路公书》）茅坤认为韩愈、欧阳修得太史公叙事之法，苏轼则否，讽刺其《司马温公神道碑》"几万言而上，似犹有余旨"。王志坚则从是否有曲笔来评价叙事文字的优劣，得出了完全不同的结论。他说：

> 余读诸大家集，退之曲笔最多，甚而称誉于此，骂詈于彼；永叔碑志有伤直道处亦时有之。独长公集不下数十万言，中无一字一句涉诣曲者，真千古一人而已。（苏轼卷六《司马温公神道碑》）

王志坚以史家眼光评文，其关注的是作家用笔之曲直、内容之信诬；而茅坤是以文家眼光评文，其关注的是写作技术之高下、风神之有无。可以说，王志坚以新的眼光，得出了新的结论。

王志坚的新眼光还表现在其对三教的认识上。在八大家评点史上，思想的"有醇无驳"总是一个至高的标准。"有醇无驳"就是"醇乎醇"，也就是完全站在儒家的立场上看待一切，对于佛道采取一概否定的态度，即使论及佛道问题或为佛道中人作序，也决不"放倒自家地步"。八大家中最符合这一标准的是曾巩。但在王志坚看来，曾巩非议佛道的文章很糟糕。其《抚州颜鲁公祠堂记》评云："使仙佛中人尽如颜公，则仙佛亦何负于人哉？子固诸文，往往自出己见，非议古人，予必痛抹之。此篇尽有快处，不忍终废，然亦不容恕也。"（曾文卷二）一般评家都以儒为宗，力辟佛道，而王志坚氏则处处护持佛道，认为佛道思想照样可以治天下。他说："古有以老子之道治天下者，汉文是也。使有真得佛乘者以治天下，何不可之有？灭君臣，废父子，佛氏原无此说，傅奕、韩愈辈为之耳。"（苏辙集录二《梁武帝》评）由此看来，王志坚评点的创新性既源于其史家眼光，也源于他对三教十分通达的看法。

王志坚的评点虽然多长篇大论，但很少谈论文章本身的优劣，偶尔谈及，也颇有见。例如，其谈韩柳对山水的感悟不同云："子厚纪游诸作，往往微言入神；集中诗凡涉游览，皆妙绝。退之《南山诗》，铺叙瑰玮而已，似于山水了无味者。二公之才非有异也，其况味不同而已。"（柳文卷二《小石城山记》）谈韩柳寓言不同云："（《宥蝮蛇文》）与退之《病鸱诗》意同，皆极力摹小人情状，而处之有地步。但退之出之以嬉笑，子厚持之以矜庄，则其所处之境异也。"（柳文卷三《宥蝮蛇文》）其评苏轼小品文云："大率坡诸小文，多嬉笑怒骂，不必认为真实，读者当得其无聊中一种镜花水月心事可也。"（苏轼卷七《记海南作墨》）看来，王志坚并非不善评文，而是不屑评文，他更有兴趣的还是史。因而说《古文渎编》因文而评史，也未尝不可。据钱谦益说，王志坚以为"随俗诗文，徒以劳神哗世，非有志者所为，乃要诸同舍郎，为读史社"。[1] 可见王志坚其人有重史轻文的倾向，这个倾向给《古文渎编》的评点带来了缺点——很少涉及文章的文学性，偶有涉及，也以引录茅坤、唐顺之、钟惺等人的评点为主，同时也带来了优点——即上文所说的三个方面。

《古文渎编》的序跋和评点，《四库全书存目丛书》本收录其全，读者容易获取，故不再选录。

---

〔1〕　钱谦益：《牧斋初学集》卷五十四《王淑士墓志铭》，《续修四库全书》第 1390 册，第 160 页。

第六章 汪应魁《唐宋八大家选》等坊编本

坊本实有坊刻本和坊编本之分。书一旦成名，坊人就要跟风翻刻，这类书称为坊刻本。坊刻本往往比较潦草，错讹较多，偷工减料处，亦所不免，但就其内容来说，究竟还说得过去。在一些情况下，坊人还会自编一种与正在流行的书内容相近而又不完全相同的书，这就是坊编本。坊编本多杂凑他人之书，并假托名人以自高。这类书既无所发明，又弄虚作假，与翻刻他人著作的坊刻本相较，又等而下之。坊编本往往同时又是坊刻本，其标志性特征是刻印、装帧都很讲究，但内容芜杂，可谓金玉其外，败絮其中。

唐宋八大家选本在晚明的流行和生成处于一种异常兴奋状态，其中不乏坊编本。兹就本人经眼的三种坊编本略作综录和考辨，以例其余。

一、汪应魁《唐宋八大家选》

汪应魁字玄杓，贻经堂书坊主人，自称"新安汪应魁"。徽州在隋代为新安郡所在地，治所在休宁，"新安"遂为徽州代称。据此，汪应魁应为南直隶徽州府人。或谓其"海阳（今扬州）人"，[1] 似有所本。其崇祯五年（1632）所刻的署名钟惺的《唐宋八大家选》二十四卷，实汪应魁自编而假托钟惺者。李先耕已指出其书系"书坊伪托"，[2] 但没有加以论证。兹就其书略加考证，以见其"伪托"之实。

崇祯五年（1632），汪应魁《唐宋八大家选》初刻于苏州，后来书板为其

---

〔1〕 瞿冕良：《中国古籍版刻辞典》，齐鲁书社 1999 年版，第 427 页。
〔2〕 李先耕：《钟惺著述考》，黑龙江大学出版社 2008 年版，第 86 页。

同乡"新安程量越"所得，乃铲去原刻的眉评和脚注，又将各卷卷首"竟陵伯敬钟惺评选，新安玄杓汪应魁删订"刓去，易为"天都程量越自远辑，男选抡公、用昌克庵仝校"字样，然后重新刷印。因而汪应魁《唐宋八大家选》有崇祯五年（1632）汪应魁初刻印本和康熙十五年（1676）程量越挖改后印本两种。

（一）崇祯五年汪应魁金阊贻经堂初刻印本

1. 实物鉴定

厦门大学图书馆所见汪应魁《唐宋八大家选》二十四卷（索书号：811.4/822），12 册，著录为"明钟惺辑评，王应魁删订，崇祯五年（1632）王应魁刻本"。半叶九行十八字，小字双行同，左右双边，白口，单黑鱼尾，有直格。版匡 191 毫米×135 毫米，书 275 毫米×170 毫米。内封题"唐宋八大家文选，钟伯敬先生评选，金阊贻经堂藏板"，左下钤朱方印"桂衙藏板"。版心题"唐宋八大家选，卷之一，论"。卷首题"唐宋八大家选卷之一，竟陵伯敬钟惺评选，新安玄杓汪应魁删订"。正文有圈点、小字双行夹注，有眉评和脚注。题下时有相关人物简介，文后有"纪事"，引史书或笔记，介绍相关事件。文后汇集大量名家评点，汪应魁时有评点，列于诸家评点之后，皆冠以"汪玄杓曰"四字。

全书结构依次为内封、倪思辉《叙唐宋八大家文选》、钟惺《八大家序》、汪应魁《刻八大家选引》、汪应魁《凡例》、汪应魁《录鹿门先生文钞论例暨诸公谈薮》、《唐宋八大家文选目录》。以下为正文二十四卷，书尾有汪应魁《八大家选后序》。倪思辉序末署"天都祁阊倪思辉题于又尚斋，岁次壬申时届仲夏哉生明"。钟惺序后无署期，仅曰"景陵钟惺伯敬题"。汪应魁《刻八大家选引》末署"新安后学汪应魁题"。《凡例》后署"玄杓汪氏识"。《录鹿门先生文钞论例暨诸公谈薮》即方应祥从茅坤万历七年（1579）茅一桂刻本《凡例》中析出的《八大家论例》的部分内容（自"世之论韩文者"至"如渴者之饮金茎露也"），无所谓"诸公谈薮"，而末署"玄杓汪氏汇"。汪应魁《八大家选后序》末署"新安汪应魁玄杓父跋"。从汪应魁频繁的署名可以看出其对于此书所有权的强烈占有欲。（见图 6-01 和图 6-02）

全书二十四卷，以文体为类，八家文分别隶于各文体之中。共选文 354 篇，其中韩愈 89 篇，柳宗元 50 篇，欧阳修 50 篇，苏洵 31 篇，苏轼 77 篇，苏辙 16 篇，王安石 22 篇，曾巩 19 篇。

图 6-01 汪应魁托名钟惺所选《唐宋八大家选》内封 厦门大学藏崇祯五年（1632）金阊贻经堂刻本

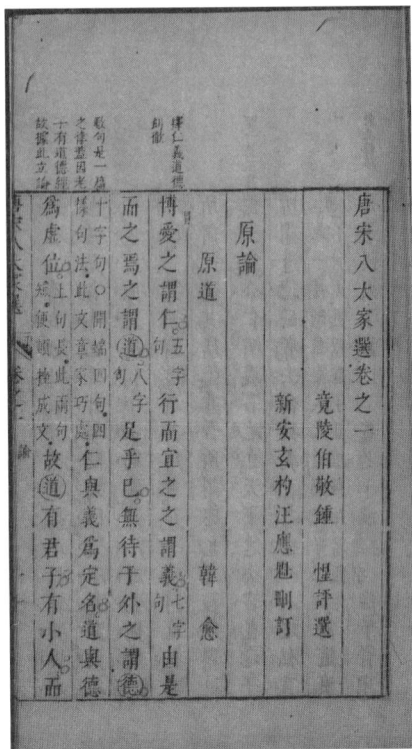

图 6-02 汪应魁托名钟惺所选《唐宋八大家选》卷首 厦门大学藏崇祯五年（1632）金阊贻经堂刻本

关于此书的评选者，倪思辉说："鹿门先生曾汇有《唐宋八大家文抄》，非去秦汉而取唐宋也，见宇内无时无文章，亦因其大而大之也。奈简帙浩繁，不便后学。有志者方欲量加裁汰，幸伯敬钟先生先得我心，玄杓汪生为之校雠，以付剞劂，来丐叙于予。"汪应魁说："自鹿门先生汇集评定，而奥妙始若揭而醒，又得伯敬先生删汰，更加品骘，而后学益知所趋赴。以故愚之不敏，亦幸窥一斑焉。欣出私裁，僭加评释，虽时有似于效颦，不免于附赘，大要取掖后进，非必树帜争驰也。僭耶？妄耶？一任罪我，我其甘之。"综合二人所说，此书系钟惺"删汰"和"品骘"茅坤《唐宋八大家文抄》而来，那么钟惺应该是此书的评选者，而汪应魁在其中扮演的角色是"校雠"、"剞劂"，还要加上"评释"，也就是说，他既是一个校刻者，又是一个评点者——在钟惺"品骘"的基础上复加"评释"。通览全书，有署名钟惺的评论 183 条，署名汪应魁的评论 134 条。汪、钟二人都参与了评论，的确是不错的。

然而，"删汰"茅《抄》，选定全书篇目，真的是由钟惺完成的吗？请看汪应魁自识《凡例》：

> 是集颛祖鹿门先生《文抄》，间有《文抄》所未备者，阑入数首，非敢碔砆混玉，实属沧海遗珠。坊间文集取简要便读者，不免割裂删改，殊失全篇气局。是集虽欲汰繁就简，原不接木移花，凡属额中，一皆完璧。圈点等项亦祖鹿门先生，然彼务精严，此务宽奖，要令一展刮目，自然三复醉心。

所谓"非敢碔砆混玉"，显然是汪应魁自指，不可能指钟惺。如此说来，从选文的确定，到圈点的设计，皆由汪氏一手完成，上文所谓钟惺"删汰"者，只是一句空话，不过假托而已。

2. 评点假托考

不仅如此，署名钟惺的评点也多出于假托，系移抄或改易茅坤《唐宋八大家文抄》中的茅坤评点而来。钟惺评点共183处，其中可以确定为移抄或改易茅坤评点的至少有以下18处：

序号	卷次/页码	篇名	署名钟惺的评点	茅坤《文抄》评点（据万历七年茅一桂刻本）
1	2/16	苏轼《思治论》	钟伯敬曰：首尾二千五百言，如一串念佛珠。其深入人情处，如川云岭月。	苏轼卷十一《思治论》茅坤评：首尾二千五百言，如一串诊佛珠。其深入人情处，如川云岭月。
2	2/43	苏轼《平王论》	钟伯敬曰：此文类昌黎《讳辩》，非长公本色，分明是宋南渡一断案。	苏轼卷十二《平王论》茅坤评：此文类韩《讳辩》，非苏氏本色，分明是宋南渡一断案。
3	2/46	苏轼《鲁隐公论上》	钟伯敬曰：子瞻得经所载摄主，明与"季康子"一节，故其论独刺骨。	苏轼卷十二《鲁隐公论上》茅坤评：子瞻得经所载摄主，明与"季康子"一节，故其论独刺骨。

续　表

序号	卷次/页码	篇名	署名钟惺的评点	茅坤《文抄》评点（据万历七年茅一桂刻本）
4	4/3	苏辙《老子论上》	钟伯敬曰：与下共为一篇。只看子由行文，如神龙乘云于天之上，风雨上下，不可捉摸，不可测识，不可穷诘。学者如能静坐窗几间，将此心默提出来，与此二篇文字打作一片，忽焉而飞于九天之上，忽焉而逐于九渊之下，且令自我胸中亦顿觉变幻飘荡而不可羁制，则文思之悬，一日千里。当其思起气溢，如疾风骤雨，喷山谷，撼丘陵；及其语竭气尽，如雨散云收，山青树绿，尘无一点。嗟乎！此则学者当自得之也。（见图6-03）	苏辙卷七《老子论上》茅坤评：与下共为一篇。只看子由行文，如神龙乘云于天之上，风雨上下，不可捉摸，不可测识，不可穷诘。学者如能静坐窗几间，将此心默提出来，与此二篇文字打作一片，忽焉而飞于九天之上，忽焉而逐于九渊之下，且令自我胸中亦顿觉变幻飘荡而不可羁制，则文思之悬，一日千里矣。当其思起气溢，如疾风骤雨，喷山谷，撼丘陵；及其语竭气尽，如雨散云收，山青树绿，尘无一点。嗟乎！此则学者当自得之也。
5	4/20	苏轼《荀卿论》	钟伯敬曰：以"异说高论"四字立案，煞是荀卿顶门一针；而谓李斯焚书、破坏先王之法，皆出于荀卿，此尤是长公深手段。	苏轼卷十五《荀卿论》王慎中评：以"异说高论"四字立案，煞是荀卿顶门一针；而谓李斯焚书、破坏先王之法，皆出于荀卿，此尤是长公深文手段。
6	4/49	苏轼《晁错论》	钟伯敬曰：错之误，误在以旧有怨于盎，而欲借吴之反以诛之，此所谓自发杀机也。鬼瞰其室矣。何者？以错之学本刑名故也。	苏氏卷十四《晁错论》茅坤评：错之误，误在以旧有怨于盎，而欲借吴之反以诛之，此所谓自发杀机也。鬼瞰其室矣。何者？以错之学本刑名故也。
7	6/27	韩愈《讳辨》	钟伯敬曰：此文反覆奇险，令人眩掉，实自显快。前分经、律、典三段，后尾抱前辩难，只因三段中时有游兵点缀，便足迷人。	韩愈卷十《讳辨》茅坤评：此文反复奇险，令人眩掉，实自显快。前分律、经、典三段，后尾抱前辩难，只因三段中时有游兵点缀，便足迷人。

续　表

序号	卷次/页码	篇名	署名钟惺的评点	茅坤《文抄》评点（据万历七年茅一桂刻本）
8	9/46	王安石《上仁宗皇帝言事书》	钟伯敬曰：荆公以王佐之学与王佐之才自任，故其一生措注已尽于此书中，所以结知主上亦全在此书中。然其学本经术，故所言非汉唐以来宰相所能见。而其偏拗自用，大较与商鞅所欲变法处相近，故其功业亦遂大坏，而反不如近世浮沉者之得。学者须具千古只眼看之。	王安石卷一《上仁宗皇帝言事书》茅坤评：荆公以王佐之学与王佐之才自任，故其一生措注已尽于此书中，所以结知主上亦全在此书中。然其学本经术，故所言非汉唐以来宰相所能见。而其偏拗自用，大较与商鞅所欲变法处相近，故其功业亦遂大坏，而反不如近世浮沉者之得。学者须具千古只眼看之。
9	14/22	柳宗元《与萧翰林俛书》	钟伯敬曰：子厚贬谪以后书，大较从司马迁《答任少卿》、杨恽《报孙会宗》诸书来。故其为书多悲怆呜咽之旨，而其词气环诡跌宕，犹之听胡笳、闻塞曲，真不觉令人破涕。	柳宗元卷一卷首茅坤评：予览子厚书，由贬谪永州、柳州以后，大较并从司马迁《答任少卿》及杨恽《报孙会宗书》中来。故其为书多悲怆呜咽之旨，而其辞气环诡跌宕，譬之听胡笳、闻塞曲，令人断肠者也。
10	16/10	欧阳修《苏子美文集序》	钟伯敬曰：予读此文，往往流涕，专以悲悯子美为世所摈死上立论。	欧阳修卷十七《苏子美文集序》茅坤评：予读此文，往往欲流涕，专以悲悯子美为世所摈死上立论。（万历七年本题存文缺，此据方应祥本）
11	16/30	曾巩《梁书目录序》	钟伯敬曰：以"内"字论佛之旨，颇非是。盖佛原非以吾儒之外，而彼自识其内也。彼只见自家本来原无一物，故欲了当本性耳。欲见本性，故将一切声色臭味香法多为丢去耳，而非以徇内故也。	曾巩卷四《梁书目录序》茅坤评：以"内"字论佛之旨，颇非是。盖佛原非以吾儒之外，而彼自识其内也。彼只见自家本来原无一物，故欲了当本性耳。欲见本性，故将一切声色臭味香法多为丢去耳，而非以狥内故也。
12	17/5	王安石《书洪范传后》	钟伯敬曰：此荆公自立地位处。	王安石卷十《书洪范传后》茅坤评：看荆公自立地位处。
13	18/21	柳宗元《钴鉧潭西小丘记》	钟伯敬曰：公之好奇，如贪夫之笾百货，而其文亦变幻百出。	柳宗元卷七《钴鉧潭西小丘记》茅坤评：公之好奇，如贪夫之笾百货，而其文亦变幻百出。

续　表

序号	卷次/页码	篇名	署名钟惺的评点	茅坤《文抄》评点（据万历七年茅一桂刻本）
14	19/49	苏轼《盖公堂记》	钟伯敬曰：此篇取清静两字，以医为喻起尽议论，却将正意证之，令常格一扫。	苏轼卷二十五《盖公堂记》茅坤评：以医为喻起尽议论，却将正意一证。
15	20/48	王安石《度支副使厅壁题名记》	钟伯敬曰：何等识见，何等笔力！	王安石卷七《度支副使厅壁题名记》茅坤评：何等识见，何等笔力！
16	23/50	王安石《祭范颖州文》	钟伯敬曰：范公为一代殊绝人物，而荆公祭文亦极力摹写，涕洟呜咽，可为两绝矣。	王安石卷十六《祭范颖州文》茅坤评：范公为一代殊绝人物，而荆公祭文亦极力摹写，涕洟呜咽，可为两绝矣。
17	24/12	韩愈《衢州徐偃王庙碑》	钟伯敬曰：按，偃王事不见传记，昌黎特采世所传小说，撰次本末，而其议论归本处，当以徐之公族子弟祠偃王于其土为是。	韩愈卷十一《衢州徐偃王庙碑》茅坤评：按：偃王事不见传记，昌黎特采世所传小说，撰次本末，而其议论归本处，当以徐之公族子弟祠偃王于其土为是。
18	24/67	欧阳修《蔡君山墓志铭》	钟伯敬曰：情词呜咽。	欧阳修卷二十八《蔡君山墓志铭》茅坤评：情词呜咽。

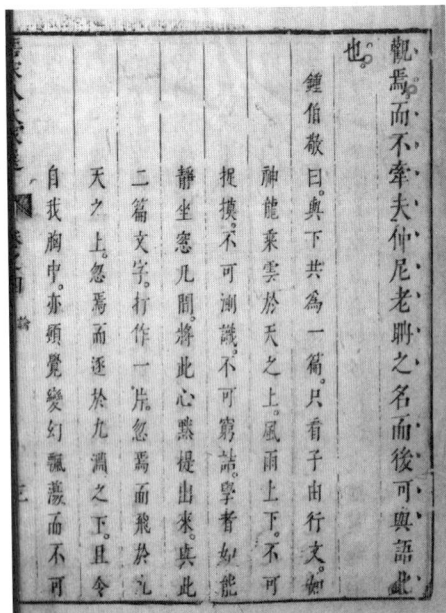

图 6-03　汪应魁移茅坤评为钟惺评例证（卷四苏辙《老子论上》文后评）

可以看出，有移抄茅评假托为钟评的，有对茅评改易数字而假托为钟评的。如果此书为钟惺评选，钟惺会盗取茅评以为己评吗？钟惺是大名士，绝不可能这样做。合理的解释是，选篇系汪应魁一手操办，所谓钟伯敬评点亦系汪应魁拼凑而来。其未经坐实的其余165条钟评不知抄自何处，出自何人，但肯定来路不明，绝不会出自钟惺之手。

汪应魁又袭取他人评点以为己评，堂而皇之地冠以"汪玄杓曰"四字。汪氏评点多达134条，其中可以确定为移抄或改易茅坤《唐宋八大家文抄》中的茅坤、唐顺之、王慎中评点的，至少有30条，见于下列篇目的文后评：卷二苏轼《武文论》、苏轼《平王论》、苏洵《高祖论》；卷四苏轼《孙武论二》、苏轼《扶苏论》、苏轼《贾谊论》；卷七苏洵《审势》、苏洵《远虑》；卷八苏轼《策略》；卷九苏洵《上仁宗皇帝书》、苏轼《上神宗皇帝书》；卷十一欧阳修《论美人张氏恩宠宜加裁损札子》、柳宗元《段太尉逸事状》；卷十二苏洵《上富丞相书》；卷十三韩愈《与孟尚书书》、韩愈《答李翱书》；卷十五韩愈《送徐晦下第序》；卷十六欧阳修《秘演诗集序》、苏轼《六一居士集序》、柳宗元《序棋》；卷十八柳宗元《游黄溪记》、柳宗元《始得西山晏游记》；卷十九欧阳修《许氏南园记》、欧阳修《醉翁亭记》、苏洵《苏氏族谱亭记》、苏轼《仁宗飞白御书记》；卷二十苏轼《文与可画筼筜谷偃竹记》、苏轼《四菩萨阁记》、曾巩《抚州颜鲁公祠堂记》；卷二十四韩愈《曹成王碑》。汪应魁的其余104条评点，不知所自来，但大都盲赞瞎评，既乏识见，又无性情。例如，卷四苏轼《范增论》评曰："此是东坡海外文字，一字一句增减不得，字字有法，句句尽心。"卷五苏轼《正统论》评曰："说正统而挈名实轻重为议，雄辩，不止惊四筵、醒独座，直惊千古、醒百世矣。"卷十九欧阳修《昼锦堂记》评曰："欧文每苦急迫，独此篇从容自在。"用"惊千古、醒百世"、"字字有法，句句尽心"之类的大话套话将文章虚赞一番，质其所有，则一无发明。至于说欧文"每苦急迫"，真是骇人听闻。

为了装点门面，汪应魁汇集120家评点，共932条，唐宋以来名家几乎被囊括一空。其中被引6条以上者共16家：

姓名	条数	姓名	条数	姓名	条数	姓名	条数
钟伯敬	183	孙月峰	34	吕东莱	21	袁中郎	9
茅鹿门	171	杨升庵	33	林茂贞	12	姜凤阿	8
汪玄杓	134	谢叠山	29	王凤洲	10	钱鹤滩	8
唐荆川	58	楼迂斋	26	王遵岩	10	钱丰寰	6

除此之外，李性学、林次崖、陶主敬、王阳明、虞伯生各5条，林见素、宋景濂、真西山、宗子相、邹东郭各4条，顾回澜、李九我、李卓吾、陆贞山、吕雅山、钱文登、丘琼山、汤霍林、王槐野、王守溪、吴匏庵、熊磻洲、朱晦庵各3条，陈白沙、程篁墩、方希古（正学）、郭明龙、胡秋宇、黄五岳、焦弱侯、李西涯、罗大经、唐子西、王缑山、许海岳、杨宗器、袁元峰、邹东廓各2条，安子顺、贝清江、晁补之、陈芳洲、陈克庵、陈如岗、崔仲凫、董玄宰、董中峰、方明斋、高季迪、顾开雍、顾邻初、何廷芬、何仲默、洪容斋、胡时化、胡思泉、胡致斋、黄东发、黄贞父、康对山、雷何思、李东阳、李方叔、李文叔、林希元、凌季默、陆廉伯、吕祖谦、伦伯畴、罗一峰、彭可斋、钱丰山、邵二泉、苏东坡、孙柏川、孙伯潭、孙子樵、唐元征、陶石篑、汪南溟、王恒叔、王麟洲、王龙溪、王三槐、王圣俞、文文山、吴康斋、吴献臣、谢于乔、薛方山、杨诚斋、杨丹庵、杨南峰、杨石斋、余同麓、袁玉蟠、曾南丰、曾退如、张侗初、张言若、章枫山、赵栗夫、周畏斋、邹守益各1条。

对于大部分人来说，只引一两条评点，显然是为了造成百家汇评的宏大气势，其装腔作势、无所忌惮的人品由此可见一斑，则其伪托钟惺选本以射利之动机可以进一步得到证实。

据今人沈昕考证，徽州府祁门县程铢女嫁给"士人"汪应魁。[1]《唐宋八大家选》的编者与此人同姓，同名，同里。如果果系一人，则这位编者在当地人的眼中是一位"士人"。明人顾锡畴为汪应魁的《尚书句读》作序说："汪玄杓，余通家子，从余游，遵京本精校，详其句读，令穷经者有指南，有志翼经者也。"[2]既"有志翼经"，又要作伪谋利，看来其内心也颇为忐忑。回过头来再读其序言"僭耶？妄耶？一任罪我，我其甘之"一语，其对伪造此书的"僭妄"之罪，并不打算推得一干二净，则其士人良知，亦有未泯处。

3. 序跋选录

崇祯五年（1632）汪应魁《唐宋八大家选》有倪思辉、钟惺、汪应魁所作的四篇序跋。倪思辉字实符，南直隶徽州府祁门县人，万历三十五年（1607）进士，同治《祁门县志》卷二十五有传。钟惺序不见于《隐秀轩集》，文笔不俗，然真伪莫辨。均据厦大本录入，以质之有识者。至于汪应魁二序和正文评点，概不赘录。

---

〔1〕沈昕：《宗族联姻与明清徽州地方社会——以祁门善和程氏为中心》，《安徽大学学报》（哲学社会科学版）2009年第6期。

〔2〕朱彝尊：《经义考》卷九十一，《景印文渊阁四库全书》史部第678册，第223页。

倪思辉《叙唐宋八大家文选》

文章若与时高下，《坟》、《典》、《丘》、《索》，邈不可追尚矣，嗣则虞夏之书浑浑，商书灏灏，周书噩噩。大哉，日月之经天，而亘古如新也。继三代者秦汉，谈文者亦首秦汉，岂非以其雄浑爽迈，不失大方轨物耶？秦汉以降至六朝，而气渐索，俳偶成风，竞烟云月露为奇，譬如靓服浓华，龋齿□□，岂不妍媚，终非"淡扫娥眉朝至尊"者也。然则文章信与时高下乎？将唐宋后遂无文章乎？曰：日月相推而明生，从来无漫漫不旦之长夜也；时原不终下，文亦不与时俱下也。爰是文起八代之衰者出，而纤趋骈耦之习顿改。若柳，若曾，若欧阳，若王，接踵嗣兴，至三苏，而赤帜树于一门。谁谓唐宋无文章也者？

大抵有一代之兴，自有一代之文，而惟大者为杰出。大不在词章，而在气局；大不在工致，而在神情。刁调播而万窍皆号，与吹管成籁者自迥；条风畅而芘卉甲拆，与剪彩为花者不侔。透入则敲骨打髓，层层钻研；跃出则开拳见掌，了了洞彻。逐委寻源，靡不详悉，叙述处也；旁引曲譬，不涉模棱，辨难时也；寒谷回春，九原生色，褒赏及也；通身汗下，朽骨犹惭，刺讥加也。他如扬眉吐气，抒其慷慨，唏嘘欲绝，写其悲悼，嘻笑怒骂，寓其诙谐。或空中楼阁，公孙舞剑；或飘雪回风，湍奔矢往；或寒烟古木，苍狗白衣。种种奇观，变现百出。总之，行乎当行，止乎不得不止，不作小言詹詹。则何唐宋之非秦汉，靡不奕奕千古矣。

鹿门先生曾汇有《唐宋八大家文钞》，非去秦汉而取唐宋也。见宇内无时无文章，亦因其大而大之也。奈简帙浩繁，不便后学。有志者方欲量加裁汰，幸伯敬钟先生先得我心，玄朴汪生为之校雠，以付剞劂，来丐叙于予。予何知，姑论八家之所以大者，偕天下共游于大方，不必叹古今之不相及云。天都祁阊倪思辉题于又尚斋，岁次壬申，时届仲夏哉生明。

钟惺《八大家序》

昔新安氏有云："欧苏不如韩，韩不如先秦两汉。"而文章几与时为高下矣。余为之下一转语云："有欧苏而后有韩，有韩而后有先秦两汉。"何也？自秦汉迄今千有余年，藉无韩柳诸公递兴，何异昧谷饯日之后，旸谷宾日之前，无烛代明，只令暮夜晦冥，群态并作耳。然则宋之欧苏诸君子，其韩柳之功臣；而唐之韩柳，其秦与汉之肖嗣乎？请申其义。

自秦付灰、汉任马，而唐之文遂以不振矣。昌黎以只手砥柱其间，一时仰之者，不啻山斗。今试读《原道》诸篇，即令与子舆氏较功，无不可。论者乃仅以《佛骨》一表为昌黎重，何刻也！宗元继昌黎而起，所著志、记、铭、颂，无不登作者之堂而闯其奥，果然文字宗工。顾后之学者，独推其《梓人》、《橐驼》等传；又以其依附伾文，并欲抹倒其如椽之笔。误矣！再传至宋，天启斯文。庐陵公偶从隋州故家覆瓿中得韩愈书，喜而读之。其所为本记，平正通达，且用以变茁轧之习而返之正，于是学士大夫争信为今之昌黎。其有功于学者，岂浅鲜也？苏家父子，生钟间气，凡有书奏，辄动人主奇才之叹，至送以御前金莲之烛，为翰苑荣施。观其文，真有行乎不得不行，止乎不得不止者。文至此，蔑以加矣。又有南丰曾子，为一代良史。如王金陵之在宋也，虽以执拗见讥，然其制作，独以结构剪裁擅长，千古特有。眉苏伯仲在，未免见压耳。不然，而海内文章之誉久矣属之半山先生矣。是数君者，如八音异奏，然清浊高下，统号完声；如八骏互驰，然左右疾徐，均为逸足。何也？文不谭玄虚，谭伦常；词不修俶诡，修澹雅；师不宗六法，宗邹鲁；事不证三昧，证经史。如是，而天下之文章莫大乎是矣。

然卷帙浩繁，见者或惊为河汉，而向来所选拔者，又不免以挂漏贻讥。此鹿门先生所以有《八大家文钞》之刻也。夫先生一代文宗，其所遴选原无容置议。但大方之选古文词也，法宜从宽；而初学之读古文词也，数宜从简。缘此于公余之暇细为雠校，挑取其羽翼圣经、裨补时务者若干首，汇成一集，而颜其面曰"八大家选"，以付之梓。盖醍醐之美，更事参调，谁人不喜咀其味？纨绮之丽，复穷绘绣，何人不乐被其华？今所选八大家之文具在，倘后之来逼者果能师韩之横，学柳之幽，法欧之婉丽，仿苏之奇宕，并摹曾之深湛、王之矜严，于以振起衰弊，焕发英华，佑成我圣天子一代维新之治。如此，而于鹿门先生点定苦心，庶乎其不负。即余不佞，亦且自诧其收汰之功。景陵钟惺伯敬题。

（二）康熙十五年天都程量越挖改后印本

程量越字自远，自称"天都程量越"。黄山天都峰在歙县境内，因而歙县人常以"天都"名其郡望，程量越当为江南徽州府歙县人。关于程量越与《唐宋八大家选》的关系，序者洪琮是这样说的：

> 昔茅鹿门先生汇取唐宋八大家文集，而额之曰"文钞"。鹿门一代著作钜公，遴选既评骘允当，而景陵钟伯敬先生又以谓"初学之读古文辞，法宜从简"，于是删去浩繁，取其羽翼圣经、裨补时务者，汇编成集，颜之曰"八大家选"。……今见我姻友程君自远所订《八家文选》，喜其适获我心。……程君诸郎嗜古好学，将有以大振箕裘，而是书证解详明，校刻精工，庶于鹿门、伯敬两先生之心可以无负，而亦后学之津梁欤？

"程君诸郎"的姓名均刻于各卷卷首，共九人：程选（字抡公）、程用昌（字克庵）、程之秩（字天叙）、程之秘（字华苑）、程械（字旃闻）、程之秀（字敷田）、程之秘（字紫垣）、程之樵（字庄士）、程之稞（字西成）。还有一个洪畿，字企崖，是程量越的女婿，应该属于洪琮的子侄辈，故而洪琮与程量越以"姻友"相称。洪琮，字谷一，江南徽州府歙县人，顺治九年（1652）进士。其序言有些委婉，但已把程量越与《唐宋八大家选》的关系说得很清楚——此书系钟惺删选茅坤《唐宋八大家文抄》而来，而程量越只是一个"订"者。这就与本书各卷卷首挖改的"天都程量越自远辑"的"辑"字有了差别。就选本而言，选录各家文章并汇集各家评点为一书，称"辑"。程量越并没有做这些工作，而自称为辑，其作伪之端倪已隐然可见。

实际上，这是崇祯五年（1632）汪应魁假托钟惺而编的《唐宋八大家选》的挖改后印本，谈不上"辑"，甚至也谈不上"订"。有清华大学藏本为证。

清华大学图书馆所见《唐宋八大家选》二十四卷（索书号：庚 311/7696），2 函 8 册，著录为"程量越选，清康熙丙辰（十五年）新安程氏刻本"。行款和版匡尺寸与厦门大学图书馆藏崇祯五年（1632）汪应魁金阊贻经堂初刻印本完全相同，各叶断版亦一一吻合。例如，卷一首叶中下部位皆有一横向断版痕迹。不过，程量越铲去了汪应魁本各卷卷首的"竟陵伯敬钟惺评选，新安玄朳汪应魁删订"，换成了"天都程量越自远辑，男选抡公、用昌克庵全较"（如卷一）、"天都程量越自远辑，男之秩天叙、之秘华苑全较"（如卷二）、"大都程量越自远辑，男程棫斾闻、之秀敷田全较"（如卷三）、"天都程量越自远辑，男之秘紫垣、之桥庄士全较"（如卷四）、"天都程量越自远辑，男选抡公、之稞西成全较"（如卷五）、"天都程量越自远辑，壻洪畿企崖、男用昌克庵全较"（如卷七）。（见图6-04）

除此之外，程量越还删去倪思辉《叙唐宋八大家文选》、钟惺《八大家序》、汪应魁《刻八大家选引》、汪应魁《凡例》、汪应魁《录鹿门先生文钞论例暨诸公谈薮》以及全书的眉评和脚注；唯脚注铲削未尽，还有部分残留。又将全书评点的"汪应魁曰"四字全部换成"程克庵曰"（如卷十一欧阳修《论美人张氏恩宠宜加裁损札子》）、"程斾闻曰"（如卷十二苏洵《上富丞相书》）、"洪企涯曰"（如卷十一韩愈《论佛骨表》），尽灭汪应魁之迹，而隆重推出他的两个儿子和女婿。看来，老爷子程量越得到了汪应魁的书板，煞费苦心地加以挖改刷印，就是为了让三个孩子出出名，以便他们"将有以大振箕裘"。则是书重在沽名，与汪应魁本的重在射利有别。

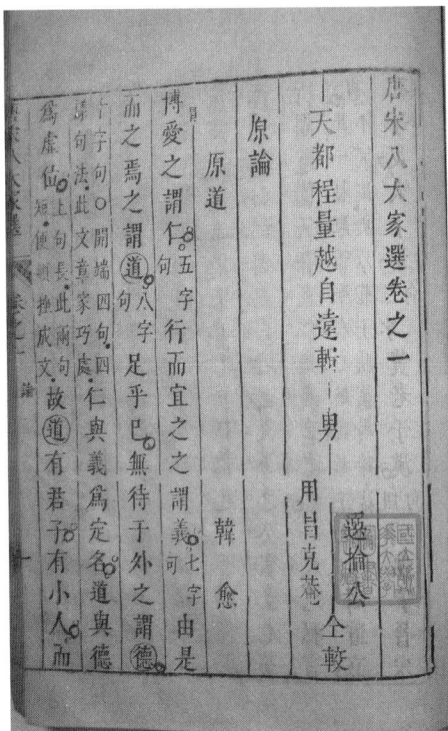

图 6-04　清天都程量越挖改晚明汪应魁本卷首　清华大学图书馆藏康熙十五年（1676）刻本

二、刘肇庆《唐宋八大家文钞选》

刘肇庆字开侯，号刚堂，福建建宁府建阳县人，建阳书坊发祥堂主人。生于万历三十六年（1608），卒于康熙十三年（1674）。刘氏出身书商世家，系著名刻书家建阳乔山堂主人刘龙田（1560—1624）之孙，明亡时37岁，入清31年后去世。[1] 其《唐宋八大家文钞选》避明帝讳，"校"作"较"，而不避清帝讳，"玄"字不缺笔，不改成"元"，很可能是明刻本。

上海图书馆所见《唐宋八大家文钞选》二十六卷（索书号：线普

---

〔1〕 方彦寿：《建阳刘氏刻书考（下）》，《文献》1988年第3期。

516114—27），著录为"明发祥堂刻本"。半叶八行二十字，四周单边，白口，单黑鱼尾，有直格。版匡 203×120 毫米，书 250×146 毫米。内封题（蓝字）"唐宋八大家文钞选（中），孙月峰、茅鹿门、钟敬伯三先生合选（右上），发祥堂梓行（左下）"，右下钤"本衙藏板"朱方印。版心鱼尾下题"卷一"。首卷卷首题"韩昌黎集卷之一，孙月峰、茅鹿门、钟伯敬三先生合评定，古潭后学刘肇庆较"。刘氏又称"潭阳刘肇庆"、"嘉禾刘肇庆"。汉武帝时期闽越王余善于此筑大潭城，南宋时改为"嘉禾"，因而"古潭"、"潭阳"、"嘉禾"皆建阳别称。各卷署名颇不一致。韩文卷二卷首题"归安钟惺伯敬父评，嘉禾刘肇庆开侯父较"，韩文卷三卷首题"归安茅坤鹿门父选，竟陵钟惺伯敬父评"，韩文卷四卷首题"竟陵钟惺伯敬父评，嘉禾刘肇庆开侯父较"，柳文卷一卷首题"归安茅坤鹿门父选，勾余孙鑛月峰父评"，柳文卷二卷首题"勾余孙鑛月峰父选，竟陵钟惺伯敬父评"，柳文卷四卷首题"毗陵唐顺之荆川父评，上虞倪元璐鸿宾父参"，欧文卷三卷首题"长洲陈仁锡明卿父评，会稽陆梦龙君启父参"。将茅坤、钟惺、孙鑛、唐顺之、陈仁锡、倪元璐几位名人翻来覆去地变换花样，作为选、评、参、校者，坊人故伎，无足深怪。正文有圈点、文后评，眉上镌评。全书结构依次为内封、茅坤《唐宋八大家文钞总序》、钟惺《序八大家》、刘肇庆《凡例八则》、茅坤《论文》、茅坤《韩文公文钞引》、《韩昌黎传》、《韩昌黎集选目录》、《韩昌黎集卷之一》。（见图 6-05 和图 6-06）钟惺《序八大家》与崇祯五年（1632）汪应魁《唐宋八大家选》所载钟序完全相同，唯此本删去"此鹿门先生所以有《八大家文钞》之刻也"以下 164 字，详见上篇《序跋选录》。

全书按韩愈、柳宗元、欧阳修、苏洵、苏轼、苏辙、王安石、曾巩的顺序，将八大家分成八个板块，每个板块单独立卷，互不连属。各板块内又以文体分类编排。共二十六卷，选文 663 篇。其中韩愈四卷，112 篇；柳宗元四卷，95 篇；欧阳修五卷，118 篇；苏洵二卷，39 篇；苏轼八卷（含对卷五、卷七、卷八的《补遗》），202 篇；苏辙一卷，25 篇；王安石一卷，42 篇；曾巩一卷，30 篇。

茅坤、孙矿与钟惺没有合评过八大家，所谓合评者，均系伪托。从刘肇庆自识《凡例八则》"茅、孙、钟三先生原评，篇悉载上，而他名公经传世堪取法者，亦多采入"一语来看，"载上"和"采入"者不是别人，正是刘肇庆。总之，此书选篇主要出自茅坤《唐宋八大家文抄》，故名《唐宋八大家文钞选》，其各家评点系刘肇庆所采集，压根儿没有茅坤、孙矿和钟惺什么事。

图 6-05 刘肇庆《唐宋八大家文钞选》内封　上海图书馆藏明末发祥堂刻本

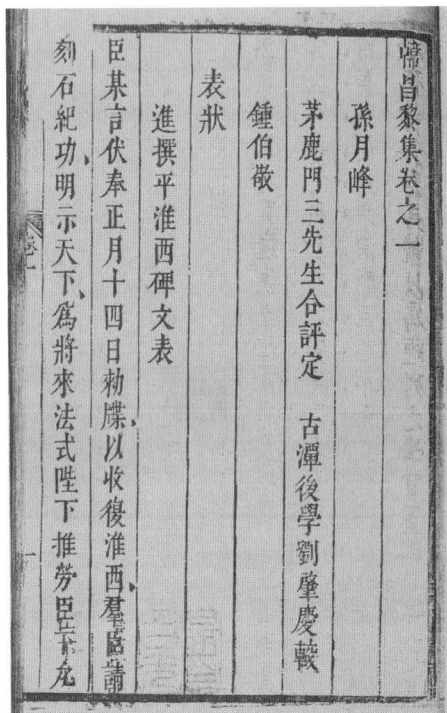

图 6-06 刘肇庆《唐宋八大家文钞选》卷首　上海图书馆藏明末发祥堂刻本

　　此书大略集茅坤、孙矿、钟惺诸人评点，再加上刘肇庆自己的评点，杂凑而成，鱼龙混杂，真伪莫辨。如所谓钟惺评云，"高古奇绝，不可多得，再三读之，不忍什手"（韩文卷二《送郑尚书序》）；孙月峰评云，"格调奇甚，似赋非赋，似排非排，似散非散，文所谓不可无一，不可有二"（欧文卷二《醉翁亭记》）；陆梦龙评云，"以议论行叙事，劳力劳心之论，亦自痛快"（韩文卷一《圬者王承福传》）；刘肇庆评云，"皆以天子命告之，故鳄鱼闻之而南徙，至诚动物如此"（韩文卷四《祭鳄鱼文》）。大都无精打采，浮皮潦草，近于唐顺之所说的"婆子舌头语"。

三、（署名）顾锡畴《唐宋八大家文选》

（一）实物鉴定

复旦大学图书馆所见《唐宋八大家文选》五十九卷（索书号：1457），2函34册，著录为"归有光选辑，顾锡畴评阅，崇祯辛未刻本，□滨石跋"。半叶九行二十字，四周单边，白口，单白鱼尾，有直格。卷首题："唐大家韩昌黎文公文选卷之一，太仆震川归有光选辑，吴太史瑞屏顾锡畴评阅。"版心题："韩文卷一，表。"此书之宋大家部分卷首所题不同，如苏辙卷二题："宋大家苏颍滨文选卷之二，太仆震川归有光选辑，吴太史鸿宝倪元璐评阅，后学文昭徐开雍参定。"有圈点、行间评、文后评，眉上镌评。版匡202×135毫米，书263×166毫米。

开卷为归有光《题四大家文选》。下为顾锡畴序，序署："皇明崇祯辛未季冬望鹿城顾锡畴题。"韩、柳、欧、苏（轼）四大家之后为苏辙，卷前有倪元璐序。归有光卒于隆庆五年，其《题四大家文选》自当作于此前。上海图书馆藏明治十二年（1879）日本宝文阁翻刻《四大家文选》八卷，卷首题："唐宋四大家文选卷之一，韩愈退之著，明震川归有光编次，明鹿城顾锡畴增评，日本宍户逸郎训点。"《例言》称："是编翻刻明归震川、顾鹿城所评辑之《四大家文选》，原本浩翰烦繁阅，固抄录以为八卷，冀欲令读者便披览也。"可知原本就有一部署名归有光、顾锡畴辑评的《四大家文选》。《唐宋八大家文选》复增入题名倪元璐所评、徐开雍参定的另外四家，以成八家之数，盖书坊嫁接拼凑而不具名者。

（二）编者蠡测

《四大家文选》的编者是归有光，评者是顾锡畴，问题不大。那么，是谁将《四大家文选》增益成《唐宋八大家文选》的呢？

此书选文既系杂凑，评点也不主一人。所汇评家主要有真西山（德秀）、茅鹿门（坤）、唐荆川（顺之）、王遵岩（慎中）、归震川（有光）、顾瑞屏（锡畴）、徐文昭（开雍）等等。其中，徐开雍尤为值得注意。徐开雍，字文昭，一字汉临，实系顾锡畴门人，曾参订并评点顾锡畴的《秦汉鸿文》。[1] 复旦大学藏《唐宋八大家文选》中的《四大家文选》部分各卷卷首未见徐开雍姓名，只在后来加入的另外四家，即苏洵、苏辙、王安石、曾巩的部分卷端题"后学文昭徐开雍参定"。这初步说明，后四家很可能是徐开雍所加。更为重要的是，徐开雍在全书（包括《四大家文选》）留下了大量评点，而且所有评点都排在最后。这进一步说明，此书实由徐开雍杂凑而来，也即在乃师顾锡畴评点的归有光《四大家文选》的基础上，加入苏辙、苏洵、王安石、曾巩四家，以成八大家之数。又征引诸家评点，并加入自己的评点，贯通全书。一般来说，编选者新加入的评点都列于他人评点，特别是古人或长者评点之后，以示"后学"身份。例如，崇祯五年（1632）汪应魁编刻的《唐宋八大家选》即将自己的评点放在最后，哪怕是从茅坤那里盗取而自署其名的评点也不例外。换句话说，对于书坊杂凑他书而速成的"新书"，列于最后的新增评点的作者往往就是此书的直接编选者或参与者。由此，可以初步认为，徐开雍就是《唐宋八大家文选》五十九卷的编选者。

在诸家评点中，徐开雍的评点较为出彩。例如，其评韩愈《答刘正夫书》云："自树立，不因循，不取悦于当世，方是长年老于风浪中一手把蓬一手把柁手段。虽韩公自绘其生面，其有功于后学不小。"（卷三）评《讳辩》云："前三段如虬龙之不可羁络，后四转如虞人虎网，一动一紧，古今不可多得文字。"（韩文卷五）又如韩文卷七《尚书库部郎中郑君墓志铭》评云："读其豪荡之致，急浮数白赏之。"他人评点就显得平淡无奇，而且没有这种直接呈现阅读感受的活脱文字。前人虽然也会在评点中表达即兴式的阅读体验，但大都被后来的选者删略了。这类意到笔随而又别无深意的即兴文字往往出现在新加的评点中。这就进一步证明，徐开雍很可能是此书的编选者。

（三）序跋选录

归有光《题四大家文选》

文章以精气为主，变化排荡，适随其人其事为机势，笔力曲折赴之，虽极之百千万亿，当不至雷同剿袭。予生平最喜《史记》，此也。《史记》上自五帝，下逮汉武，胪列本纪、年表、书、传，规模意象，

---

[1] 参见顾锡畴《秦汉鸿文》卷首，《四库全书存目丛书》第 346 册，第 12 页。

合之无一笔不《史记》者。试循全本，曾自为格式，一笔相肖否？人各一人，事各一事，即有其人其事大略相类，毕竟意义所注，非可牵合。繇斯以谭，后千百世复有龙门出，虽二十史皆为《史记》，宜无疑也。亦各象其人，各列其事也。今之学《史记》者，我惑焉。一人而强按其类某人，一事而强按其类某事。事本不相袭，而必增损其文，以附于《史记》一成之体。人本不相为，而必缘饰其辞，以合于《史记》一定之章。是有《史记》而天下后世遂无自见之人、自见之事，千百世之人之事皆附会于《史记》之人之事也。摹似窜窃之陋，为文章之弊至于此。呜呼，古之人岂有是乎？古之命能文章家，即今摹似窜窃之徒，不心折如韩、柳、欧、苏者，岂有是乎？韩、柳、欧、苏集具在，欲指何句何字袭《史记》不得，而其所描写，自书手眼，生气奕奕，真与《史记》上下，不能有《史记》而薄四家。彼摹似窜窃之徒，度其经营，不肖《史记》不已。无论不肖，纵肖矣，直小儿之尘羹涂饭，虽欲与四家并传，亦不能。然则似《史记》，不必《史记》也。真能为《史记》者，不必似《史记》也。

端居多暇，取四家文，各录一帙。门人子弟问《史记》者，曰："《史记》后之《史记》，在乎是也。"荒江虚墅，日落烟流，杖屦既休，几案寂历，取吾录读之，倦可以起，忧可以乐，疾可以愈，志虑可以精明，耳目可以灵动，且属之曰："是当藏诸名山，而俟后之君子焉。"归有光熙父题。

顾锡畴《四大家文选序》

夫生而好古者，此人之情也。圣王离文质而立极，先阴阳以安命，而其治世之所现，不出乎礼乐文章，则所谓欲有以易之，必求所以厌之，盖可思矣。士生斯世，争言文章，亦无怪乎其然也。第今人究不如古人，则取法乎古，夫人而知之矣。任天不如任学，则孜孜讨论，亦夫人而为之矣。顾独未尝究古人之精而得其枢极，后起者将曰：夫是也，犹未获珠者也。我将有以胜焉，则厌之者未极，而欲举天下之士习而易之，俾之繇文而返实，克臻乎修齐治平之事，未之有也。然则何如？余故尝以教儿辈也。夫古则邈矣，近代而来，有千百年而一人者，则人争厌其重矣。又况其人尽一生之精神，而所存不过数首。又况其所存之文，其中用意之至微者乎？推是，而我能使之振跃奔走于我之文章，则后起者，夫亦可以止于观矣。

千百年而一人，所称四大家之文，非乎？第未必得其中用意之至微也夫。韩退之之文，凌空说意，藏抑扬于椎浑之中，其质非子长也，而作以子长之法，意则独出一枢者也。何也？子长之文，现为《史记》，而其实凌空发论，其中历千头万绪，一行以感慨之胸臆破空而走，不带一丝。韩取其法，以成一家，而人莫有知之者也。柳子厚较峭洁，其文独出体，虽取《国语》以饰之，然亦其才然也。欧学韩者也。子瞻之文，人见其跌宕豪往，而不知其纯乎孟坚者也。大抵古今之文，类有两途，或能言之，而要未有了然于口者，曰说意、叙事而已。说意之文，生议论于无端之中。虽无其人，无其事，而熟读其妙，似真似假，寻之无路，几令人忘其始末者也。诗家太白得其法，而韩深入无间，柳近之者也。叙事之家，发论必有原委，出意必求踪迹，侃侃之容，岩岩之气，以意为之，苏于此中神变百出，而欧坠其崖者也。读四家之文者，幸细心暗索，必得其用意之微。若夫理解，则请求之于六经，证之于四子。皇明崇祯辛未季冬望，鹿城顾锡畴题。

第七章　陶望龄、陈贞慧等
所编佚书考

一、陶望龄、黄辉《八大家文集》

黄辉（1555—1612）[1]，字平倩，一字昭素，四川顺天府南充县人，书法家，著有《铁庵集》、《平倩逸稿》、《怡春堂集》、《慎轩文集》[2]。陶望龄（1562—1609），字周望，浙江绍兴府会稽县人，著有《歇庵集》等。万历十七年，黄辉与陶望龄同举进士，并同入翰林院。在此期间，黄辉力倡唐宋文，馆阁文章为之一变。《明史》云：

> 馆课文字多沿袭熟烂，目为翰林体，及李攀龙、王世贞之学行，则又改而从之。辉刻意学古，一以韩、欧为师，馆阁文稍变。时同馆中诗文推陶望龄，书画推董其昌，辉诗及书与齐名。[3]

《八大家文集》的选刻应当是在这种背景下进行的。黄辉《刻八大家文集叙》云：

---

[1] 袁中道子祈年有诗，题云："黄太史慎轩与先君为生死交。辛丑冬，先君归葬于荷叶山之西，太史素车白马便道而来。……壬子夏，先生殁，为位而哭之，如父执礼。"可知黄辉卒于万历四十年壬子（1612）。见袁中道《珂雪斋近集》附录，上海书店，1982年，第245页。"先君"指袁宗道，袁祈年过继给宗道为嗣，故有此称，见同治《公安县志》卷六，第二十七页。
[2] 咸丰《南充县志》卷六，第四十一页。
[3] 卷二八八，第十一页，《四库全书》本。

　　六经之文不主一家，为一家言者，诸子也，其下不及家矣。人欲为家，乃大家称焉，自唐宋始也。故梓八大家集，断自昌黎氏。……东京以还，靡于六代，俳于五季，而砥柱于元和、嘉祐，盖五百余岁而得韩子，又三百岁而得欧阳子，柳苏曾王鞭弭者相随属也。……彼其各成一家言，岂偶然哉？而近世高视之士，一切薄汉以下，至谓文之法亡于昌黎，非先秦西京不文也，尺寸摹度，诩诩然曰：吾畸于今而侔于古。夫业已赝为岑鼎，而抵掌乎叔敖矣，即恶得言独造也？[1]

陶望龄也有《八大家文集序》，其论八大家文集选刻的现实意义云：

　　（文章）迄今而弊极矣。猎新采异，即重译竺乾语，亦为制科羔雉，至于弁髦经传，而刓心虚无刑名捭阖之书，大书深刻，缃帙缥囊，充栋溢市，竞相悬购，而八大家集尘翳高阁，徒为蠹残鼠侵耳。士趋若此，君子有世道之责，奈之何不亟挽也？夫八家于秦汉子史，其工否吾不能知，顾其所据者经，其所传者六艺之遗旨，而其体裁事情于今时为近也。夫诸子诡而不经，吾以为不如八家之正也；左国史汉叙而少议，吾以为不如八家之备诸体也；子史之至今传者以其能达意，今至于无意可达而徒剽其词，吾以为举世之癖非沈潜八家弗疗也。爰为是正付之剞劂。[2]

　　黄、陶二序皆作于翰林院供职期间，即万历十七年至十八年[3]，对八大家源流的看法和对七子弊端的批评如出一辙，所序书名相同，而且皆为刻本。这说明，二人所序实为一书，即《八大家文集》。从陶序对当今"制科"文弊的批评来看，《八大家文集》系为扭转当时的科举文风而编，其出发点与茅坤《唐宋八大家文抄》相似，皆为举业而设。二序的主旨和措辞与茅《抄》的《总叙》颇为肖似，说明二人对茅《抄》非常熟悉。只字不提茅《抄》，大概出于馆阁的自矜。管见所及，这是茅《抄》之后出现的最早的八大家选本，比现存最早的

　　〔1〕　黄辉：《黄太史怡春堂逸稿》卷二，《明代论著丛刊》第二辑，台湾：伟文出版社，1976年，第163页。

　　〔2〕　陶望龄：《歇庵集》卷三，第七页，《明代论著丛刊》本。

　　〔3〕　陶望龄《歇庵集·八大家文集序》（万历王应遴校刻本）题下有"馆课"二字，可见陶序与黄序皆作于翰林院供职期间。万历十九年陶望龄南旋归里，直到散馆后很久才回到京师，其与黄辉在翰林院共事的时间止于万历十七年和十八年，见《歇庵集》附录《先兄周望先生行略》（陶奭龄），《续修四库全书》本。

孙慎行《唐宋八大家文抄》（崇祯二年刊本）提前了 40 年。茅《抄》是唐宋派文学主张的一面旗帜，黄、陶步其后尘而同选《八大家文集》，标志着唐宋派的影响开始上及馆阁文学。

二、陈贞慧《唐宋八大家文选》

贞慧（1604—1656），字定生，江南常州府宜兴县人，明末诸生，复社领袖之一。"国亡之后，残山剩水，无不戚戚可念，埋身土室，不入城市者十余年"[1]。以长子维崧贵封翰林院检讨，以四子宗石贵封户部主事，又以孙履平贵封太常寺少卿[2]。陈维崧《敕赠征仕郎翰林院检讨先府君行略》云："府君生平著撰有《皇明语林》《山阳录》《雪岑集》《交游录》《秋园杂佩》《唐宋八大家文选》。府君生于万历甲辰十二月初九，卒于顺治丙申五月十九，享年五十有三。"[3] 由此可知陈贞慧生卒年及其《唐宋八大家文选》一书。

陈贞慧与另一复社领袖吴应箕友善，其编选《唐宋八大家文选》与吴氏有关。吴应箕（1594—1645），字次尾，号楼山，江南贵池人，崇祯十五年（1642）贡生，年长陈贞慧十岁。他曾写信给陈贞慧说：

> 大抵古人精神不见于世者，皆评选者之过也。弟尝谓张侗初之评时义、钟伯敬之评诗、茅鹿门之评古文，最能埋没古人精神，而世反效慕恐后，可叹也。彼其一序一句皆有释评，逐段逐节皆为圈点，自谓得古人之精髓、开后人之法程，不知所以冤古人、误后生者，正在此。而时无深心大雅之士为之救正，故其书行而流祸深，诗文所以日亡也。足下独卓然信弟之言；不独信弟，而所选则又出弟意远甚。史迁所谓好学深思、心知其意者，非足下其谁？[4]

由"足下独卓然信弟之言；不独信弟，而所选则又出弟意远甚"一句看来，吴应箕曾授意陈贞慧编《唐宋八大家文选》，以"救正"茅坤《唐宋八大家文抄》过于讲求法度所造成的"埋没古人精神"的偏颇。《唐宋八大家文选》编成

---

〔1〕 黄宗羲：《陈定生先生墓志铭》，《黄梨洲文集》，中华书局 2009 年版，第 184 页。
〔2〕 光绪《重刊宜兴县旧志》卷七，第六十八页。
〔3〕 陈维崧：《陈迦陵文集》卷五，第一页，《四部丛刊初编》第 1709 册。
〔4〕 吴应箕：《楼山堂集》卷一五《答陈定生书》，《续修四库全书》第 1388 册，第 544 页。

后，陈贞慧曾持示吴应箕，吴应箕感到"深畅鄙怀"[1]、"与予意十合八九"[2]，并欣然为其作序。该序引录陈贞慧的看法说：

> 古文之法，至八家而备；八家之文，以法求之者辄亡。夫文不得其神明之所寄，徒以法泥之；未尝无法也，舍其所以寄神明者，而惟便己之为求，天下岂有文哉？[3]

这段文字当出自陈慧贞为《八大家文选》所作的自序，系针对茅《抄》而发。其突出的观点是将茅《抄》的"埋没古人精神"归因于惟法是求。因而其选本的立意不在于求"法"以便场屋之取用，而是求"神明之所寄"以回归于文学自身。这一"舍法求神"的观点与吴应箕的看法若合符节，显然也是受吴影响的结果。

陈贞慧生逢乱世，著作多失传，《唐宋八大家文选》也未能幸免。康熙二十七年（1688），陈宗石跋《秋园杂佩》云：

> 先大人《山阳录》、《秋园杂佩》两书，宗石十龄时曾见镂板。丙申遭先君大故，宗石年甫十三，四壁无存，饥驱渡江，赘雪苑侯公甥馆。孑然一身，仅守先大人所撰《皇明语林》、《雪岑集》、《山阳录》、《书事七则》、《秋园杂佩》诸稿，皆先大人手自删改者。癸亥冬，筮仕博陵。丙寅，三兄到署，始知前所梓两板已失。宗石谋共付剞劂，而《皇明语林》、《雪岑集》卷帙稍繁，盖将有待。乃先刻《山阳录》、《书事七则》，质之海内。[4]

陈宗石所见陈贞慧生前刻本仅顺治十年（1653，即宗石十龄时）所刻的《山阳录》和《秋园杂佩》两种，《唐宋八大家文选》不在其中。到顺治十三年丙申（1656）陈贞慧去世时，陈宗石"仅守"的稿本中并无《唐宋八大家文选》。康熙二十五年丙寅（1686），四兄弟于直隶安平县（即博陵）谋刻其父遗书时，《皇明语林》、《雪岑集》这样的专著尚且无力刊刻，则《唐宋八大家文选》即使稿本尚存，也不会付刻。咸丰三年（1853），伍崇曜跋《秋园杂佩》

---

[1] 吴应箕：《楼山堂集》卷一五《答陈定生书》，《续修四库全书》第 1388 册，第 544 页。
[2] 吴应箕：《楼山堂集》卷一七《八大家文选序》，《续修四库全书》第 1388 册，第 557 页。
[3] 吴应箕：《楼山堂集》卷一七《八大家文选序》，《续修四库全书》第 1388 册，第 557 页。
[4] 陈贞慧：《秋园杂佩》，《丛书集成初编》第 2945 册，第 6 页。

云：“（陈贞慧）所著有《皇明语林》、《山阳录》、《雪岑集》、《交游录》、《八大家文选》等书，今皆不传。”[1] 总起来看，陈贞慧《唐宋八大家文选》无刻本，其稿本清初既已失传，仅赖陈维崧《行略》及吴应箕序和书信存其大略。

---

〔1〕　陈贞慧：《秋园杂佩》卷尾，《丛书集成初编》第 2945 册，第 1 页。

主要参考文献

［1］陈维崧：《陈迦陵文集》，《四部丛刊初编》本。

［2］陈兆仑：《紫竹山房诗文集》，《四库未收书辑刊》本。

［3］陈贞慧：《秋园杂佩》，《丛书集成初编》本。

［4］储欣：《在陆草堂文集》，《四库全书存目丛书》本。

［5］储掌文：《云溪文集》，《四库全书存目丛书》本。

［6］戴名世：《南山集》，《续修四库全书》本。

［7］戴名世：《南山集偶钞》，《续修四库全书》本。

［8］戴名世著，王树民校：《戴名世集》，中华书局，1986 年。

［9］方苞：《望溪先生全集》，《续修四库全书》本。

［10］方宗诚：《柏堂集次编》，《清人诗文集汇编》本。

［11］顾炎武：《顾亭林诗文集》，中华书局，1983 年。

［12］郭麐：《灵芬馆杂著》，《丛书集成续编》本。

［13］韩愈著，屈守元、常思春主编：《韩愈全集校注》，四川大学出版社，
    1996 年。

［14］杭世骏：《道古堂文集》，《续修四库全书》本。

［15］华希闵：《延绿阁集》，《四库未收书辑刊》本。

［16］黄宗羲：《黄宗羲全集》，浙江古籍出版社，1992 年。

［17］黄宗羲：《明季南略》，《续修四库全书》本。

［18］黄宗羲：《南雷文定》，《续修四库全书》本。

［19］黄宗羲著，陈乃乾编：《黄梨洲文集》，中华书局，2009 年。

［20］李来章：《礼山园文集》，《四库全书存目丛书》本。

［21］李渔：《李渔全集》，浙江古籍出版社，1991 年。

［22］李元春：《桐窗残笔》，《清代诗文集汇编》本。

［23］李元春：《桐窗余稿》，《清代诗文集汇编》本。

［24］李元春：《桐阁拾遗》，《清代诗文集汇编》本。

［25］李元春：《桐阁先生文抄》，《北京师范大学图书馆藏稀见清人别集丛刊》本。

［26］李兆洛：《养一斋文集》，《续修四库全书》本。

［27］李中简：《李文园先生全集》，《四库未收书辑刊》本。

［28］刘大櫆：《刘大櫆集》，上海古籍出版社，1990年。

［29］刘开：《刘孟涂集》，《续修四库全书》本。

［30］刘声木：《苌楚斋三笔》，《丛书集成三编》本。

［31］卢元昌：《杜诗阐》，《四库全书存目丛书》本。

［32］吕留良：《吕晚村先生文集》，《续修四库全书》本。

［33］吕留良：《吕子评语正编》，《四库禁毁书丛刊》本。

［34］吕留良：《天盖楼偶评》，《四库禁毁书丛刊》本。

［35］茅坤：《茅鹿门先生文集》，《续修四库全书》本。

［36］茅坤：《玉芝山房稿》，《四库全书存目丛书》本。

［37］欧阳修著，洪本健校笺：《欧阳修诗文集校笺》，2009年。

［38］彭永丰：《芝庭先生集》，《清代诗文集汇编》本。

［39］皮锡瑞：《伏师堂骈文二种》，《续修四库全书》本。

［40］钱谦益：《列朝诗集小传》，上海古籍出版社，2008年。

［41］钱谦益：《牧斋初学集》，《续修四库全书》本。

［42］钱谦益：《牧斋有学集》，《续修四库全书》本。

［43］沈德潜：《归愚诗钞余集》，《续修四库全书》本。

［44］沈德潜：《国朝诗别裁集》，乾隆二十六年（1761）翰林院删订重刻本。

［45］沈德潜：《沈归愚诗文全集》，《清代诗文集汇编》本。

［46］沈彤：《果堂集》，《景印文渊阁四库全书》本。

［47］施闰章：《学余堂诗集》，《景印文渊阁四库全书》本。

［48］孙葆田：《校经室文集》，《丛书集成续编》本。

［49］孙琮：《山晓阁诗》，《四库全书存目丛书》本。

［50］孙慎行：《玄晏斋文抄》，《四库禁毁书丛刊》本。

［51］唐顺之：《荆川先生文集》，《丛书集成续编》本。

［52］万寿祺：《隰西草堂文集》，《续修四库全书》本。

［53］王昊：《硕园诗稿》，《四库未收书辑刊》本。

［54］王慎中：《玩芳堂摘稿》，《四库全书存目丛书》本

［55］魏禧：《魏叔子文集外编》，《续修四库全书》本。

［56］吴应箕：《楼山堂集》，《续修四库全书》本。

［57］萧穆：《敬孚类稿》，《续修四库全书》本。

［58］徐用锡：《圭美堂集》，《四库全书存目补编》本。

［59］杨仲兴：《四余偶录文集》卷首自序，光绪十八年（1892）嘉应杨氏刻本。

［60］姚鼐：《惜抱轩文集》，《续修四库全书》本。

［61］姚鼐：《惜抱轩文集后集》，《续修四库全书》本。

［62］伊元炜：《溪上遗闻集录》，《丛书集成三编》本。

［63］雍正皇帝：《大义觉迷录》，《四库禁毁书丛刊》本。

［64］袁枚：《小仓山房文集》，《丛书集成三编》本。

［65］张伯行：《正谊堂文集》，《四库全书存目丛书》本。

［66］张大复：《梅花草堂笔谈》，《四库全书存目丛书》本。

［67］张履祥：《杨园先生诗文》，《续修四库全书》本。

［68］朱彝尊：《曝书亭集》，《景印文渊阁四库全书》本。

［69］《康熙起居注》，中华书局，1984 年。

［70］《钦定南巡盛典》，《景印文渊阁四库全书》本。

［71］蔡方炳：《广治平略》，《四库禁毁书丛刊》本。

［72］董含：《三冈识略》，辽宁教育出版社，2000 年。

［73］傅以礼：《庄氏史案本末》，《四库未收书辑刊》本。

［74］龚立本：《烟艇永怀》，《丛书集成新编》本。

［75］纪昀等：《钦定四库全书总目》，中华书局，1997 年。

［76］刘大櫆：《论文偶记》，人民文学出版社，1998 年。

［77］刘声木：《桐城文学渊源考》，《丛书集成三编》本。

［78］刘声木：《桐城文学撰述考》，《丛书集成三编》本。

［79］唐彪著，赵伯英、万恒德选注：《家塾教学法》，华东师范大学出版社，
     1992 年。

［80］王夫之著，戴鸿森笺注：《薑斋诗话笺注》，人民文学出版社，1981 年。

［81］王守仁选、邹守益评：《新刻续选批评文章轨范》，万历四十三年（1615）
     余完初怡庆堂刻本。

［82］王应奎：《柳南续笔》，《丛书集成续编》本。

［83］王赞元：《增辑时文近道集》，同治八年（1869）培槐轩刻本。

［84］吴德旋著，舒芜校点：《初月楼古文绪论》，人民文学出版社，1998 年。

［85］袁枚：《随园诗话》，人民文学出版社，1982 年。

［86］郑元庆：《湖录经籍考》，《丛书集成续编》本。

［87］朱彝尊：《明诗综》，《景印文渊阁四库全书》本。

［88］祝允明：《罪知录》，《四库全书存目丛书》本。

［89］《中国古籍总目·丛部》，中华书局，上海古籍出版社，2009 年。

［90］《中国古籍总目·集部》，中华书局，上海古籍出版社，2012 年。

［91］《中国方志丛书》，台湾成文出版社，1970 年。

［92］《中国地方志集成》，江苏古籍出版社，1991 年。

［93］周骏富：《明代传记丛刊》，台湾明文书局，1991 年。

［94］周骏富：《清代传记丛刊》，台湾明文书局，1985 年。

［95］高海夫主编：《唐宋八大家文钞校注集评》，三秦出版社，1998 年。

［96］江庆柏：《清朝进士题名录》，中华书局，2007 年。

［97］王欲详、李灵年、陆林、陈敏杰著：《清人别集总目》，安徽教育出版社，2000 年。

［98］柯愈春：《清人诗文集总目提要》，北京古籍出版社，2001 年。

［99］梁戴光、乔晓勤主编：《加拿大多伦多大学东亚图书馆藏中文古籍善提要》，广西师范大学出版社，2009 年。

［100］罗树宝著：《中国古代图书印刷史》（彩图本），岳麓书社，2008 年。

［101］瞿冕良：《中国古籍版刻辞典》，齐鲁书社，1999 年。

［102］王重民：《中国善本书提要》，上海古籍出版社，1983 年。

［103］郑伟章：《文献家通考》，中华书局，1999 年。

［104］［日］佐藤一郎著，赵善嘉译：《中国文章论》，上海古籍出版社，1996 年。

［105］戴廷杰：《戴名世年谱》，中华书局，2004 年。

［106］雷梦辰：《清代各省禁书汇考》，书目文献出版社，1989 年。

［107］李先耕：《钟惺著述考》，黑龙江大学出版社，2008 年

［108］李新：《杭州小筑社考》，《暨南学报》2008 年第 5 期。

［109］刘金柱：《唐宋八大家与佛教》，人民出版社，2004 年。

［110］王水照：《历代文话》，复旦大学出版社，2007 年。

［111］熊礼汇：《明代散文流派论》，武汉大学出版社，2003 年。

［112］张梦新：《茅坤研究》，中华书局，2001 年。

［113］钟志伟：《明清唐宋八大家选本研究》，台北文津出版社，2008 年。

［114］朱刚：《唐宋四大家的道论与文学》，东方出版社，1997 年。

［115］梅篮予：《茅坤〈唐宋八大家文钞〉渊源与流传考论》，复旦大学硕士学位论文，2010 年。

［116］张萍：《茅维研究》，浙江大学硕士学位论文，2006 年。

［117］［韩］朴现圭：《朝鲜使臣与北京琉璃厂》，《文献》2003 年第 1 期。

［118］曹红军：《论南京图书馆与古代私家藏书楼的渊源》，《图书馆理论与实践》

2008 年第 3 期。

［119］方彦寿：《建阳刘氏刻书考》，《文献》1988 年第 3 期。

［120］文革红：《江西小说刊刻地——"云林"考》，《明清小说研究》2010 年第 1 期。

［121］夏咸淳：《〈唐宋八大家文抄〉与明代唐宋派》，《天府新论》2002 年第 3 期。

［122］肖瑞峰：《张伯行与〈唐宋八大家文钞〉》，《古典文学知识》1995 年第 4 期。

［123］江曦：《〈清人别集总目〉订误》，《当代图书馆》2009 年第 9 期。

附录　明清时期唐宋八大家散文选本群综论

一、明清时期唐宋八大家散文选本群的历史分期

（一）明清时期唐宋八大家散文选本群概况

　　唐宋八大家之有专名，始于万历七年茅坤编刊的《唐宋八大家文抄》。此后以迄清末三百余年间，相继出现了许多新的唐宋八大家散文选本。它们与茅《抄》同源异流，是一个具有整体统一性和个体差异性的选本群。这个选本群的发现是一个累积的过程。茅坤、王志坚、吕留良、张伯行、高嵋的选本分别为《文渊阁四库全书》、《四库全书存目丛书》、《四库禁毁书丛刊》、《华东师范大学图书馆藏稀见丛书汇刊》、《丛书集成新编》收录，沈德潜、汪份的选本为《清史稿·艺文志》著录。以上 7 种，人所易知。上世纪末，又有 8 种选本受到关注。台湾吴惠珍对黄辉、陶望龄、魏禧、蔡方炳、戴名世、刘大櫆（《唐宋八家古文约选》）[1] 的 6 种选本作了介绍[2]，高海夫引用了孙琮、李元春选本的评点[3]。本世纪初，另有 21 种选本相继进入研究视野。台湾钟志伟对秦跃龙、陈

---

〔1〕　刘大櫆有两种八大家选本，一是《唐宋八家古文约选》四十八卷，今佚；一是《唐宋八家文百篇》，道光间徐丰玉据乾隆四十年（1775）刘大櫆所作《序目》编刻于贵州，光绪间刘大櫆族孙刘继重刻于邢邱。

〔2〕　吴惠珍：《茅坤〈唐宋八大家文抄〉研究》，台湾高雄复文图书出版社，1993 年，第 218—233 页。

〔3〕　高海夫：《唐宋八大家文抄校注集评》，三秦出版社，1998 年。

兆仑选本作了开拓性的研究[1]，后来还发现了台湾所藏的姚靖选本。付琼对孙慎行、顾锡畴、钟惺、刘肇庆、储欣[2]、王应鲸、刘大櫆（《唐宋八家文百篇》）、程岩的 8 种选本作了叙录[3]，此后又蒐罗出卢元昌、郑邠、朱璘、唐琯、璩绍杰、华希闵、吴炜、卢文成、张学臣的 9 种选本[4]。梅篮予全面叙录了从韩国舶来的明末吴正鹍选本[5]。

在此基础上，本文新增江承诗、李翰 2 种现存的选本，以及陈贞慧、王昊、李向阳、郑旦复、鲍芳照、叶亮、唐达、陈骦、孔毓琼、施清、陆伟然、李锦、叶蕃、蒋士桓、张叙、潘天抡、吕璜、方宗诚、熊大栻、王志远、钱仁起的 21 种佚书。至此业已知见的选本已有 59 种。其基本信息见表 1。

表 1　唐宋八大家选本知见录

选本编号	编者	书名/卷数	版本或文献依据	存佚
01	茅坤	《唐宋八大家文抄》144 卷	万历七年刻本	存
02	黄辉	《八大家文集》若干卷	黄辉序	佚
03	陶望龄	《八大家文集》若干卷	陶望龄序	佚
04	孙慎行	《精选唐宋八大家文抄》6 卷	崇祯二年刻本	存
05	郑邠	《八大家文抄自怡集》不分卷	上图藏崇祯四年稿本	存
06	顾锡畴	《唐宋八大家文选》59 卷	崇祯四年序刻本	存
07	钟惺	《唐宋八大家选》24 卷	崇祯五年刻本	存
08	吴正鹍	《唐宋八大家文悬》10 卷	崇祯五年刻本	存
09	王志坚	《古文渎编》29 卷	崇祯六年刻本	存

---

〔1〕 见钟志伟《明清唐宋八大家选本研究》，台湾文津出版社，2008 年。钟著涉及 11 种唐宋八大家选本，第一次对茅《抄》之前出现的王宠选本作了系统研究，本文研究范围为茅《抄》及其后来出现的八大家选本，因而不及此书，仅附记于此。

〔2〕 储欣有《唐宋十大家全集录》五十一卷、卷首一卷，《清史稿》著录为"唐宋八大家全集录五十一卷"，书名有误。本文研究范围为茅《抄》及此后出现的唐宋八大家散文的合选本，不包括多于八家、少于八家、溢出八家或专选八家中某一家的选本，《唐宋十大家全集录》不在此列。储欣另有《唐宋八大家类选》十四卷，不为《清史稿》著录。

〔3〕 付琼：《唐宋八大家选本在明清时期的衍行和流行》，《中国社会科学院研究生院学报》，2008 年第 4 期。

〔4〕 付琼：《唐宋八大家座次考论——以三十四种唐宋八大家选本为据》，《贵州社会科学》，2012 年第 6 期。

〔5〕 梅篮予：《茅坤〈唐宋八大家文抄〉渊源与流传考论》，复旦大学硕士学位论文，2010 年。

选本编号	编者	书名/卷数	版本或文献依据	存佚
10	刘肇庆*	《唐宋八大家文抄选》26卷	明末发祥堂刻本	存
11	李向阳	《唐宋八家文录》若干卷	康熙《江南通志》	佚
12	陈骝	《八家文粹》若干卷	康熙《归安县志》	佚
13	唐达	《八大家纂评》若干卷	郑元庆《湖录经籍考》	佚
14	陈贞慧	《唐宋八大家文选》若干卷	陈维崧《先府君行略》	佚
15	卢元昌	《唐宋八大家集选》12卷	顺治十五年刻本	存
16	郑旦复	《唐宋八大家集》若干卷	光绪《海盐县志》	佚
17	孙琮	《山晓阁选唐宋八大家全集》20卷	康熙十年序刻本	存
18	王昊	《唐宋八家文》若干卷	何焯《唐宋八大家文抄原本序》	佚
19	魏禧	《八大家文抄选》若干卷	魏禧《八大家文抄选序》	佚
20	蔡方炳	《蔡息关先生八大家集选》8卷	康熙二十年刻本	存
21	姚靖	《唐宋八大家偶辑》20卷	康熙二十三年刻本	存
22	施清	《唐宋八大家注》若干卷	道光《永州府志》	佚
23	储欣	《唐宋八大家类选》14卷	雍正元年刻本	存
24	吕留良	《晚邨先生八家古文精选》不分卷	康熙四十三年序刻本	存
25	戴名世	《唐宋八大家文选》若干卷	戴名世《唐宋八大家文选序》	佚
26	江承诗	《唐宋八大家古文读本》8卷	康熙刻本	存
27	鲍芳照	《八家读本》若干卷	嘉庆《余杭县志》	佚
28	张伯行	《唐宋八大家文抄》19卷	康熙四十八年序刻本	存
29	朱璘	《唐宋八大家古文》12卷	康熙五十二年刻本	存
30	汪份	《唐宋八大家文分体读本》25卷	康熙五十八年刻本	存
31	叶亮	《八大家澄心录》若干卷	光绪《慈溪县志》	佚
32	孔毓琼	《唐宋八家文选》若干卷	同治《新城县志》	佚
33	熊大栻	《唐宋八大家文选》若干卷	乾隆《南昌县志》	佚
34	陆伟然	《八家文评选》10卷	嘉庆《嘉善县志》	佚
35	唐琯	《唐宋八大家文选》8卷	北大藏雍正九年稿本	存
36	李锦	《八家文评》若干卷	乾隆《长洲县志》	佚

续　表

选本编号	编者	书名/卷数	版本或文献依据	存佚
37	璩绍杰	《唐宋八家古文析解》12卷	雍正十二年刻本	存
38	叶蕃	《八家评》若干卷	乾隆《昌化县志》	佚
39	程岩	《唐宋八大家文约选》不分卷	乾隆十三年刻本	存
40	沈德潜	《唐宋八家文读本》30卷	乾隆十五年刻本	存
41	华希闵	《增订唐宋八大家文抄》若干卷	雍正间刻本	存
42	秦跃龙	《唐宋八大家文选》36卷	乾隆十八年序刻本	存
43	吴炜	《唐宋八家精选层级集读本》4卷	乾隆二十四年刻本	存
44	王应鲸	《古文八大家公眼录》6卷	乾隆三十年刻本	存
45	张叙	《评选唐宋八大家文载》若干卷	光绪《太仓直隶州志》	佚
46	陈兆仑	《陈太仆批选八家文抄》不分卷	光绪二十六年石印本	存
47	蒋士桓	《唐宋八家文》22卷	道光《铜山县志》	佚
48	刘大櫆	《唐宋八家古文约选》48卷	刘声木《桐城文学撰述考》	佚
49	刘大櫆	《唐宋八家文百篇》不分卷	光绪二年刻本	存
50	高塘	《唐宋八家抄》8卷	乾隆五十三年刻本	存
51	卢文成	《唐宋八家文要编》4卷	嘉庆四年刻本	存
52	潘天抡	《唐宋八家文评》不分卷	民国《海宁州志稿》	佚
53	吕璜	《评点唐宋八家文》若干卷	刘声木《桐城文学撰述考》	佚
54	李元春	《唐宋八家文选》8卷	道光十八年序刻本	存
55	方宗诚	《古文简要》若干卷	刘声木《桐城文学撰述考》	佚
56	张学臣	《唐宋八家文读本》不分卷	湖北省图藏同治抄配本	存
57	李鞱	《唐宋八大家文》13卷	光绪二十三年刻本	存
58	王志远	《评定唐宋八家文集》6卷	民国《金坛县志》	佚
59	钱仁起	《八大家评疏》若干卷	道光《桐城续修县志》	佚

　　刘肇庆，字开侯，号刚堂，为福建建阳书坊主。此书集茅坤、钟惺、孙矿、陈仁锡诸名人评点，复以刘氏自评厕于其间。所选篇目多茅《抄》所不选者，间收诗歌。全书错白字不少，粗制滥造之迹甚明，当系刘肇庆杂凑射利之书，故本文将编者归于刘肇庆。

　　本文将以此为考察对象，从发生学的视角，对唐宋八大家选本群的历史分期及其在不同历史时期的生成数量和生成密度作一个宏观的历时性考察。

（二）明清时期唐宋八大家散文选本群编年

考察历史分期，就是厘清已知的59种唐宋八大家选本主要生成于哪些历史时期，其在不同历史时期的生成特点有何不同，以及不同历史时期之间存在着怎样的关联。要回答这些问题，首先需要为每一种八大家选本编年。本文的编年原则是：

第一，以序年作为编年的主要依据。本文编年的目的在于弄清每一个八大家选本的成书时间，然后加以汇总，从而寻绎出八大家选本群生成的阶段性特征。在一般情况下，编者序跋所署的日期（序年）就是成书时间，而刊年总是要晚一些。在序年和刊年都有据可考的情况下，本文以序年作为首要的编年依据。例如，储欣《唐宋八大家类选》的序年为康熙三十八年己卯（1699），其《唐宋八大家类选》的编定正在此年，而其最早刻本完成于雍正元年（1723），此时储欣去世已经17年，若以刊年为据，就不能准确反映其实际的成书年代。

第二，序年、刊年均无据可考者，以编者卒年为据。有些编者的生卒年可以确定，但其选本的成书年代无法确定，在这种情况下，以卒年为据，至少可以确定其成书的下限。一个人从出生到拥有编书的能力，需要一个很长的过程，以生年为据，虽然可以确定其成书的上限，但往往与成书时代更为迂远。

第三，成书时间和编者卒年皆无据可考者，以已知的编者生平事迹发生的最晚年代为据。例如，关于唐达，成书时间及其卒年皆不详，已知唐达为南明弘光元年（1644）贡生[1]。又据张履祥顺治十二年（1655）写给唐达的书信[2]，可知是年唐达尚在人世。据此将唐达选本的编年定为1655，而不是更早的1644年。

第四，对于成书时间、编者生卒年及生平事迹发生的年代均无可依据，但可以确定其为某个朝代者，系于相应朝代的末年。不过，刘肇庆选本有些例外。刘肇庆卒于康熙十三年（1674）[3]，其选本成书年代无考，但从现存的发祥堂刻本来看，全书讳"校"字，而不讳"玄"字，可见刻于明代，但又不知何年，因而系于明代末年（1644），而不以卒年为据。

兹据上述四条，对59种选本进行编年。其结果见表2。

---

〔1〕《湖州府志》卷三十三，乾隆四年（1739）刻本。
〔2〕 张履祥：《杨园先生诗文》（卷四），《续修四库全书》第1399册，第45页。
〔3〕 瞿冕良：《中国古籍版刻辞典》，齐鲁书社，1999年，第124页。

表2　唐宋八大家选本群编年及依据

选本编号*	编年	编年依据**	选本编号	编年	编年依据
01	万历七年（1579）	第一	31	康熙五十八年（1719）	第三
02	万历一九年（1591）	第一	32	康熙六十一年（1722）	第四
03	万历一九年（1591）***	第一	33	康熙六十一年（1722）	第四
04	崇祯二年（1629）	第一	34	雍正四年（1726）	第三
05	崇祯四年（1631）	第一	35	雍正九年（1731）	第一
06	崇祯四年（1631）	第一	36	雍正十年（1732）	第三
07	崇祯五年（1632）	第一	37	雍正十二年（1734）	第一
08	崇祯五年（1632）	第一	38	雍正十三年（1735）	第三
09	崇祯六年（1633）	第一	39	乾隆十三年（1748）	第一
10	崇祯一七年（1644）	第四	40	乾隆十五年（1750）	第一
11	崇祯一七年（1644）	第四	41	乾隆十六年（1751）	第二
12	崇祯一七年（1644）	第四	42	乾隆十八年（1753）	第一
13	顺治一二年（1655）	第三	43	乾隆二十四年（1759）	第一
14	顺治一三年（1656）	第二	44	乾隆二十六年（1761）	第一
15	顺治一五年（1658）	第一	45	乾隆二十六年（1761）	第三
16	康熙五年（1666）	第二	46	乾隆三十六年（1771）	第二
17	康熙十年（1671）	第一	47	乾隆三十九年（1774）	第三
18	康熙十八年（1679）	第二	48	乾隆四十年（1775）	第一
19	康熙十九年（1680）	第二	49	乾隆四十五年（1780）	第二
20	康熙二十年（1681）	第一	50	乾隆五十三年（1788）	第一
21	康熙二十三年（1684）	第一	51	嘉庆四年（1799）	第一
22	康熙二十六年（1687）	第三	52	道光八年（1828）	第三
23	康熙三十八年（1699）	第一	53	道光十八年（1838）	第二
24	康熙四十三年（1704）	第一	54	道光十八年（1838）	第一
25	康熙四十三年（1704）[1]	第一	55	咸丰七年（1857）	第一
26	康熙四十三年（1704）	第一	56	同治四年（1865）[2]	第一

〔1〕 据戴名世《南山集》附录《戴先生年谱》（《续修四库全书》本），此序作于康熙四十三年（1704）。

〔2〕 张学臣选本无序，其封面书名下题云："时在同治乙丑秋孟书。"本文据此系年。

选本编号	编年	编年依据	选本编号	编年	编年依据
27	康熙四十七年（1708）	第二	57	光绪十九年（1893）	第一
28	康熙四十八年（1709）	第一	58	宣统三年（1911）	第四
29	康熙五十二年（1713）	第一	59	宣统三年（1911）	第四
30	康熙五十八年（1719）	第一			

＊与序号对应的选本信息见表1。

＊＊指对应的各项编年结果依据上述四条原则中的哪一条得来。"第一"表示此编年结果依据第一条，以此类推。

＊＊＊今存黄辉、陶望二序皆作于翰林院供职期间，即万历十七年至十九年，姑系万历十九年（1591）。

（三）明清时期唐宋八大家散文选本群分期

这样就可以对唐宋八大家选本群在不同历史时期的生成数量进行更为细致的对比性分析。结果见图1。

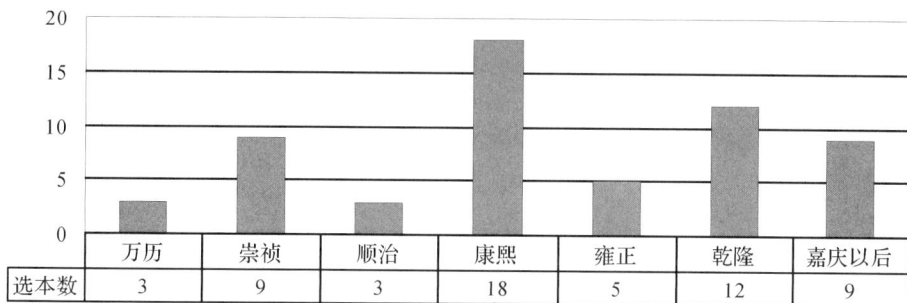

图 1　唐宋八大家选本在不同时期的生成数量

可见，唐宋八大家选本在各时期的生成数量是不均衡的。从生成密度来看，也具有这一特点，其在各时期生成的盛衰消长之势通过图2可见大略。

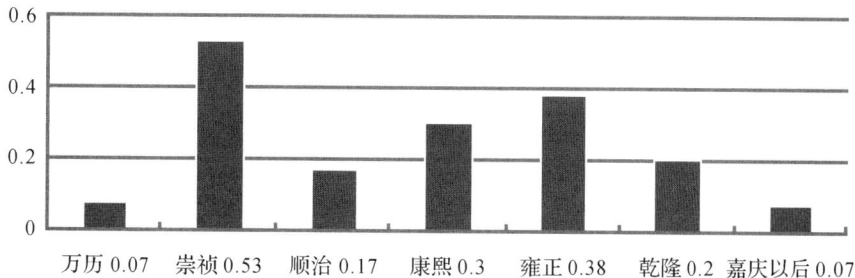

图 2　唐宋八大家选本在不同时期的生成密度

生成密度是指该时期生成的年均选本数。例如，"崇祯 0.53"表明在崇祯时期平均每年生成 0.53 个选本，也就是说大约每两年出现一个新选本。万历七年后始有唐宋八大家选本，因而万历时期的生成密度按 42 年（万历七年至四十八年）计算。

据此，可以就唐宋八大家选本群生成的历史分期以及不同历史时期的分布规律做以下总结：

第一，从表 3 和表 4 所反映的综合信息来看，唐宋八大家选本群的生成可以分为五个时期：发生期（万历）、兴盛期（崇祯）、中衰期（顺治）、再盛期（康乾）和没落期（嘉庆至清末）。

第二，万历七年，茅坤《唐宋八大家文抄》初刊于杭州，标志着唐宋八大家选本的诞生。十余年后，在翰林院任职的黄辉、陶望龄各有八大家选本，这是茅《抄》之后出现最早的新选本。此后的三十年间，没有出现其它八大家选本。但正如江河发源，不过涓涓细流，后来的浩瀚缥缈之势，却由此发端，其创拓之功，不可磨灭。三个选本生成于共同的历史语境，具有共同的价值取向，都有意充当七子"文必秦汉"主张的反动，又都是为举业而设的产物[1]。后来的选本继承了其"为举业而设"的传统，而放弃了其激进的宗派立场，这是万历时期八大家选本与此后选本的区别所在。另一方面，也可以看出，在这个发生期，茅《抄》的影响还不大，八大家散文的再选本虽然已经出现，但还没有形成风气。

第三，崇祯时期距茅《抄》的初刊，已过去了半个多世纪，不仅茅《抄》的重刊和书坊的翻刻达于极盛[2]，而且新的八大家选本层出不穷。在一个兵荒马乱的岁月，短短 17 年间竟有 9 种新的八大家选本相继问世。从表 4 可以看出，八大家选本在此期的生成密度之高为任何时代所不及。更为重要的是，这个时期出现了批评茅《抄》的声音，从而引发了此后数百年间不断对八大家散文加以再选的巨大热情。此期还出现了以体类和事类为体例的类选本[3]，改变了茅《抄》以各家为结构单位的松散体例。另一方面，此期还出现了卷帙简便、定位

---

〔1〕黄、陶选本的基本价值取向分别见黄辉《黄太史怡春堂逸稿》卷二《刻八大家文集叙》和陶望龄《歇庵集》卷三《八大家文集序》，《明代论著丛刊》第二辑，台湾伟文图书出版社，1976 年。

〔2〕此期的茅《抄》重刻本，有崇祯元年方应祥刻本和崇祯四年茅著刻本；至于其坊刻本，仅苏州一地就有吴绍陵、龚太初翻刻本，还有不少署名钟惺、孙矿等名家的坊刻本，虽然鱼龙混杂，真伪难辨，亦可见其流行之盛。

〔3〕例如，孙慎行《精选唐宋八大家文抄》（崇祯二年刻本）以文体分类结构全书，将八大家文分散隶于各体类之下；吴正鹃《唐宋八大家文悬》（崇祯五年刻本）分为人君、人臣、吏治、士类、民生、财赋、兵戎、夷房、盗贼、政要十类，每类分为一卷，各家之文分散隶于各类之中。

明确的自学和初学读本[1]，弥补了茅《抄》卷帙繁重、宗旨庞杂的不足。总之，唐宋八大家选本在崇祯时期的兴盛，不仅表现在其生成密度之高，也表现在其对清代八大家选本的生成具有多方面的示范作用。清代唐宋八大家选本在数量上虽然远远超过明代，但从价值取向、编纂体例等更为本质的方面来讲，并没逸出明人选本之外。其所以如此，崇祯时期出现的选本功不可没。

第四，顺治时期天下初定，民生凋敝，易代之际的惨酷现实给人们的心头带来巨大阴影，八大家选本的生成由此进入中衰期。不过，由于科举制度的迅速恢复，也由于晚明八大家选本生成的历史惯性，到顺治后期，八大家选本的再生产已经出现了复苏的势头。从表4可以看出，八大家选本在此期的生成密度（0.17）接近乾隆时期（0.2）。就此而言，顺治时期是两个兴盛期之外八大家选本生成最为活跃的时期。

第五，康、雍、乾三朝是唐宋八大家选本生成的再盛期。此期历时134年，生成选本35种，占整个选本群的59.3%。清代影响最大的两个选本——储欣的《唐宋八大家类选》和沈德潜的《唐宋八家文读本》——均生成于此期。此期的选本从不同侧面对茅《抄》编纂的得失作了系统的总结，质疑问难之声成为主流，同时各选本之间也展开了批评，这就进一步为唐宋八大家选本的生成提供了新的动力。

第六，嘉庆以后，八大家选本的生成进入没落期。早在雍、乾时期就已经潜伏着这一消息。康、雍、乾三朝，文字狱日益酷烈，在雍、乾之际发生的曾静案中，吕留良因为在时文和古文评点中寄寓故国之思和反清思想而受到牵连，全家罹祸，引述吕留良评点的著作也被列为禁书。例如，《唐宋八家文选》的编者孔毓琼就因为"最爱吕晚村评文"，其《孔伯子文集》被列为禁书[2]。这就在当时的选坛上引起了很大的恐慌。为了左右文章选坛，进而达到控制思想的目的，乾隆皇帝在即位之初就编了《御选唐宋文醇》，把当时两个最为著名的八大家选本——茅坤的《唐宋八大家文抄》和储欣的《唐宋八大家类选》——一一加以讥评，颇有凭高视下、一锤定音之意。从表2可以看出，在乾隆登基的前十余年，并没有新的八大家选本出现，这种现象的发生即与此有关。另一方面，雍、乾时期，桐城派代表作家的散文和古文选本逐渐成为新的权威。嘉庆以后，随着阳湖派的兴起，以李兆洛《骈体文抄》为代表的骈文选本一度流行。这就进一步挤占了唐宋八大家选本的阅读市场。

唐宋八大家选本生成趋势的没落还可以从更为宏大的视角加以分析。唐宋

---

[1] 例如，郑邺《八大家文抄自怡集》（崇祯五年稿本）收文仅93篇。
[2] 雷梦辰：《清代各省禁书汇考》，书目文献出版社，1989年，第106页。

八大家选本是作为明代秦汉派的反动而出现的，不过其所反对的是对于秦汉文的过度模拟，而不是秦汉文本身。随着唐宋八大家经典化的进一步加深，出现了过度模拟唐宋文的流弊。在这种背景下，唐宋八大家选本成为学人攻击的对象，秦汉文重新成为受人尊重的光辉经典。因而清代的古文选坛经历了一个由偏重唐宋到秦汉、唐宋并重的曲折过程，吴楚材的《古文观止》、方苞的《古文约选》、姚鼐的《古文辞类纂》就是在这种思潮影响下出现的著名选本。这种理性的回归在嘉庆以后成为共识，这就进一步削弱了八大家选本的独尊地位。再加上嘉庆以后干戈四起，国事日蹙，到光绪末年废科举、兴新学之时，为举业而读八大家选本的读者群彻底瓦解，八大家选本生成的动力进一步削弱。就此而言，嘉庆以后八大家选本生成的没落，是内因和外因交互作用的结果，其中起决定作用的是内在动力不足，与顺治时期八大家选本生成的热情为外力所压迫的情况完全不同。

总之，唐宋八大家选本群的生成在不同历史时期具有不同的特点，其盛衰消长之势与其相应的文学生态有着深刻的历史关联，这正是对唐宋八大家选本群的生成进行"五期分"的内在依据。

二、明清时期唐宋八大家散文选本群的地理分布

（一）明清时期唐宋八大家散文选本群的编者籍贯

确定每一位编者的籍贯，是考察唐宋八大家选本群地理分布的基础。佚书编者的籍贯没有版本实物可据，本文以方志为主要依据对他们的籍贯一一加以考证，并在表3的"依据"一栏列举出文献来源。本人经眼的现存选本，大都能够提供编者的籍贯信息，但有些信息，如"江东某某"、"西吴某某"等，过于模糊，因而本文又提供了新的文献依据作为佐证，一并列入"依据"一栏。

有几位编者的籍贯情况较为复杂，需要一辨。吴正鹍自称"江东吴正鹍"，其《唐宋八大家文悬》内封镌"古吴汪复初梓"。汪复初所刻《经史子集合纂类语》（《四库禁毁书丛刊》本）内封镌"武林辉山堂、金陵汪复初仝梓"，可知"古吴"实指金陵。"武林"即杭州，显系辉山堂书坊所在地，"金陵"既与之对举，当亦指书坊所在地。这样说来，《唐宋八大家文悬》当刻于江宁府（即金陵）。所谓"江东"，为江宁府的可能性也较大。姑系于南直隶江宁府。王昊和张叙皆为太仓人，没有问题。但太仓州原隶苏州府，雍正二年升为直隶州。王

昊卒于康熙十八年，当时太仓州仍隶苏州府。张叙为雍正十年举人，生活在太仓州从苏州析出前后。为避免繁碎，二人一并系于苏州府。朱璘常自称"古虞朱璘"，对"古虞"的解读不一，其籍贯遂有江苏常熟和浙江上虞两说。江曦辨之甚确，当以上虞为是[1]。叶亮的籍贯有浙江慈溪和江苏仁和两说。乾隆《杭州府志》和光绪《定陶县志》皆作仁和人，而据清人伊元炜所说，叶亮实为浙江慈溪县鸣鹤场人，以仁和籍中式[2]。光绪《慈溪县志》卷四十八著录其著作，与伊氏说相合，当以慈溪籍为是。这样，58 位编者的籍贯都可以确定下来。具体结果及依据见表 3。

表 3　唐宋八大家选本编者籍贯及文献依据

选本编号	编者	朝代	府籍	县籍	依据	备注（省籍）
06	顾锡畴	明	苏州府	昆山县	道光《苏州府志》卷 124	南直隶
09	王志坚	明	苏州府	昆山县	道光《苏州府志》卷 99	南直隶
18	王昊	清	苏州府	太仓州	民国《太仓州志》卷 20	江苏
20	蔡方炳	清	苏州府	昆山县	道光《苏州府志》卷 100	江苏
21	姚靖	清	苏州府	不详	姚靖《唐宋八大家偶辑》（康熙刻本）	江苏
26	江承诗	清	苏州府	不详	江承诗《唐宋八大家古文读本》（清刻本）	江苏
30	汪份	清	苏州府	长洲县	乾隆《长洲县志》卷 25	江苏
36	李锦	清	苏州府	长洲县	乾隆《长洲县志》卷 25	江苏
40	沈德潜	清	苏州府	长洲县	道光《苏州府志》卷 101	江苏
45	张叙	清	苏州府	太仓州[3]	光绪《太仓直隶州志》卷 15	江苏
08	吴正鹍	明	江宁府	不详	自称"江东吴正鹍"	南直隶
04	孙慎行	明	常州府	武进县	《明史》卷 243	南直隶
05	郑邠	明	常州府	武进县	道光《武进阳湖县合志》卷 23	南直隶
14	陈贞慧	明	常州府	宜兴县	陈维崧《先府君行略》	南直隶
23	储欣	清	常州府	宜兴县	同治《重修宜兴县志》卷 8	江苏
41	华希闵	清	常州府	无锡县	光绪《无锡金匮县志》卷 21	江苏
42	秦跃龙	清	常州府	无锡县	秦跃龙《唐宋八大家文选》（乾隆刻本）	江苏

［1］　江曦：《〈清人别集总目〉订误》，《当代图书馆》2009 年第 3 期。
［2］　伊元炜：《溪上遗闻集录》卷八，《丛书集成三编》第 84 册，第 563 页。
［3］　太仓州升为直隶州后，张叙为镇洋县人。

续　表

选本编号*	编者	朝代	府籍	县籍	依据	备注（省籍）
15	卢元昌	清	松江府	华亭县	乾隆《华亭县志》卷14	江苏
35	唐琯	清	松江府	青浦县	唐琯《唐宋八大家文选》（北大稿本）	江苏
11	李向阳	清	徐州府	铜山县	乾隆《徐州府志》卷19	南直隶
47	蒋士桓	清	徐州府	铜山县	道光《铜山县志》卷15	江苏
58	王志远	清	镇江府	金坛县	民国《金坛县志》卷11	江苏
22	施清	清	杭州府	钱塘县	康熙《钱塘县志》卷10	浙江
27	鲍芳照	清	杭州府	余杭县	嘉庆《余杭县志·鲍楹传》	浙江
38	叶蕃	清	杭州府	昌化县	乾隆《昌化县志》卷13	浙江
46	陈兆仑	清	杭州府	钱塘县	乾隆《杭州府志》卷71	浙江
52	潘天抡	清	杭州府	海宁县	民国《海宁州志稿》卷15	浙江
16	郑旦复	清	嘉兴府	海盐县	康熙《嘉兴府志》卷14	浙江
17	孙琮	清	嘉兴府	嘉善县	雍正《续修嘉善县志》卷9	浙江
24	吕留良	清	嘉兴府	石门县	吕葆中《先君行略》（《吕晚邨先生文集》卷首）	浙江
34	陆伟然	清	嘉兴府	嘉善县	光绪《嘉善县志》卷16	浙江
01	茅坤	明	湖州府	归安县	康熙《归安县志》卷4	浙江
12	陈骝	明	湖州府	乌程县	康熙《归安县志》卷5	浙江
13	唐达	明	湖州府	德清县	乾隆《湖州府志》卷21	浙江
03	陶望龄	明	绍兴府	会稽县	《明史》卷216	浙江
29	朱璘	清	绍兴府	上虞县	嘉庆《南阳府志》卷4	浙江
31	叶亮	清	宁波府	慈溪县	光绪《慈溪县志》卷31	浙江
25	戴名世	清	安庆府	桐城县	徐宗亮《戴先生传》（《南山文集》卷首）	安徽
37	璩绍杰	清	安庆府	桐城县	道光《续修桐城县志》卷16	安徽
48－49	刘大櫆	清	安庆府	桐城县	道光《桐城续修县志》卷15	安徽
55	方宗诚	清	安庆府	桐城县	孙葆田《桐城方先生墓志铭》（《校经室文集》卷5）	安徽
59	钱仁起	清	安庆府	桐城县	道光《续修桐城县志》卷16	安徽
43	吴炜	清	徽州府	歙县	乾隆《杭州府志》卷71	安徽
19	魏禧	清	赣州府	宁都县	乾隆《宁都县志》卷6	江西

选本编号*	编者	朝代	府籍	县籍	依据	备注（省籍）
39	程岩	清	广信府	铅山县	同治《铅山县志》卷15	江西
32	孔毓琼	清	建昌府	新城县	同治《新志县志》卷10	江西
33	熊大栻	清	南昌府	南昌县	乾隆《南昌县志》卷37	江西
10	刘肇庆	明	建宁府	建阳县	方彦寿《建阳刻书史》	福建
57	李鞴	清	长沙府	湘阴县	李鞴《唐宋八大家文》（光绪刻本）	湖南
51	卢文成	清	辰州府	泸溪县	卢文成《唐宋八家文要编》（嘉庆刻本）	湖南
07	钟惺	明	承天府	竟陵县	《明史》卷288	湖广
56	张学臣	清	武昌府	蒲圻县	张学臣《唐宋八家文读本》（湖北省图藏抄配本）	湖北
44	王应鲸	清	河间府	任丘县	乾隆《任丘县志》卷8	直隶
50	高塘	清	顺德府	南和县	民国《南和县志》卷7	直隶
02	黄辉	明	顺天府	南充县	咸丰《南充县志》卷6	四川
28	张伯行	清	开封府	仪封县	《清史稿》卷271	河南
53	吕璜	清	桂林府	永福县	梁章钜《吕月沧郡丞墓志铭》	广西
54	李元春	清	同州府	朝邑县	徐世昌《清儒学案》卷206	陕西

* 与表1"选本编号"同，由此可以检阅各家选本的基本情况。

以编者籍贯确定选本的生成地，是本文的基本工作思路。从表3可以看出，已经有59种选本的生成地可以得到确认。那么，其地理分布情况如何呢？

（二）明清时期唐宋八大家散文选本群的地理分布

从万历七年茅坤《唐宋八大家文抄》初刊以迄清末，历时334年。其间唐宋八大家选本编者所在的府县级政区的名称和辖区没有大的变化，只有太仓州一度从苏州府析出。变化较大的是省级政区。顺治初年，南直隶改为江南省。康熙初年，江南省析为江苏、安徽二省，湖广析为湖北、湖南二省。本文拟以府级政区为坐标，以县级和省级政区为参照，从发生学的视角，考察唐宋八大家选本的地理分布。以府级政区为坐标，以自然地理位置为着眼点，有利于突破省级政区的命名更易带来的不便。例如，苏州府在晚明属于南直隶，顺治属于江南省，康熙以后属于江苏省，但不论属于何期、何省，苏州府的名称及其自然地理位置没有变化。这样就可以直接考察 334 年间唐宋八大家选本在此地的生成数量，而不必将其分为三个不同时期。

从表 5 所示八大家选本编者籍贯在府级政区的分布态势来看，唐宋八大家选本生成密度最大的地区有两个，一是长江三角洲地区，一是桐城地区，其中长江三角洲地区最为突出。

先说长江三角洲地区。按照《辞海》的定义，长江三角洲是指"由长江及钱塘江带来泥沙冲积而成"的"江苏省镇江以东、通扬运河以南、浙江省杭州湾以北"地区。据此，表 5 中的苏州府、常州府、松江府、镇江府、嘉兴府、湖州府和杭州府，可归于长江三角洲。上述七府共生成唐宋八大家选本 31 种，占全国选本总量的 53%，占江浙两省总量（36 种）的 86%。由此可以看出，唐宋八大家选本主要生成于江浙地区，而江浙地区的唐宋八大家选本，绝大部分生成于长江三角洲地区。从唐宋八大家选本在长江三角洲各府中的分布来看，87%分布于苏州（10）、常州（6）、杭州（5）、嘉兴（4）和湖州（3）五府。此外，松江府 2 种，镇江府 1 种。具体情况见图 3。

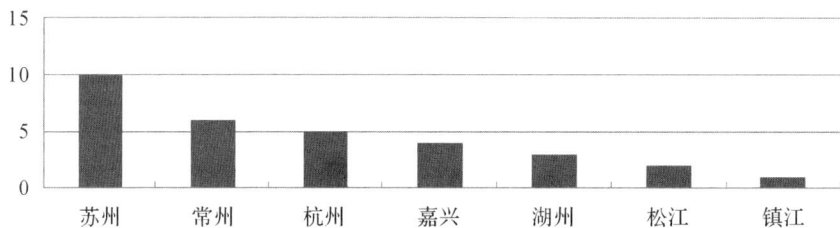

图 3　唐宋八大家选本在长江三角洲各府中的分布

再说桐城地区。江浙而外，唐宋八大家选本产量最大的省份是安徽。从表 5 可以看出，江苏共有 22 种，浙江 15 种，安徽 7 种。从唐宋八大家选本在安徽府县的分布来看，安徽的选本在安庆，安庆的选本在桐城。桐城生成的八大家选本共 6 种，占安徽一省的 86%。作为一个县级政区，桐城的选本总量超过了苏州、常州以外的所有府级政区。如果仅与县级政区相比，其遥遥领先之势更为突出。结果见图 4。

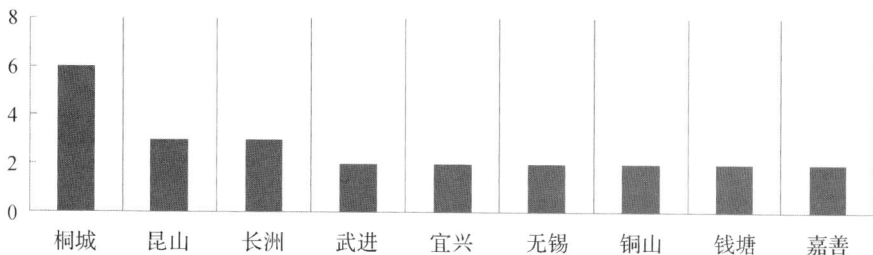

图 4　唐宋八大家选本在主要县级政区中的分布〔1〕

江西和两湖地区分别有 4 种和 5 种唐宋八大家选本生成，但分布比较分散，没有形成一个区域化的中心。江浙、皖赣、两湖以外，其它省分生成的八大家选本仅有 7 种，不及苏州一府的产量。如果从南北来分析，则北方省份所产八大家选本仅有直隶 2 种，河南、陕西各 1 种，不及桐城一县的产量。

唐宋八大家选本群的地理分布不仅是一个单纯的空间问题，它还有一个历史维度。也就是说，在同一地区的不同历史时期，唐宋八大家选本的分布会有不同的特点，从这些不同特点之间的逻辑关联，可以看出唐宋八大家选本在这个地区分布的盛衰消长之势。

从总体来看，江浙地区的八大家选本大都生成于清代中期以前，其它地区大都生成于清代中期以后。江浙地区共有唐宋八大家选本 36 种，其中 29 种生成于雍正（含）以前，占该地区总选本量的 81%；乾隆时期 6 种，嘉庆（含）以后只有 2 种，其前盛后衰之迹甚明。乾隆（含）以后，各省共生成八大家选本 21 种，其中产自江浙以外省份者 13 种，占本时期选本总量的 62%，这个比例远远高于江浙以外省份所产八大家选本在各时期的平均比例（37%）。这说明，其他省份唐宋八大家选本生成的兴奋点大致出现在浙江地区兴奋点消退之后。

另一方面，唐宋八大家选本在江浙两省的消长之势也有所不同。浙江是唐宋八大家选本的发源地，唐宋八大家选本的生成起步早，衰退也早，其极盛期出现在康熙时期，此后没有出现过第二个高峰，呈 ∧ 形态势。江苏起步稍晚，但后来居上，一盛再盛，呈 W 形态势。顺治、雍正构成了两个最低点，崇祯、康熙、乾隆构成了三个最高点，其持久之势为各省所不及。详见图 5。

---

〔1〕　本表所列为有 2 种（含）以上选本的县级政区。

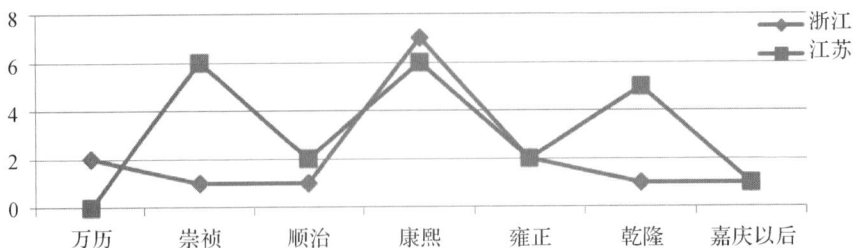

图 5　江浙地区唐宋八大家选本分布趋势对比

可以看出，唐宋八大家选本在江浙两省的兴盛交会于康熙时期，这就使得康熙时期成为唐宋八大家选本生成的极盛期。此期共生成唐宋八大家选本 18 种，其中江浙两省 13 种，贡献率为 72%。

将唐宋八大家选本在长江三角洲和桐城地区的分布态势相对照，可以更清晰地看出唐宋八大家选本在两个中心分布的时代差异，进而更深入地理解唐宋八大家选本在江浙以外地区生成的滞后特征。结果见图 6。

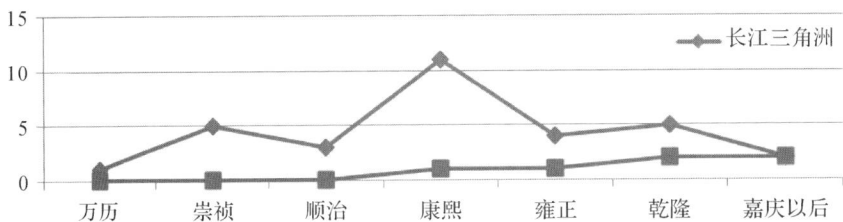

图 6　唐宋八大家选本在长江三角洲和桐城地区生成趋势对比

唐宋八大家选本在长江三角洲的生成趋势是江浙两地生成趋势的中和物，分别在崇祯、康熙、乾隆时期达于兴盛，尤以康熙时期为最。桐城地区起步晚。第一个选本是戴名世的《唐宋八大家文选》，据《戴先生年谱》[1]，此书成于康熙 43 年（1704），比长三角出现的第一个八大家选本——茅坤《唐宋八大家文抄》——晚 126 年。乾隆以后，唐宋八大家选本在长三角的生成急剧下降，而桐城地区却处于上升阶段。

无论单从空间维度看，还是结合时间维度看，唐宋八大家选本在明清时期的地理分布都是不均衡的。其主要表现是：唐宋八大家选本主要分布在长洲三角洲地区和桐城地区，其它地区则较为分散，没有形成一个区域化的中心。唐宋八大家选本在长江三角洲地区的生成起步早，主要发生在清代中期以前；而其它地区起步晚，主要发生在清代中期以后。不仅如此，明代影响最大的选本

---

[1]　戴名世《南山集》附录，《续修四库全书》第 1419 册，第 13 页。

——茅坤《唐宋八大家文抄》——和清代影响最大的两个选本——储欣《唐宋八大家类选》和沈德潜《唐宋八家文读本》——皆生成于长江三角洲地区，包括桐城在内的其他地区的选本，无论数量，还是影响，都不能与长江三角洲相提并论。

三、明清时期唐宋八大家散文选本群的选文数量及其变化趋势

本文的研究涉及 59 种选本，但 20 余种佚书的选篇数量不得而知，本人经眼的部分现存选本，如孙琮、璩绍杰、华希闵的选本，乃是残本，其选篇数量知之不全，也不便统一考察。本节仅对本人经眼且选篇有据可考的 28 种选本进行选篇数量统计。

从部分选本的收文看来，目录与正文有一些出入。古人选文，往往先有目录，后有正文，正文与目录不合处多是在刻印、装订或流传过程中产生的，与编者的意图相距甚远。就此而言，目录的篇目比正文的实际篇目更能代表编者的意向。例如，有的选本正文缺页或错简，但目录完整，这种情况下目录的篇目和顺序更为可靠。本节的篇数统计以目录为首要依据，无目录者或目录残缺者以正文为据。目录和正文皆残缺者，不在本节考察范围之内。

现将 28 种选本的各本选文总篇数以及各家选文篇数、各家篇数在该选本总篇数中的比例（百分比）列于表 4。

表 4 唐宋八大家散文选本选文篇数统计

编号	选本	总篇数	韩愈 篇数	韩愈 比例	柳宗元 篇数	柳宗元 比例	欧阳修 篇数	欧阳修 比例	苏洵 篇数	苏洵 比例	苏轼 篇数	苏轼 比例	苏辙 篇数	苏辙 比例	曾巩 篇数	曾巩 比例	王安石 篇数	王安石 比例
01	茅坤	1313	173	13.2%	131	10%	280	21.3%	60	4.6%	229	17.4%	156	11.9%	87	6.6%	197	15%
02	孙慎行	420	96	22.8%	56	13.3%	81	19.3%	13	3.1%	78	18.6%	10	2.4%	25	6%	61	14.5%
03	郏邸	93	12	12.9%	5	5.4%	5	5.4%	16	17.2%	37	39.7%	8	8.6%	5	5.4%	5	5.4%
04	汪应魁	354	89	25.1%	50	14.1%	50	14.1%	31	8.8%	77	21.8%	16	4.5%	19	5.4%	22	6.2%
05	吴正鹍	235	24	10.2%	18	7.7%	48	20.4%	18	7.7%	62	26.4%	40	17%	9	3.8%	16	6.8%
06	王志坚	1024	145	14.2%	133	13%	159	15.5%	47	4.6%	273	26.6%	106	10.4%	54	5.3%	107	10.4%
07	刘肇庆	663	112	16.9%	95	14.3%	118	17.8%	39	5.9%	202	30.5%	25	3.8%	30	4.5%	42	6.3%
08	卢元昌	365	78	21.4%	57	15.6%	69	18.9%	30	8.2%	56	15.3%	26	7.1%	21	5.8%	28	7.7%
09	蔡方炳	597	104	17.4%	67	11.2%	109	18.3%	46	7.7%	123	20.6%	52	8.7%	51	8.5%	45	7.6%
10	姚靖	251	50	19.9%	39	15.5%	44	17.5%	16	6.4%	53	21.1%	19	7.6%	10	4%	20	8%
11	储欣	247	77	31.2%	25	10.1%	34	13.8%	29	11.7%	49	19.8%	13	5.3%	9	3.6%	11	4.5%
12	吕留良	185	33	17.8%	18	9.7%	43	23.3%	11	5.9%	34	18.4%	10	5.4%	21	11.4%	15	8.1%
13	江承诗	286	72	25.2%	32	11.2%	58	20.3%	15	5.2%	59	20.7%	17	5.9%	19	6.6%	14	4.9%
14	张伯行	317	60	18.9%	18	5.7%	38	12%	2	0.6%	27	8.5%	27	8.5%	128	40.4%	17	5.4%
15	朱琇	268	44	16.4%	22	8.2%	46	17.2%	22	8.2%	46	17.2%	22	8.2%	44	16.4%	22	8.2%
16	汪份	1228	193	15.7%	140	11.4%	168	13.6%	51	4.2%	390	31.8%	87	7.1%	63	5.1%	136	11.1%
17	唐宿	289	85	29.4%	60	20.8%	27	9.4%	22	7.6%	45	15.6%	14	4.8%	9	3.1%	27	9.3%
18	程岩	85	23	27%	13	15.3%	10	11.8%	10	11.8%	12	14.1%	9	10.6%	4	4.7%	4	4.7%

续表

编号	选本	总篇数	韩愈		柳宗元		欧阳修		苏洵		苏轼		苏辙		曾巩		王安石	
			篇数	比例	篇数	比例	篇数	比例	篇数	比例	篇数	比例	篇数	比例	篇数	比例	篇数	比例
19	沈德潜	379	94	24.8%	49	12.9%	63	16.6%	33	8.7%	75	19.8%	22	5.8%	20	5.3%	23	6.1%
20	秦跃龙	576	93	16.1%	70	12.2%	114	19.8%	36	6.3%	154	26.7%	28	4.9%	26	4.5%	55	9.5%
21	吴炜	174	48	27.6%	18	10.3%	29	16.7%	25	14.4%	35	20.1%	10	5.7%	5	2.9%	4	2.3%
22	王应璨	120	39	32.5%	16	13.3%	18	15%	9	7.5%	20	16.7%	6	5%	6	5%	6	5%
23	陈兆仑	116	40	34.5%	12	10.4%	18	15.5%	13	11.2%	12	10.3%	6	5.2%	10	8.6%	5	4.3%
24	刘大櫆	100	31	31%	19	19%	20	20%	5	5%	11	11%	3	3%	6	6%	5	5%
25	高嵣	256	67	26.1%	36	14.1%	60	23.4%	15	5.9%	43	16.8%	7	2.7%	12	4.7%	16	6.3%
26	卢文成	140	32	22.8%	12	8.6%	31	22.1%	8	5.7%	31	22.1%	5	3.6%	5	3.6%	16	11.5%
27	李元春	188	50	26.6%	32	17%	33	17.6%	15	8%	27	14.4%	3	1.6%	12	6.4%	16	8.5%
28	李钠	161	55	34.2%	14	8.7%	20	12.4%	13	8.1%	23	14.3%	7	4.3%	15	9.3%	14	8.7%

　　28 种选本可分入三个时期，即明代（01—07 号）、清代前期（08—17 号）和清代后期（18—28）。明代指万历七年（1579）至明亡（1644），共 66 年。清代前期指顺、康、雍三朝，共 92 年；清代后期指乾隆（含）以后至清亡（1911），共 176 年。

　　从表 10 来看，明代的 7 种选本共选文 4102 篇次，平均每种选本 586 篇。清代的 21 种选本共选文 6328 篇次，平均每种选本 301 篇。从清代来看，清代前期的 10 种选本共选文 4033 篇，平均每种选本 403 篇，而清代后期的 11 种选本共选文 2295 篇次，平均每种选本只有 209 篇。无论从明清两代的平均篇数对比来看，还是从明代、清代前期和清代后期三个时期的平均篇数对比来看，唐宋八大家选本的选篇一直处于动态的大幅度递减之中。茅坤《唐宋八大家文抄》之后，新编的唐宋八大家选本逐渐将自身功能规约为为初学举业而设的古文读本，而要成为这样的读本，选篇就不能太多，因而选篇的递减正是唐宋八大家选本读本化的一个重要表征，具有重要的参考价值。

　　正因为唐宋八大家选本的选篇经历了一个由繁重到简约的过程，单单通过选篇数量的变化无法了解一个作家是否越来越受重视。例如，茅坤选本选韩文 173 篇，而陈兆仑选本只选了 40 篇，但这并不能说明茅坤比陈兆仑更重视韩愈，因为茅选的 173 篇只点全部选文（1313）的 13.2%，而陈选的 40 篇却占其全部选文（116）的 34.5%。因而某个选本或某个时代对某一作家选文的"比例"（百分比）比单纯的选文数量更能说明其对这个作家的重视程度。表 10 已经详细列出了各家在各选本中的百分比，即用某家在该选本中的入选篇数除以该选本的总篇数所得的百分比。据此也可以统计出各家篇数在某一时代的平均百分比，例如，将韩愈在明代 7 种选本中的百分比相加，然后了除以 7，就可以获得其选文在这个时代的平均百分比。如果将同一作家在不同时代的百分比加以对照，就可以发现其受重视程度的变化轨迹。现将八大家在三个时期的选篇百分比列于表 5。

表 5　唐宋八大家散文在不同时期的入选篇数平均百分比

	韩愈	柳宗元	欧阳修	苏洵	苏轼	苏辙	曾巩	王安石
明代	16.4%	11.1%	16.3%	7.4%	25.9%	8.4%	5.3%	9.2%
清代前期	21.3%	11.9%	16.4%	6.6%	18.9%	6.9%	10.5%	7.5%
清代后期	27.6%	12.9%	17.4%	8.4%	16.9%	4.8%	5.5%	6.5%

　　可以看出，唐宋八大家散文在不同时期的篇数百分比变化可以分为三种情况：

　　第一，韩、柳、欧三家的篇数百分比自晚明至清末一路上升，其中韩愈幅度很大，而柳宗元和欧阳修幅度很小。

第二，苏轼、苏辙、王安石三家的篇数百分比自晚明至清末一路下降，其中苏轼幅度最大，而苏辙和王安石较小。

第三，苏洵和曾巩的篇数百分比在清代前期波动很大，清代后期重新回归到与晚明接近的水平，不过曾巩的篇数百分比在清代前期直线上升，而苏洵在此期则略有下滑，其升降态势迥然不同。

总起来说，韩愈和苏轼两家的篇数百分比在三个时期的变化最为剧烈，前者呈剧增态势，后者呈锐减态势。从唐宋文的对比来看，唐文的比重在增加，而宋文的比重在下降。如果说唐宋八大家散文选本是唐宋八大家经典化的重要载体，那么这个经典化的过程就是韩愈地位不断上升而苏轼地位不断下降的动态过程。在唐宋八大家之中，明人更喜欢苏轼，而清人更喜欢韩愈，这是唐宋八大家散文选篇变化给我们的又一启示。

对于韩愈、苏轼在不同时期篇数百分比的戏剧性变化，可以用图7表示。

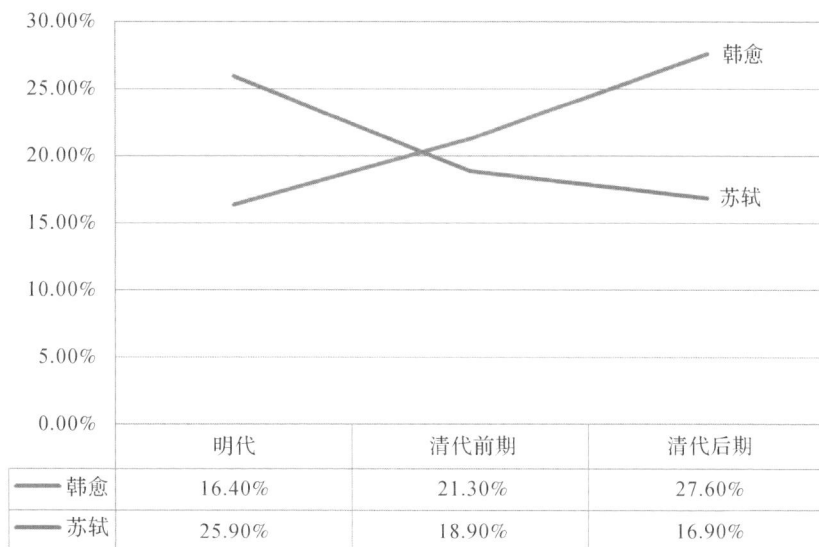

	明代	清代前期	清代后期
韩愈	16.40%	21.30%	27.60%
苏轼	25.90%	18.90%	16.90%

图7　韩愈和苏轼散文入选篇数百分比升降对比

将表11中各家在三个时期的篇数百分比相加除以3，可以得出各家在明末至清末整个历史时期的篇数百分比，其对比情况见图8。

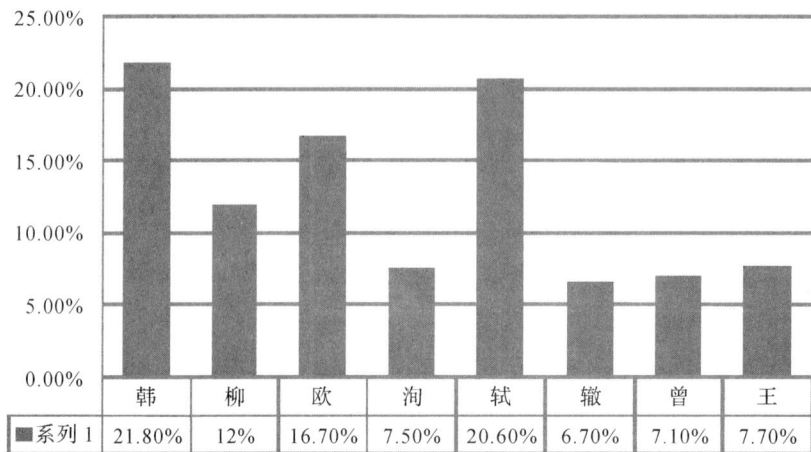

图 8　唐宋八大家散文在明清时期入选比例对比

　　从上表看，韩、欧、轼三家超过平均值 12.5％（即八分之一），而其馀五家均低于平均值。其中韩愈、苏轼二家均超过五分之一，遥遥领先，而苏辙仅有 6.7％，大大低于平均值。这说明，唐宋八大家内部有明显的等级之分，洵、辙、曾、王无法与韩、轼、欧、柳四大家并驾齐驱；在四大家之中，欧、柳比韩、轼也略逊一筹。

四、明清时期唐宋八大家散文选本群的选文宗旨

　　本节所使用的"选文宗旨"是指选文的主要目的。从唐宋八大家散文选本的实际情况来看，其选文宗旨可以概括为举业、明道、经世、学术、文学五个方面，其中"举业"最有代表性。中国是一个官本位的社会，明清时期，科举是做官的必由之路，不要说知县以上的官员，就是训导、教谕之类，至少也要取得举人、贡生或者监生的资格，例如王应鲸由举人做到知县，刘大櫆由副榜贡生做过教谕。在科举中取得功名是做官的前提，因而官本位必然带来科举本位。什么东西一旦与科举联系起来，就会格外受人关注。唐宋八大家散文之所以在明清时期受人追捧，就是因为它与秦汉文相比有法可循，能为科举考试中第一场八股文和第二、三场论策文的写作提供有益的帮助。正如储欣评茅坤《唐宋八大家文抄》所论，正是因为其"为举业而设"，"所以之书一出，天下向风，历二百年，至于梨枣腐败，而学者犹购读不已"。[1] 作为编者，只有为举业

---

〔1〕　储欣：《唐宋十大家全集录》卷首《总序》，《四库全书存目丛书》第 404 册，第 236 页。

而编评唐宋八大家选本，他的书才可能受到更大关注。作为出版者，其唐宋八大家选本只有"为举业而设"，才会带来可观的销量和丰厚的利润。除此之外，为"明道"、"经世"、"学术"这样的宏大目的也罢，为"文学"这样的高雅目的也罢，都不会成为十分流行的八大家选本，不管其所编选本的质量如何，也不管编者的名声有多大。正因为如此，明清时期的许多八大家选本都不约而同地以"举业"作为其选文宗旨，表现出鲜明的趋同性。

举业一般被视作"钓利之饵，希禄之媒"[1]，为举业而编的选本往往讳言举业，或者拿出一个高尚的名头来打掩护。在本文所涉及的 56 种唐宋八大家选本之中，20 馀种已成为佚书，其是否为举业而设，已经无从考证。另外 30 馀种，其书尚存，而且已经本人经眼，但部分选本对其选文宗旨语焉不详，有的甚至对"举业"二字讳莫如深，例如书坊主汪应魁和刘肇庆假托钟星等名流而自编的选本，就是如此。这些选本为射利而编，大都将读者定位于举业群体，但我们无法从中找到内证，因而不拟列入举业选本。

总之，在本文所涉及的唐宋八大家选本中，选本宗旨可考者共 29 种，其中公开承认"为举业而设"者共 18 种。其基本情况见表 6。

表 6 "为举业而设"的唐宋八大家散文选本一览表

编号	编者	依 据
01	茅坤	1. 议论多杂以申、韩，余第谓其与举子业较近，故并录之。（茅坤评苏洵《衡论序》） 2. 迩十余年来，表弟辈习为经生者日众，而时有司益重以后场风诸生，则又搜唐宋诸家，凡敷陈资于举子业者，而以充广之；八公其表表者也。（顾尔行《唐宋八大家文抄跋》）
02	吴正鹍	八大家全集与茅鹿门《文抄》，多墓志、祭文及传记，诸作无当举业。今独拔其最利场屋者，悬诸国门，既有资于时艺，更有助于后场。（吴正鹍《唐宋八大家文愚凡例十则》）
03	王志坚	1. 先生曰："吾以法人士之为制举业者。"夫制举业而果能斟酌二编[2]，以其精者为经义，绪余以为论对，……虽以之跨越前代、不朽当世也，亦无间然尔矣。（陆符《四六法海序》） 2. 天启六年（1626），王志坚《古文渎编序》说"诗赋概未及"，至于其原因，次年所作《四六法海凡例》指出，"骚赋及诗于举业不甚切，用兹概未入，窃自附于阙如之义。"可见《古文渎编》亦为举业而设。

〔1〕 邹守益：《新刻续选批评文章轨范序》，王守仁选、邹守益评《新刻续选批评文章轨范》卷首，万历四十三年（1615）余完初怡庆堂刻本。

〔2〕 "二编"指王志坚《古文澜编》和《古文渎编》。

续　表

编号	编者	依　　据
04	卢元昌	爰取三先生所评次者，覆为较雠，汰其无用，取其有裨者，标出以质海内。庶海内之为制举义者，使知不可不脱胎于古大家，而古大家之为文，其脱胎亦自有本。（卢元昌《唐宋八大家序》）
05	储欣	1. 明切委备，学者得其大意，不独二、三场冠世，亦最利于前场。（储欣评欧阳修《本论中》） 2.《八家类选》系先生壮盛时聚徒讲学所手批而口授者，故择之也务简，取之也务精，其间篇法段落、波澜意度表白之也务详务显。允哉，举业之准绳、初学之津梁也。（吴振乾《唐宋八大家类选序》）
06	吕留良	（先君子）常语学人曰："今为举业者，必有数十百篇精熟文字于胸中，以为底本；但率皆取资时文中，则曷若求之于古文乎？"（吕葆中《八家古文精选序》）
07	江承诗	欲为时文，而不求之古文，而日冀时文之善，是犹欲为琴瑟而无材、欲成衣裳而无幣也。岂可得乎？……予因是数年来于八家之文反覆讽诵，取其与时文相近者不及三百篇，为之次第排缵。（江承诗《唐宋八大家古文读本序》）
08	张伯行	时艺代圣贤口气发明道理，期于达意而止。若理不足而专求诸辞，其弊也支离繁缛，斗声竞妍，为纤为杂为鄙倍，左支右吾，罅漏百出，不几于侮圣言乎？愿尔诸生悉除诸弊，以先辈大家文为式，余将采其尤者，刊刻流布，以树风声。（张伯行《紫阳书院示诸生》）〔1〕
09	朱璘	集中所选，以波澜壮阔、机神遒逸、裨益举子业者为最，所以议论之文为多，辞命次之，叙事又次之。诸如四六用韵、体涉骚赋者，皆置不录，既非所急，亦限于数。（朱璘《唐宋八大家古文凡例》）
10	唐琯	韩柳皆工于碑碣，然韩之碣志大率当时名卿巨室，故其文亦煌煌大篇，因稍无裨于举业，虽甚宝贵，而什逸其九。（唐琯评柳宗元《故秘书郎姜君墓志》）
11	璩绍杰	是编也，乃吾生平之所熟读而玩味者。据其所见，辑而录之，聊以示吾子弟及从游之士，为应试举业之一助。（璩绍杰《唐宋八大家古文析解序》）
12	程岩	总挈其纲领，细疏其笔法，条分缕析，各就部署，潆洄绾结，不失自然。俾成学治古文者观之，无改于素；而专攻制举之业、欲精其艺以应有司之选者，亦于是乎取之，使知古文之道不异于时文。（程岩《唐宋八大家文约选序》）
13	沈德潜	1. 文删存三十卷，钩画点读，稍分眉目，初学者熟读深思，有得于心。由此以览茅氏、储氏所葺，并窥八家全文，更有旷然心目间者。治经义者有得于此，治古文者亦未必不有得于此。（沈德潜《唐宋八大家文读本序》） 2. 文之轻快流美，最利举业，而于韩文中为平调。（沈德潜评韩愈《送齐皞下第序》）

〔1〕 "先辈大家文"即其私下告诉家人的"前辈八大家文"（《张清恪公年谱·康熙二年》），可见张伯行编刊《唐宋八大家文钞》究竟还是为书院生徒写作"时艺"之用，只不过一般的举业读本重在阐明文法，而他的选本则重在阐明道理，从而为时文写作提供思想资源或者说话头。

编号	编者	依　据
14	秦跃龙	余客宛南，采茅氏《文抄》之尤粹者，为诸生按日课程，窃考其本末，而备论之。（秦跃龙《唐宋八大家选本序》）
15	吴炜	1. 初学读古，自策略、论著后，又益之书序，以充其气势、发其光华矣。更当进诸章奏以穷其事，博诸杂体以会其趣，庶几大可施之清庙明堂，而下亦可采为春华秋实，而气更懋而词愈古，而文益阔以肆。斯为时艺之极至，而学古之阶梯也。（吴炜《唐宋八大家精选层级四集小序》） 2. 提一本字作主，原委通畅，有风水相遭、自然成文之妙，不但利于举场，更利于初学，以其流逸动荡也。欧苏两家，最为近之。（吴炜评欧阳修《本论中》）
16	王应鲸	公事之暇，严选八大家文脍炙人口者，都为一集，共一百二十篇。洵以八家之文于制义为近，初学易读，亦便用也。（王应鲸《古文八大家公暇录叙》）
17	陈兆仑	凡作时艺，每题有一题之面貌，有一题之骨髓……古今文一理，汝曹之不能相通，病亦坐躁心未除也。（陈兆仑评苏辙《黄州快哉亭记》）
18	高塘	八家者，冠冕两朝，笼罩百子，洵古文之极则、制艺之渊源也。……是钞采集较富，体亦独备，如论、辨、记、序、碑、铭等篇，皆前钞所缺，兼可为有志古作者之助，抑不独为举子业有益时文云尔也。（高塘《唐宋八家钞序》）
19	卢文成	余自成童粗知经史，即酷嗜古文。因思八家之文最裨经义，为辑百馀篇，与经义合订，加以评点，抉其指归，教授生徒，名曰"要编"。（卢文成《唐宋八家文要编》）

上述 19 种自称为举业而设的唐宋八大家选本，在选文宗旨可考的 29 种选本中所占的比例为 66％。即使不考虑举业选本而讳言举业，或者未必为举业而设但实际上被用作举业选本的情况，这个数字也可以说明，明清时期的大多数唐宋八大选本是以"有资举业"为选文宗旨的。具体地说，就是至少有六成以上的八大家选本并不是为古文而选古文，而是为时文而选古文，其在目标设定方面，具有鲜明的趋同性特征。

这只是就其主要方面而言，如果将明清时期的唐宋八大家选本作为一个整体加以考察，还可以看出，这个规模不小的选本群既有趋同性，也有差异性。也就是说，并不是所有选本都为举业而设，即使自称为举业而设的选本，也存上着复杂的差异性。关于此点，可以从两个方面加以说明：

第一，茅坤之后的唐宋八大家选本是在与茅坤《唐宋八大家文抄》顺应与反动的链条上衍生的，就"举业"宗旨而言，顺应者虽然是主流，但反动者也不乏其人。在清代唐宋八大家散文选坛上，批评茅《抄》"为举业而设"甚至成为常见的话头，立意与茅《抄》相反，讳言举业或不屑为举业而设，在举业而外另标宗旨者，也可以略举数例，见表 7。

表7 "举业"之外另立宗旨的唐宋八大家选本

编号	编者	宗旨	依据摘要
1	孙慎行	去腐卑而存奇高	腐文可唾，卑文可扫，奇文可嗜，高文可师，如之何其混而一也？既已可混而一，又焉得不畔而迻？余少读《轨范》，一斑耳，已而观茅氏《八大家文抄》，则浩矣。……余心忾焉。兹之抄大约穷委极变、洞心骇耳居多，即三氏选中，间有搜其佚、发其沉湮者。（孙慎行《书八大家文抄后》）
2	郑邡	明道经世	1. 八家之于文，直寄焉耳；其文之无关道术者，又直文之寄焉者耳，不存焉可也。（郑邡《八大家文抄自怡集小序》） 2. 先正之学八家，非学其言，学其所以言也。八家之所以言者，一以明道，一以经世。后之人苟能为明道之言、经世之言也，则不必八家之言而后以为言也。（郑邡《八大家文抄自怡集后序》）
3	陈贞慧	不求法而求神明之所寄	陈子曰：古文之法，至八家而备；八家之文，以法求之者辄亡。夫文不得其神明之所寄，徒以法泥之；未尝无法也，舍其所以寄神明者，而惟便己之为求，天下岂有文哉？〔1〕（吴应箕《八大家文选序》）
4	蔡方炳	实落经济	此状凡三条：一言捡放灾伤，二言禁榷盐税，三言勘会盗贼。皆实落经济，今存一条，已足见政牍中原有如许妙文。……余录此状，不为文字录，而为经济录。（苏轼《论河北京东盗贼状》评）
5	姚靖	使读者无揣摩之苦而有得精神之乐	诚得一至简至严者与世更始，俾诵习者无揣摹之苦，而有得其精神之乐，因源溯流，使人能沦肌浃髓于八大家之中，而复引而伸之，而至于《左》、《国》，秦汉八种，则是集也，非特裨益于韩柳八大家之全文，并能裨益于《左》、《国》、秦汉八种之全文也。（姚靖《唐宋八大家偶辑序》）
6	汪份	文章之真诀	将以救乎或者学八家而伪之弊，而告之以文章之真诀，则莫若即举八家各体之文焉以告之。（汪份《唐宋八大家文分体读本序》）
7	华希闵	情文并至	1. 柳州以俊杰之才，承六朝绮丽之习，猎鲜腴于左国，漱芳润于骚选，一时才名惊爆，力能沾丐四方，洵当世之英也。《文钞》于元和以前多置弗录，兹增入颇多，诚以椎轮大辂，时有攸宜，未尝借复古为名，以文其寒俭耳。（华希闵《书唐宋八家文后》） 2. 公祭文多用议论，今择情文并至者录之。（华希闵评欧阳修《祭尹师鲁文》）

〔1〕 准此，其选本的立意不在于求"法"以便场屋之取用，而是求"神明之所寄"以回归于文学自身。

续　表

编号	编者	宗旨	依据摘要
8	李元春	以古文倡后进	予自少学时文，即妄意学古文。今老矣，两者俱荒。又妄意于讲授时文外，以古文倡后进，既评选史汉、八家及诸子，因思表章吾乡前辈，亦可为吾乡后进楷模。（李元春《西河古文录序》）
9	李辀	有补实学	自明以八股开科取士，使往古之尊德性无闻，即书数、文学、礼乐、政刑之道，问学不讲，惟以自古至今之道途听其传言而修辞巧丽以为优长，窃取名利。若考其言行，异乎古，背乎今，不免以世俗所见所闻为是非，以任性纵情为才能，所谓道听而途说，全无修己治人之实功，此世风之所以愈趋而愈下。予因之而有感焉，想于家塾中求一挽回之术，或有补于子弟实学之万一，亦未可得而知也。（李辀《自得庐刊书序》）

孙慎行选本重在推扬唐宋八大家散文"奇高"的审美特征，陈贞慧选本反对当时举业读本唯法是求的功利倾向，力主发掘唐宋八大家散文中的"神明之所寄"，姚靖选本以给读者带来阅读乐趣自期，华希闵的选本既看重词彩，又看重情感。凡此皆说明，这四种选本旨在给人们带来情感触动和审美愉悦，而这正是"文学"的基本功能，可以说其选文宗旨的定位在于"文学"，而不是"举业"。郑邨、蔡方炳和李辀的选本，或意在明道，或意在经济与实学，试图从唐宋八大家散文中寻找经邦济世的良方，显然溢出文学之外追求实用，也与举业关系不大。汪份选本旨在以唐宋八大家散文为例阐发其文体理论，李元春自言以"古文"倡后进，如果他的话可信，则可以认为其选本比举业有更高的追求。

另一方面，即使自称为举业而设的选本，也千差万别，不可一概而论。

首先，为举业而设的唐宋八大家选本，是为第一场的八股文而设，还是为二、三场的论策文而设，其具体目标不同，则其面目也各不相同。如果只为第一场的八股文写作而设，其选文往往侧重起承转合之迹甚明而且无中生有、思路活脱的文章，以便给八股文的写作提供基本的文体训练和思维训练。这类选本的选文，就作家而言，以欧苏（轼）为主；就文体而言，以议论文为主；就风格而言，以"波澜壮阔、机神遒逸"为主。"波澜"和"机神"较为逊色的曾巩文，与举业不切的记叙文（如墓志铭）和韵文，皆不为此类选本所热衷。如果只为第二、三场的论策文而选，则往往选入那些具有"明道"和"经世"功能的文章，以便举业者在临场发挥时从中渔猎，而对于文法则不太关心，例如茅坤和吴正鹢的选本皆侧重后场，因而多兵马、钱粮、吏治等实落经济。由此可见，举业读本与明道、经济之间有着密切的联系，因而为后场而设的举业读本往往拿出明道或经济的大派头自我标榜，这是一种值得玩味的现象。

其次，为举业而设的唐宋八大家选本，是为初学而设，还是为成学而设，其读者定位不同，面目也各不相同。为成学而选者，大都是义理闳深的长篇大论；为初学而选者，大都是浅显易懂的短篇小论。卢文成的选本是为初学而选的。其评苏轼《既醉备五福论》说："此首鹿门、伯敬皆不录，予以其俊逸清新，可为初学之助，存之。"（苏轼卷一）又评欧阳修《秋声赋》说："中有见理句，然不及宋玉、潘岳，录之为童子游艺可也。"（欧文卷二）由于将读者定位于"初学"、"童子"，其选篇多书、序、记、传等篇幅不大而又颇有情趣的脍炙人口之作。明清时期的唐宋八大家选本大都为初学而设，而且为初学而设的定位越来越明确，所以出现了一批优秀的举业选本。

再次，什么样的文章才有益于"举业"，对这个问题的理解不同，举业选本的面目也会有所不同。例如，在明清时期的历史语境中，很多编者认为骈文与举业不切，因而对柳宗元贬谪之前的骈文多弃弗取，茅坤等许多编者都是这种态度，而秦跃龙对骈文的态度则与此相反。

总之，看待为举业而设的唐宋八大家选本要放出新的眼光。明清时期的唐宋八大家散文选本在选文宗旨上既有举业趋同性，也存在着复杂的差异性。也就是说，为举业而设的唐宋八大家选本并没有完全为"举业"二字所缚，而是在顺应与反动的衍生链条上逐渐与"明道"、"经济"、"文学"等要素取得了兼容，因而呈现出丰富而多彩的特征。

五、明清时期唐宋八大家散文选本群的八家座次

"唐宋八大家"的座次，与其得名一样，经历了一个漫长的认同过程。关于其得名，或者上溯到明初朱右的《唐宋六家文衡》，或者上溯到南宋吕祖谦的《古文关键》，论者颇众。关于其座次，也即八大家在各选本中排名的先后顺序，却无人论及。兹以明清时期出现的座次可据的三十三种唐宋八大家选本为据，分析八大家座次的排定及其因变，有助于理解唐宋八大家经典化的复杂过程。

"唐宋八大家散文选本"是指唐宋八大家散文的合选本，不包括多于八家、少于八家、溢出八家或专选八家中某一家的选本。这些合选本不论冠以何名，也不论出现在茅坤《唐宋八大家文抄》之前还是之后，只要符合上述条件，即被认定为唐宋八大家散文选本。八大家在各选本中座次的认定，依据下列规则：（一）以各家为序而且连续立卷的选本，依目录为据。（二）以各家为序但每家单独立卷的选本，以总目录为序；无总目录者以所据版本的书根册序为据。（三）不以各家为序而以（文）体类或事类的选本，以各家在同一体类或事类中出现的先后顺序为据。（四）依上述三项无法排序的选本，特别是原书已佚仅存

序跋的，以编者序跋中八家并提的顺序为据。近年来笔者知见唐宋八大家选本50余种，其中33种可以通过上述规则排出座次，兹将各家在不同选本中的座次详列于下：

序号	书　名	版　本	座次							
			1	2	3	4	5	6	7	8
1	朱右《唐宋六家文衡》若干卷	佚	韩	柳	欧	曾	王	洵	轼	辙
2	王宠《唐宋八家文选》不分卷〔1〕	台北图书馆藏明稿本	柳	韩	欧	洵	轼	辙	曾	王
3	茅坤《唐宋八大家文抄》144卷〔2〕	万历七年刻本	韩	柳	欧	洵	轼	辙	曾	王
4	黄辉、陶望龄《八大家文集》若干卷〔3〕	佚	韩	柳	欧	洵	轼	辙	曾	王
5	孙慎行《精选唐宋八大家文抄》6卷	崇祯二年刻本	韩	柳	欧	洵	轼	辙	王	曾
6	郑邠《八大家文抄自怡集》不分卷	上图藏崇祯四年稿本	韩	柳	欧	洵	轼	辙	曾	王
7	钟惺《唐宋八大家选》24卷	崇祯五年刻本	韩	柳	欧	洵	轼	辙	曾	王
8	吴正鹍《唐宋八大家文悬》10卷	崇祯五年刻本	韩	柳	欧	洵	轼	辙	王	曾
9	王志坚《古文渎编》29卷	崇祯六年刻本	韩	柳	欧	洵	轼	王	曾	辙
10	孙矿《唐宋八大家文抄选》26卷	明末发祥堂刻本	韩	柳	欧	洵	轼	辙	王	曾
11	卢元昌《唐宋八大家集选》12卷	顺治十五年刻本	韩	柳	欧	曾	王	洵	轼	辙
12	孙琮《山晓阁选唐宋八大家全集》20卷	康熙十年序刻本	韩	柳	欧	洵	轼	辙	曾	王
13	蔡方炳《蔡息关先生唐宋八大家集选》8卷	康熙二十年刻本	韩	柳	欧	洵	王	轼	辙	曾

〔1〕　王宠选本无书名，"唐宋八家文选"系后来所加。

〔2〕　茅坤《唐宋八大家文抄》的明代版本皆各家单独立卷，总为合选，分可单行，并无总目。《四库全书》本首次为八家连续立卷，其座次为"韩柳欧王曾洵轼辙"，殊失茅坤本意，后来亦鲜有应者。此表座次据万历七年（1579）茅一桂刻本茅坤《总叙》八家并提的顺序而定。

〔3〕　黄、陶二序皆作于翰林院供职期间，对八大家源流的看法和对七子弊端的批评如出一辙，所序书名相同，而且皆为刻本。这说明，二人所序实为一书，即《八大家文集》。

续　表

序号	书　名	版　本	座　次							
			1	2	3	4	5	6	7	8
14	姚靖《唐宋八大家偶辑》20卷	康熙二十三年刻本	韩	柳	欧	洵	轼	辙	曾	王
15	储欣《唐宋八大家类选》14卷	雍正元年刻本	韩	柳	欧	洵	轼	辙	曾	王
16	吕葆中《八家古文精选》不分卷	康熙四十三年序刻本	韩	柳	欧	曾	洵	轼	辙	王
17	张伯行《唐宋八大家文抄》19卷	康熙四十八年序刻本	韩	柳	欧	洵	轼	辙	曾	王
18	朱璘《唐宋八大家古文》12卷	康熙五十二年刻本	韩	柳	欧	洵	轼	辙	曾	王
19	汪份《唐宋八大家文分体读本》25卷	康熙五十八年刻本	韩	柳	欧	曾	王	洵	轼	辙
20	唐琯《唐宋八大家文选》8卷	北大藏雍正九年稿本	韩	柳	欧	洵	轼	辙	曾	王
21	璩绍杰《唐宋八家古文析解》12卷	雍正十二年刻本	韩	柳	欧	洵	轼	辙	曾	王
22	华希闵《增订唐宋八大家文钞》若干卷[1]	雍正间刻本	韩	柳	欧	洵	轼	辙	曾	王
23	程岩《唐宋八大家文约选》不分卷	乾隆十三年刻本	韩	柳	欧	洵	轼	辙	曾	王
24	沈德潜《唐宋八家文读本》30卷	乾隆十五年刻本	韩	柳	欧	洵	轼	辙	曾	王
25	秦跃龙《唐宋八大家文选》36卷	乾隆十八年序刻本	韩	柳	欧	洵	轼	辙	王	曾
26	吴炜《唐宋八家精选层级集读本》4卷	乾隆二十四年刻本	韩	柳	欧	洵	轼	辙	曾	王
27	王应鲸《古文八大家公暇录》6卷	乾隆三十年刻本	韩	柳	欧	洵	轼	辙	曾	王
28	陈兆仑《八家文钞》不分卷	光绪二十六年石印本	韩	柳	欧	洵	轼	辙	王	曾

---

〔1〕华希闵选本虽以"增订唐宋八大家文钞"名集，其实合并其卷次，增删其篇目，差不多将原书评点删削殆尽，并大量增入自评，翻驳茅评，应该属于抛开茅《抄》的新选本。故本表在茅《抄》之外，单列一集。

续　表

序号	书　名	版　本	座次							
			1	2	3	4	5	6	7	8
29	刘大櫆《唐宋八家文百篇》不分卷	光绪二年刻本〔1〕	韩	柳	欧	曾	王	洵	轼	辙
30	高嵣《唐宋八家钞》8卷	乾隆五十三年刻本	韩	柳	欧	洵	轼	辙	曾	王
31	卢文成《唐宋八家文要编》4卷	嘉庆四年刻本	韩	柳	欧	洵	轼	辙	曾	王
32	李元春《唐宋八家文选》8卷	道光十八年序刻本	韩	柳	欧	洵	轼	辙	王	曾
33	张学臣《唐宋八家文读本》不分卷	湖北省图藏同治抄配本	韩	柳	欧	洵	轼	辙	曾	王

可以看出：

（一）前三位为韩、柳、欧，先唐后宋，先韩后柳，几乎众口一辞，只有王宠本是一个例外。

（二）后五位以三苏在前为主，曾王在前为次，三苏曾王交错排座为变。三苏在前者有王宠、茅坤、黄辉、陶望龄、孙慎行、郑邸、钟惺、吴正鹍、孙矿、孙琮、姚靖、储欣、张伯行、朱璘、唐琯、璩绍杰、华希闵、程岩、沈德潜、秦跃龙、吴炜、王应鲸、陈兆仑、高嵣、卢文成、李元春、张学臣选本，共二十六种。曾王在前者有朱右、卢元昌、汪份、刘大櫆选本，共四种。王志坚、蔡方炳、吕葆中三家选本，将三苏曾王组合打乱，交错排序，另立一格。

（三）三苏座次总是先父后子，先兄后弟；合排为常，分排为变。所有选本在安排三苏座次时，不论分合，都以"洵、轼、辙"为序，绝无例外。王志坚选本在苏辙与洵、轼之间排入曾王，将弟与父兄分开；蔡方炳选本在苏洵与轼、辙之间排入王安石，将父与子分开。除此之外的三十一种选本皆三苏连排。

（四）曾王座次以"曾、王"为常，"王、曾"为变；合排为常，分排为变。不论分合，先曾后王者有朱右、王宠、茅坤、黄辉、陶望龄、郑邸、钟惺、卢元昌、孙琮、姚靖、储欣、吕葆中、张伯行、朱璘、汪份、唐琯、璩绍杰、华希闵、程岩、沈德潜、吴炜、王应鲸、刘大櫆、高嵣、卢文成、张学臣选本，

---

〔1〕　此表的编排以各选本的成书时间为先后，不依所据版本的早晚为序。成书时间以所见最早版本中编者序跋所署年月为准。编者无序跋或序跋无时间可据者，其生前有刻印本的，以现存最早版本的刻印时间为准；其死后才有刻印本的，以其去世年月为准。陈兆仑选本的现存最早版本（光绪二十六年天津文美斋石印本）印成于其死后七十五年，故不以为据。此表以其旧历卒年（乾隆三十六年正月）为准排定。刘大櫆的现存最早版本（光绪二年刘继邢邱刻本）亦成于其死后，此表据其生前《唐宋八家文序目》所署"乾隆四十年二月"为据排定。

共二十五种。先王后曾者有孙慎行、吴正鹍、王志坚、孙矿、蔡方炳、秦跃龙、陈兆仑、李元春选本，共八种。不论先后，两家合排者三十一种，分排者仅两种。

（五）座次被各选本排在末位的作家，最多的是王安石，其次是曾巩和苏辙。将王安石排于末位的选本二十一种，曾巩七种，苏辙五种。

总起来看，唐宋八大家的座次以"韩、柳、欧、洵、轼、辙、曾、王"最为稳定，这个顺序是茅坤最先排定的，它的影响大大超过了朱右。完全同于朱右者只有卢元昌、汪份、刘大魁三家，占后来选本的 9.4％；完全同于茅坤者有黄辉、陶望龄、郑邸、钟惺、孙琮、姚靖、储欣、张伯行、朱璘、唐琯、璩绍杰、华希闵、程岩、沈德潜、吴炜、王应鲸、高嵋、卢文成、张学臣十八家，占后来选本的 54.5％。至于其原因，可以认为，朱右选本以"六家"名集，而且未能传世，其影响自然有限；茅《抄》始立"唐宋八大家"之名，又适逢七子"文必秦汉"的拟古主张为人厌薄之际，一经刊出，天下向风，自然影响更大。

如果从八大家座次的安排来看，还可以认为，茅选对朱选有因有变，因变各有所当，因而能够赢得更广泛的认同。其"因"有三个方面：

第一，先唐后宋，韩欧称首，以柳配韩。这样就以时代为先后，以韩欧为主脑，建构起唐宋八大家的核心框架。以时代为先后，柳宗元不得不排在欧阳修的前面；以韩欧为主脑，欧阳修最有资格排在柳宗元的后面。茅坤对欧阳修评价最高，但并没有把他提到韩柳的前面，时代所限，不得不然。茅坤不断批评韩愈为人"不能守困"[1]，为文"生割"[2]，但并没有象王宠一样先柳后韩，惊骇世人。

第二，曾王合排，先曾后王。曾王或王曾相提并论，由来已久，但在八大家组合中排定曾王座次，始于朱右。曾王并称，是因为二人曾经同学，而且学有根本，湛深经术。实际上二人有很大区别。大致说来，曾以理学见长，王以文学见长，各有独秉。不过，曾巩除了文章"迂塞"[3]之外，没有其他问题。王安石则被认为外儒而内法，虽然托名经术，其实"以申商之学而讲桑孔之术"[4]，思想不够醇正；而且执拗狠戾，党同伐异，在人品上很成问题，所以有人说，"曾王之文并出经术，而其人则有舜跖之别焉"[5]。在政治上，王安石长

〔1〕 茅坤《唐大家韩文公文抄》卷一《潮州刺史谢上表》眉评，万历七年（1579）茅一桂刻本。
〔2〕 茅坤《唐大家韩文公文抄》卷十一《曹成王碑》文后评，万历七年（1579）茅一桂刻本。
〔3〕 茅坤《宋大家曾文定公文抄》卷三《与抚州知府书》文后评，万历七年（1579）茅一桂刻本。
〔4〕 吕葆中《八家古文精选》苏轼《商君》文后评，吕氏家塾康熙四十三年（1704）序刻本。
〔5〕 储欣《唐宋十大家全集录》卷首《凡例》，《四库全书存目丛书》集部第404册，第239页。

期被看作"得罪于圣人，流毒于天下后世"[1]的祸国殃民者。这样，二人就有高下之分。茅坤将曾巩列入八家，正是看中了他的优点。清人云：

> 余读其文，上与刘中垒相后先，下启伊洛、考亭之风。唐荆川、王遵岩推崇其书，而茅鹿门侪之大家之列，良不诬也。呜呼，使曾氏之文不著，世将谓大家专取奇恣而峭厉，无复有古者淳厚之遗矣。故录曾氏之文，正以云救也。[2]

曾巩的好处在于文道两栖，一是文章"有古者淳厚之遗"，二是上接刘向、下启程朱，可以算作道统中的枢纽人物。因为这两点，理学中人对他评价很高，朱熹自言年轻时就酷爱曾文，王慎中读曾文"如渴者之饮金茎露"[3]。茅坤承朱右之后，将这样一个人物选入八家，并排在王安前面，就显得自己的选本并不"专取奇恣而峭厉"，这样就更容易获得载道语境中主流意识形态的认同。有人说，"曾文平钝，如大轩骈骨，连缀不得断，实开南宋理学一门，又安得与半山、六一较伯仲也？"[4]其实是没有理解茅坤的用心。茅坤何尝不知道这些？他对曾巩的文章评价很低，他看中的正是其"开南宋理学一门"这一点，因为这样以来八大家组合中就有了道学中人，八大家的合法性也就大大增强了。

第三，以父子兄弟为先后，三苏合排。茅坤将苏轼与司马迁、刘向、班固、韩愈、柳宗元、欧阳修并称为古往今来的七个"圣于文"者[5]，又称赞苏轼为"仙于文"者[6]，显然在他的心目中，苏轼的文学成就超过了洵辙，但他并没有变易朱右的排序。不难理解，在一个"父为子纲"、"长幼有序"的伦理社会，将儿子排在父亲的前面，是很难被人接受的。

茅坤对朱右的座次可以概括为"三因一变"，"三因"已如上述，其"变"则在于将"曾王三苏"调整为"三苏曾王"。三苏与曾王各有长短。一般认为，三苏见道不彻，驳而不醇，但文章极好；曾王见道颇醇，而文章各有疵累。所谓"醇"，主要是指文章大旨根本儒家六经，而不杂入佛道思想或纵横家习气。茅坤说："苏氏父子兄弟于经术甚疏，故论六经处大都渺茫不根。特其行文纵

---

〔1〕 唐瑜《唐宋八大家文选》卷首《序》，北京大学藏雍正九年（1731）朱墨二色稿本。
〔2〕 蔡方炳《蔡息关先生唐宋八大家集选》之《南丰文选序》，康熙二十年（1680）吴郡宝翰楼刻本。
〔3〕 茅坤《唐宋八大家文抄》卷首《凡例》，万历七年（1579）茅一桂刻本。
〔4〕 袁枚《小仓山房文集》卷三十《书茅氏八家文选》，《续修四库全书》第1432册，第351页。
〔5〕 茅坤《唐宋八大家文抄》卷首《总叙》，万历七年（1579）茅一桂刻本。
〔6〕 茅坤《宋大家苏文忠公文抄》卷二十七《徐州莲花漏铭》文后评，万历七年（1579）茅一桂刻本。

横，往往空中布景，绝处逢生，令人有凌云御风之态。"[1] 类似的观点虽然可以追溯到宋人，但在八大家选本中斩钉截铁地认定三苏道不足而文有余，茅坤是第一个。关于曾王，孙慎行说："子固宿儒，故其气沉厚；王氏伯儒，故其力雄强。然皆从性格所禀者淘之溶之，必不肯罗取杂收，强为辨博。"[2] 宿儒也罢，伯儒也罢，对于儒家以外的思想"都不肯罗取杂收"，这就是醇。从这个角度看，曾王显然胜过三苏。但是，曾巩的文章"木讷蹇涩，嗷之无声，嘘之无焰"[3]，王安石碑志"不轻誉人"，"有买菜之诮"[4]。就文章而言，曾王显然不如三苏；就举业而言，更是如此。

唐宋八大家选本大都为举业而设，能不能得到科举群体的认同是选家的核心关切。三苏文意气风发，无中生有，最为发人才思，对于举业的益处最大。曾文蹇涩，王文拗倔，两种风格都是科举文的大忌；再加上王安石被认为"误国一时，败名千古"，"恶其人而并不师其文"[5] 的现象甚为普遍，曾王二家在八家中最不受人欢迎。曾巩人品虽然没有问题，但他的文章与苏文有钝敏之别。结果，"八家并传，而嗜南丰者独少。……学者喜敏而畏钝，故尊苏绌曾无异辞"[6]。在三苏拥有大量举业读者群，而曾王为人厌苦的现实面前，朱右将曾王置于三苏之前，就不洽人意。"八家之文于制义为近"[7]，"八家之文最裨经义"[8]，茅坤的调整突出八大家选本作为举业读本的核心功能，能够赢得举业家的广泛认同，自在情理之中。

总起来看，唐宋八大家的座次虽然以茅坤排定的"韩柳欧洵轼辙曾王"最为稳定，但稳定中有变化，除了欧阳修坐稳了第三把交椅外，其余七人的座次都或多或少地处于不稳定的变态中。选家的个人好恶、编选动机和时代风尚的差异性是主要原因。王宠是一个典型。王宠（1494—1533），字履吉，自号雅宜山人，长洲吴县人，唐伯虎的儿女亲家[9]。曾经八试不第，以年资贡礼部，入太学。王宠选本以文体为序编排，在同一文体内，凡韩柳并录处，总是先柳后

---

〔1〕 茅坤《宋大家苏文公文抄》卷四《乐论》文后评，万历七年（1579）茅一桂刻本。

〔2〕 孙慎行《唐宋八大家文抄》卷首《又序》，崇祯二年（1629）刻白文本。

〔3〕 茅坤《玉芝山房稿》卷三《复陈五岳方伯书》，《四库全书存目丛书》集第 106 册，第 37 页。

〔4〕 王志坚《古文渎编》之六《王荆公集录》卷一《答钱公辅学士书》文后评，《四库全书存目丛书》集第 337 册，第 326 页。

〔5〕 蔡方炳《蔡息关先生唐宋八大家集选》之《荆公文选序》，康熙二十年（1681）吴郡宝翰楼刻本。

〔6〕 蔡方炳《蔡息关先生唐宋八大家集选》之《南丰文选序》，康熙二十年（1681）吴郡宝翰楼刻本。

〔7〕 王应鲸《古文八大家公暇录》卷首《序》，乾隆三十年（1765）嵩秀堂刻本。

〔8〕 卢文成《唐宋八家文要编》卷首《序》，嘉庆四年（1799）刻本。

〔9〕 关于王宠生平事迹及其选本，详见钟志伟《明清唐宋八大家选本研究》，台北文津出版社，2008 年版。

韩，具有明显的扬柳抑韩倾向。韩愈《柳子厚墓志铭》行间评云："从文章起，后亦以文章结，作者不满子厚意已在言外。"[1] 对于韩愈的"不满子厚"似有不平之意。他的个人好恶又有一定的时代性。他的好友——"吴中四杰"之一——祝允明与他的看法一样。祝允明《罪知录》认为，韩柳欧苏（轼）曾王六家破骈为散，破坏了优秀的文学传统。韩文"伤易而近偎，形粗而情霸，其气轻，其心昂，其志悍，其态骄，其口夸，其主好胜，其发疏躁，先王贤圣清和融扬之风、温醇深润之泽，飘涸或几乎尽矣"，而欧文"如人毕生持丧，终身不穿衮绣"，包括欧文在内的宋四家文"实义无几，助词累倍，乎、而疊疊，之、也纷纷，常若耳提孩稚保妪乳婆，所谓躁人之辞欤？"而这些习气"皆滥觞韩氏"，与柳宗元无关。所以他说，"虽称六家为误，柳亦可以拔出韩欧"[2]。六家之中，对柳宗元独有好评。王宠与祝允明为忘年交，自称"辱公知爱最深"[3]。祝允明去世后，王宠为他撰写行状，并提到《罪知录》一书，想必读过此书。有理由认为，二人观点相同，是相互影响的结果。祝允明、王宠与李梦阳等"前七子"生活在同一个时代，都是前七子文学主张的热烈拥护者，其否定唐宋六家，特别是抑韩扬柳的倾向，又是时代熏陶使然。

在前七子提倡"文必秦汉"时代，举业教育所使用的文学读本仍然主要是唐宋文，即使前七子的拥护者，也会为了自己和子孙举业考虑而自编唐宋文读本作为家用教材，但大都密不示人，以免贻讥于高尚之士[4]。王宠选本就属于这种情况。此本现藏台北图书馆，为墨朱蓝三色稿本，浓圈密点，并时有眉评和行间评。评点多指示章法，何为宾主，何为眼目，何为立案，何为结穴，颇为周至，显系此类举业读本。正因为无意公之于世，才可能由着自己的性子将韩柳座次颠倒过来，不必在乎别人的评价。可见，编选动机也会对八家座次的安排产生影响。

唐宋八大家的经典化是一个动态过程。在这个过程中，还出现过唐宋四

---

〔1〕　王宠《唐宋八家文选》，台北图书馆藏明稿本。

〔2〕　均见祝允明《祝子罪知录》卷八，《四库全书存目丛书》子部第83册，第722页。

〔3〕　王宠《雅宜山人集》卷十《明故承直郎应天府通判祝公行状》，《四库全书存目丛书》集部第79册，第104页。

〔4〕　参见拙文《唐宋八大家选本与明清文学教育格局的转变》，《社会科学战线》2008年第11期。

家[1]、六家[2]、七家[3]、九家[4]、十家[5]等等，但正如日本学者所说，"唐宋八家之文各卓越一代，轨范百世，后之议者或损为六家、为四家，或增为十家；而公论卒归于八家，不可易也"[6]，历史最终选择了八家，自有其必然性。八家成为经典之后，在各种因素的影响下，八家内部又不断发生着新的经典化，八大家座次的排定及其因变就是很有说服力的例证。

应该说明的是，排座次只是轩轾八家的手段之一。有些选本是通过其他手段来表现其个人评价的。张伯行的《唐宋八大家文抄》即其一例。张伯行在选文标准上"以道绳文"[7]，有意与茅坤有别，其对八家的评价与茅坤大相径庭，而八家的座次却因循茅选，无所更变。张伯行对曾巩的评价最高，并没有把他提到三苏的前面；在三苏中对苏洵的评价最低，并没有把他放到轼、辙的后面。其选本收文 315 篇，其中曾文最多，共 127 篇，占 40%；苏洵文最少，只有两篇。他对各家评价的高低主要是通过选文的多少来实现的。由此可见，八大家座次与选家的个人评价之间的联系，虽然有迹可循，也需要具体问题，具体分析。

---

〔1〕 明嘉靖时期苏州王坊有《四大家文选》四卷，选韩愈、柳宗元、欧阳修、苏轼四家文，见范钦《四明天一阁藏书目录》，清宣统二年（1910）刻本。后来又有孙矿《四大家文选》等，亦选此四家，见姚际恒《好古堂书目》，民国十八年（1929）影印本。

〔2〕 朱右、唐顺之等选本将三苏看作一家，虽以六家名集，实收八家文。陶望龄有《唐宋六家表启》（天启元年茅兆海刻本），选柳宗元、欧阳修、王安石、苏轼、苏辙、陆游六家文，不及韩愈。

〔3〕 明成化时期李绍《大苏七集序》云，古今文章名天下者，只有韩愈、柳宗元、欧阳修、苏轼、苏辙、曾巩、王安石七家。不及苏洵。见钱大昕《十驾斋养新录》卷十六，《续修四库全书》子部第1151 册。

〔4〕 明嘉靖时江阴薛甲有《大家文选》二十二卷，选李白、杜甫、韩愈、柳宗元、欧阳修、王安石、苏洵、苏辙、曾巩九家文，见范钦《四明天一阁藏书目录》，清宣统二年（1910）刻本。

〔5〕 储欣有《十大家全集录》，八家之外益以唐李翱、孙樵二家，见《四库全书存目丛书》集部第404 册。

〔6〕 村濑诲辅《续唐宋八家文读本》卷首《凡例》，日本文政九年（1826）刻本。

〔7〕 参见张伯行《唐宋八大家文抄》卷首《柳文引》，同治八年（1869）福州正谊书院刻本。

索　引

后　记

　　茅坤的《唐宋八大家文抄》问世 500 余年来，可以说家喻户晓，妇孺皆知，但关于其版本的谬见，自四库馆臣所撰《唐宋八大家文抄》提要以来，相沿既久，滋误愈甚。

　　其实，《唐宋八大家文抄》的版本并不复杂。

　　万历七年（1579），茅坤的侄子茅一桂在杭州刊刻《唐宋八大家文抄》，此即 144 卷初刻本。万历中复有茅一桂重修本和茅瑞征递修本，皆由万历七年初刻板片修补而来。

　　崇祯元年（1628），浙江衢州人方应祥又于杭州西湖小孤山重刻《唐宋八大家文抄》，第一次增入欧阳修《新唐书抄》二卷、《五代史抄》二十卷，并于旧凡例后新增凡例一通，使其成为有别于茅一桂初刻本的 166 卷本。此本国内馆藏不少，北京师范大学藏"小筑藏板"最为可靠。

　　崇祯四年（1631），茅坤的孙子茅著又将《唐宋八大家文抄》三刻于苏州。茅著本全面借鉴了方应祥的校刊成果，其新刻凡例一字不易地照抄方应祥本，又将方本中的欧阳修《新唐书抄》二卷删除，仅保留《五代史抄》二十卷，使其成为与茅一桂本和方应祥本皆不相同的 164 卷本。此本在明末的苏州十分流行，其板片多次易主和重印，署名"金阊龚太初梓"、"苏庠吴绍陵玉绳重订"的许多印本皆由茅著本挖改而来。此外，书坊主或者压缩卷数，或者发行单本，用了很多花招。如"金阊簧玉堂梓行"的《三苏文抄选》实即茅著本三苏部分的单行本。以上诸书，似乎名目纷繁，然皆非新刻，实由挖改后的茅著本板片重新刷印而来，其各页断版清晰可验。

　　清代的新版本了无可重，乾隆时期的四库全书抄本源于茅著本系统，但究竟有所不同，如删除了苏轼《王者不治夷狄》等六篇文章以及茅著《跋》、茅坤《凡例》，特别是删除了"曾公凡到要紧话头便缩舌"（曾巩《熙宁转对疏》）等所有眉评和行间评，殊失其真，在诸版本中最为陋劣。

四库全书《唐宋八大家文抄》提要云："万历中，坤之孙著复为订正而重刊之，始以坤所批《五代史》附入欧文之后。"此论甚误。茅著重刊在崇祯四年，而不在"万历中"，而且以《五代史抄》附入欧文之后者是方应祥，而不是茅著。今人不察，依然认为"万历七年（一五七九）其孙茅著重新刊订时，又收入茅坤所批《五代史》于欧阳修文抄后"（罗立刚《唐宋八大家文抄评文》提要），甚至认为"茅坤原刊本至乾隆年间即已漫漶莫辨，其孙重刊本今亦难经见"（高海夫《唐宋八大家文钞校注集评凡例》）。"茅坤原刊本"即万历七年茅一桂初刻本，现藏南京图书馆（国家图书馆有胶片），刻印精善，内容完足，并无"漶漫"之象。"其孙重刊本"即崇祯四年茅著刻本，存世甚夥，管见所及，北京大学图书馆所藏最接近原貌，其挖改重印本藏于上海图书馆、上海师范大学图书馆、湖南省图书馆等，都非"难经见"之物。

方应祥本是《唐宋八大家文抄》版本链条上的重要一环，王重民先生未见过北师大藏"小筑藏板"，所见乃一坊刻删节本，因而对方本评价不高。今人敬其人而沿其误，有辩而愈纷之象。至于晚明孙慎行、郑邸、吴正鹍、王志坚、陶望龄等赓续本，向来不为人关注。署名钟惺的选本以及几种坊编本真伪莫辩，鱼龙混杂，向无定论。就是茅坤《唐宋八大家文抄》的"抄"字，是否应写作"钞"，也莫衷一是。其实茅坤《唐宋八大家文抄》的明代版本，目录及正文皆作"抄"字，只有《总叙》、各家小引等处作"钞"。清雍正间华希闵《增订唐宋八大家文钞》始在目录和正文中易"抄"为"钞"，《四库全书》本因之，乃相沿至今，人以为常。书名当以正文为准，应以"抄"字为是。

拙著全面廓清了清代中期以来流行的关于《唐宋八大家文抄》及其明末赓续本的诸多谬见和盲点，并在新的起点上论证了方应祥本的重要性，数年积郁，借《杭州学人文库》活泼泼地倾吐而出，欢喜之情，何可胜言。

在郭英德先生的指导下，本人专力于茅坤《唐宋八大家文抄》及其赓续本的研究已历十年。十年来，跋山涉水，坐车登船，闻有未见版本，必求手摩目验，反覆研读，确信无疑，拿出实证，才敢下笔。深知实际情况千态万状，仅凭书目文献所载，隔空揣想，或者仅靠逻辑推理，判断应当如此或应当如彼，哪怕看起来头头是道，听起来斩钉截铁，也必然会左支右绌，不成片断，与实际情况有很大出入。

因而本书呈现的，是一个馆藏调查与个人心得的忠实记录。虽然前有引言，后有附录，综论前因后果及整体面貌，但究竟以文献梳理为主，宏观的义理研究还不够深入。敬请同行专家批评指正。

2017 年 4 月 9 日　付琼记于杭州下沙丽泽苑 3 号楼公寓

图书在版编目（CIP）数据

茅坤《唐宋八大家文抄》与明末赓续本考录/付琼
著. — 杭州：浙江大学出版社，2017. 8
ISBN 978-7-308-17277-6

Ⅰ. ①茅… Ⅱ. ①付… Ⅲ. ①唐宋八大家—古典散文
—古典文学研究 Ⅳ. ①I207. 62

中国版本图书馆 CIP 数据核字（2017）第 198770 号

茅坤《唐宋八大家文抄》与明末赓续本考录

付　琼　著

策划编辑	吴伟伟
责任编辑	杨利军
文字编辑	王荣鑫
责任校对	田程雨　夏庶琪
封面设计	春天书装
出版发行	浙江大学出版社
	（杭州市天目山路 148 号　邮政编码 310007）
	（网址：http：//www. zjupress. com）
排　　版	杭州朝曦图文设计有限公司
印　　刷	杭州杭新印务有限公司
开　　本	787mm×1092mm　1/16
印　　张	13. 25
字　　数	248 千
版 印 次	2017 年 8 月第 1 版　2017 年 8 月第 1 次印刷
书　　号	ISBN 978-7-308-17277-6
定　　价	52. 00 元